11枚のとらんぷ

泡坂妻夫

真敷市公民館で行われている奇術ショウの舞台で，仕掛けの中から飛び出すはずの水田志摩子が現れない。それどころか彼女は自分のマンションで殺されていた。しかも死体の周囲には，同じ奇術クラブの仲間，鹿川舜平が書いた「11枚のとらんぷ」に鏤められた11のトリックを構成する小道具類が毀されて置かれていた。秘密の儀式めいたトランプ奇術殺人は何を意味するのか。著者の鹿川舜平が辿りついた事件の真相とは。自らも数多くの奇術を生み出し，石田天海賞を受けているマジシャン泡坂妻夫が，小説家としてのスタートを飾った記念すべき第一長編。

登場人物

鹿川舜平……「11枚のとらんぷ」の著者
斎藤橙蓮……磐若寺の住職
大谷南山……人形劇団模型舞台の団長
飯塚晴江……婦人服店デザイナー
飯塚路朗……晴江の夫
五十島貞勝……SIオーディオ社長
品川橋夫……真敷市警察病院の外科医
マイケル　シュゲット……
　　地質学者
牧桂子……商社勤めの若い女性
松尾章一郎……証券会社社員

水田志摩子……元童謡歌手
和久A……化粧品会社社員
和久美智子……Aの妻
　以上マジキ　クラブ会員
玉置正久……NAMC会員
ジャグ大石……プロの奇術師
速足三郎……バーテン
フランソワ　ランスロット……
　　フランス人の奇術師
力見刑事……真敷市警察署の刑事

11枚のとらんぷ

泡　坂　妻　夫

創元推理文庫

THE ELEVEN PLAYING-CARDS

by

Tsumao Awasaka

1976

目次

11枚のとらんぷ

図版作製　山野辺　若
フォレスト

I部　11の奇術

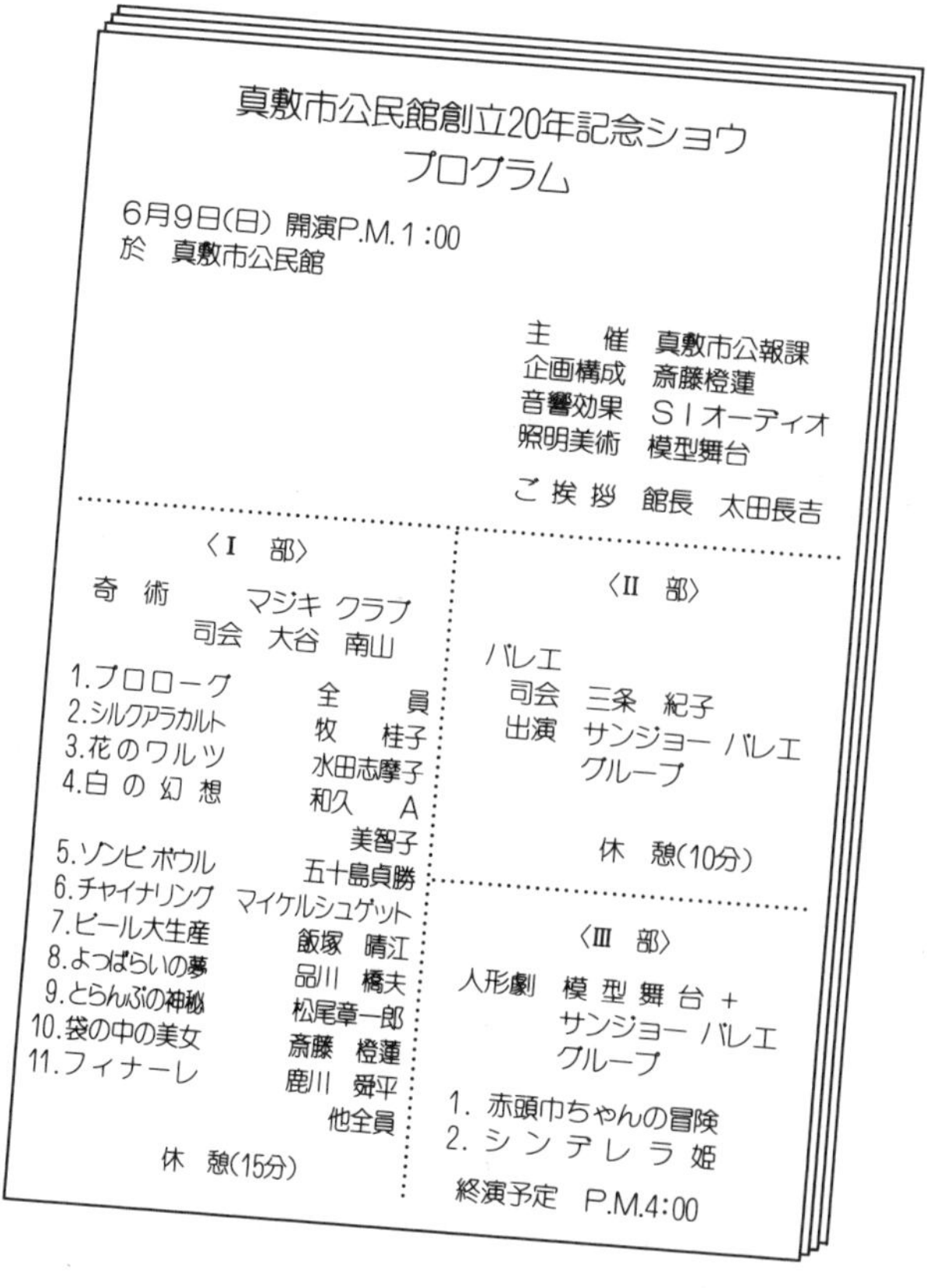

真敷市公民館創立20年記念ショウ
プログラム

6月9日(日) 開演P.M.1：00
於　真敷市公民館

主　　催　真敷市公報課
企画構成　斎藤橙蓮
音響効果　ＳＩオーディオ
照明美術　模型舞台

ご挨拶　館長　太田長吉

〈I　部〉

奇　術　　マジキ クラブ
司会　大谷　南山

1.プロローグ　全　員
2.シルクアラカルト　牧　桂子
3.花のワルツ　水田志摩子
4.白の幻想　和久　A
　　美智子
5.ゾンビボウル　五十島貞勝
6.チャイナリング　マイケルシュゲット
7.ビール大生産　飯塚　晴江
8.よっぱらいの夢　品川　橋夫
9.とらんぷの神秘　松尾章一郎
10.袋の中の美女　斎藤　橙蓮
11.フィナーレ　鹿川　舜平
　　他全員

休　憩(15分)

〈II　部〉

バレエ
司会　三条　紀子
出演　サンジョー バレエ
　　グループ

休　憩(10分)

〈III　部〉

人形劇　模型舞台＋
　　サンジョー バレエ
　　グループ

1. 赤頭巾ちゃんの冒険
2. シンデレラ姫

終演予定　P.M.4：00

1　奇術——マジキ　クラブ

　フット ライトの光の中に、小さな埃《ほこり》が舞っている。舞台はひどく埃臭かった。これが牧桂《まきけい》子《こ》が初めて舞台に立ったときの印象である。

　観客席は闇の中に、二つのスポット ライトがぎらぎらしているだけだ。見ることができるのは、自分の指の回りだけ。埃の臭《にお》いを強く感じたのは、おそらくライトの目つぶしで視覚がとまどい、嗅覚《きゆうかく》が急に敏感になったためだろう。

　指先から透明な汗が吹き出している。汗はダイヤの粒のようにきらきら光った。手に持った紫のシルクが、汗でしっとりしてくるのが判る。ボーダー ライトがこうまで暑く、スポット ライトがこうまで眩《まばゆ》いものだとは思ってもみなかった。闇の中に鮮かな紫のシルクと、真白な自分の指。それだけが全ての世界になった。

　シルクをしごく指先がぴりぴり震えている。だが桂子にはそれを止めることはできない。絶望的な孤独感と、否応のない時の流れ。信じられるのは自分自身の動きだけだ。その自分すら、半ば気が遠くなっている。次に行なうべき動作を、瞬間に忘れ去りはしないだろうか。

　そのくせ、もう一つの頭は湖のように冷静であった。そんなに震えちゃみっともないじゃないか。脚《あし》の形がよく揃《そろ》っているかしら。

手に持ったシルクがふわっと横に動いた。桂子は松尾章一郎《まつおしょういちろう》の言葉を思い出した。

「舞台の上というのは、意外に風があるんだ。風に動きやすいシルクの奇術を演じるときには、特にこのことを心に留めておく必要があるね」

桂子は紫の三枚のシルクを一緒に結び合わせた。結んだシルクを左右に拡げると、三枚のシルクは溶け合うように、一枚の大きなシルクに変身した。

「そうしたら観客席に向って、一歩進みなさい。観客席の後ろを右から左にゆっくりと見渡すと、演技が大きく見える。そうして、美しくにっこりと笑うと、観客席から拍手が湧《わ》き起る――」

松尾の言うとおりになどゆくものか。自分の頰《ほお》は石膏のように引きつっているのだ。桂子は大きく変化したシルクを持ったまま、体操の選手のように一歩前に出た。そのとき、暗闇の中から、拍手が聞こえてきた。桂子はびっくりし、そのときから嘘のように恐怖感が消えていった。

胸を締めつけられる気分は、暗いカーテンの後ろに立たされているときから続いていた。奇術のプロローグは出演者の全員が舞台に並んで演じられた。十人の出演者は赤と白の紙を持っている。十人は二枚の紙を細かく裂いて小さく丸める。その紙を一人ずつ拡げてゆくと、裂いたはずの紙は元どおりに復元し、しかも白い紙の上には赤い文字で「祝市公民館創立二十年」の十の文字が現れる。そのプロローグが終ると、左右にカーテンが開き、シルクを持った桂子が現れるのである。プロローグの二分間がどんなに長かったことか。カーテンの裏側を見ながら、桂子は独りで何度も溜息《ためいき》をついたものだ。

桂子はゆっくりと大きなシルクをまとめて、奇術用のテーブルに置いた。そのとき下手《しもて》の袖《そで》に松尾章一郎と、司会の大谷南山《おおたになんざん》の顔が桂子の目にはいった。松尾はタキシードに黒の蝶タイをきちんと締めて、じっと桂子の舞台を見ている。大谷南山の方は、茶の縞《しま》の背広に赤い蝶タイである。いつもの白髪をもじゃもじゃにして、トランプのキングに似た顔が神妙に桂子を見ている。

桂子は大きなシルクに替わって、赤いシルクを二枚テーブルから取り上げた。そのときには、もう手の震えはすっかり止まっていた。桂子は堂々と観客席に向きなおり、二枚のシルクを結び合わせた。結んだシルクを大きなグラスに入れる。四百の視線が自分の指先に集まっている。恐いと思えば恐いし、楽しいと思えば楽しい。松尾などはこのぞくぞくした気分がたまらないのだと言う。

桂子はもう一枚の緑色のシルクを取り上げ、手の中に揉《も》み込んでゆく。両手を開くと、もう緑色のシルクは消えていた。

「シルクを手の中で消してしまうんじゃない。隠してしまおうという気持があってはいけない。緑色のシルクが消えた、なくなってしまったという表現ができないと、見ていて面白くないんだ」

松尾がそう桂子に教えた。そんなにむずかしい注文をするから、身がよけい固くなってしまうのだ。だから桂子は自分の演《や》り方をすることに定《き》めていた。表情などにかまって、秘密の場所から緑色の尻尾《しっぽ》が出たりなどしたら大変だ。とにかく、緑色のシルクは、無事に消えてしまった。

桂子はコップを取り上げて、赤いシルクの隅を持って、勢いよく引き出した。今消えた緑色のシルクは、二枚の赤いシルクの中央に結ばれて現れた。ほうっ、という声と、少し遅れて拍手が聞えた。

桂子は次に小さな箱をテーブルから取り上げた。箱の蓋《ふた》を開いて、中が空であることを示してから、蓋を閉じる。

あとはむずかしいところは一つもなかった。稽古《けいこ》は充分にしてある。手の震えも止まっている。無駄な動作は一切ない。

「一番バッターだからね。桂ちゃんの役は重いよ。失敗がなく派手やかな奇術。それにはシルクの奇術がぴったりだ。まず初めの奇術で観客の心をしっかり捕えれば、ショウの半分は成功したと言っていい」

桂子をプロローグの次に出場させた松尾の演出は当たった。観客はまず、桂子の背の高さに驚き、なめらかなシルクの奇術に心を奪われてしまった。

桂子はお呪《まじな》いをしてから箱の蓋を開いた。箱の中から、色とりどりのシルクが、泉のように溢《あふ》れ出した。

真敷《まじき》市立公民館は、真敷市役所の裏手にある、客席数四百ばかりの小さな会館で、二十年前に設立された。設立当時はかなり重宝がられていたが、ここ数年めっきり利用者が減ってしまった。理由はいろいろある。テレビの普及のお陰で、人間の腰が重くなってしまったこと。公民館が市街からやや離れていたこと。舞台の設備が上等でないこと。建物自体が剝《は》げたり汚れだしてきたこと。客席数が半端であることなどだった。

公民館のすぐ裏に、磐若寺《ばんじゃくじ》という古い寺がある。その磐若寺の住職、斎藤橙蓮《さいとうとうれん》がこの年の六月でちょうど公民館創立二十年に当たることに気づいたのは、五月にはいってからであった。

「おい、あのまんまじゃあ、公民館はクモとネズミが芝居でも始めるぞ。聞けば六月でちょうど二十年目だっていうじゃねえか。創立二十年記念ショウでも、派手にぶちかましたらどうなんだ」

公民館館長は太田長吉《おおたちょうきち》といい、市の公報課長を兼ねていた。太田館長は青白い顔を撫でて、

「私も、気にはしているのですが――」

「何か企画があるのか」

「別に」

「じゃあ俺に任しねえ。悪いようにはしねえから」

「どんな案があります?」

「取り立てて頭を使うほどのことはない。歌舞伎の一座でも呼ぶさ。もっとも一流どこは来そうもなかろうから、二流でも三流でもいいやね。三番叟《さんばそう》で幕を開けるのさ。一幕目がおめでた

く曾我狂言《そがきょうげん》。中幕に娘道成寺《むすめどうじょうじ》などがあって、三幕目は黙阿弥《もくあみ》の世話物《せわもの》などではどうだ」

「とても――予算がありません」

「それじゃ歌謡ショウなどはどうだ。若い連中が集まるぜ」

「でも予算が……」

「いちいち予算予算と言うなよ。一体その予算というのはどのぐらいなんだ」

「とても出演料などということは……」

「タダでやれというのか」

「いや、タダとまでは、まさか」

「その口振りじゃあプロは呼べそうにもねえの。じゃあアマチュアでゆこう。俺のところで毎週稽古をしている連中がいる。なあに、安く本堂を貸してあるのさ。一つは人形劇団で、模型舞台という連中だ。縫いぐるみの人形を着て奇妙な劇を稽古しているよ。もう一つは三条紀子《さんじょうのりこ》という、ぴちぴちした若いバレエの先生だ。サンジョー　バレエ　グループといって、毎週三十人も子供を集めて教えている。それをタダで使おう。それとマジキ　クラブの助けを借りる」

「マジキ　クラブ?」

「そう。奇術のクラブだ。君は知らんだろうが世界の奇術人口というのは膨大なものだぞ。それもアマチュアの熱が凄《すご》い。今世紀の奇術はアマチュアの時代だと言っている人もいるくらいだ」

「ははあ」

「俺もこう見えても、そのクラブの一員なんだ。小学校時代からの友達で、変な男がいる。本町通りの古本屋の親父で鹿川舜平《かがわしゅんぺい》という。小さい頃から奇妙な道具で人をごまかすのが好きな男だったが、いい年になってもまだその趣味から離れないでいる。そいつが五、六年前にクラブを作ってね。月に二度の集会を俺の本堂でやっているんだ。覗《のぞ》いて見ると、これが意外と面白い。今じゃ俺も相当な腕前になった。さっき言った模型舞台、その団長の大谷南山もマジキクラブの一人だ」

「趣味の多いということは、よろしゅうございますね」

「そうさ。だから模型舞台でも、ときどき小豚の縫いぐるみなどを着て名演技することもある。また、俺はサンジョー　バレエ　グループの一員でもある」

「和尚様が？　バレエを？」

「そうさ。坊主が踊っちゃ、悪いとでも言うのか」

その斎藤橙蓮、模型舞台の大谷南山、マジキ　クラブの松尾章一郎と牧桂子の四人が真敷公民館の下見をしたのである。舞台の緞帳《どんちょう》が錆《さ》びついて動かないという噂を聞いたからだ。まさか緞帳が動かないことはなかったが、深紅色の中カーテンが久しく結《ゆわ》え付けられたままになっていたとみえて、拡げると無残にも皺《しわ》くちゃになっていた。

「霧を吹いて、一日そのままにしておいて下さい」

松尾がそう指示した。

桂子は試しにレコード室にはいり、レコードを掛けてみたが、どうも変である。

「プレーヤーの針の頭がなくなっちゃっているわ」

「五十島《いそじま》さんに電話で相談してみよう。力になってくれると思う」

と松尾が提案した。

五十島さんというのは同じマジキ クラブの一員で、音響機器の製造をしているSIオーディオの創立者である。

「サイド スポットがあったはずだよ」

大谷南山が係員に訊《き》いた。

「今まで、そんなことを言って来た人は、あまりいませんでしたがね」

係員は嫌な顔をしてみせたが、それでも機械室から埃だらけの二台のスポット ライトを引き摺《ず》り出して来た。その他切れたままになっていたボーダー ライトの電球を取り替える。そのうちSIオーディオの社員が駈けつけて来て、レコード室の調整を始める。

「ヒューズは大丈夫なんだろうな」

ライトのスイッチを入れかけた大谷は、本気でそう心配した。

ライトが整備されると、場内は見違えるほど明るくなった。深紅色の中カーテンも、一段と冴《さ》えて見えた。軽快な音楽がスピーカーから流れだす。さすがに係員も悪い気持ではなくなったのだろう。それからはクラブに協力的になった。

真敷市立公民館創立二十年記念ショウの当日は、市公報課の力もあって、アマチュアのショウにもかかわらず、公民館の前には珍しく長い列が続いた。通りがかりの人々も何が始まるのだろうと立ち止まる。

前の日はストーブが必要なほど寒い日だったが、この日は朝から気持よく晴れ渡った。それも幸いした。

「入場券を持っていない者は、一人でも中へ入れちゃいかん。判ったな」

橙蓮は大威張りで、受付の年をとった女の館員に言い、「入場無料」と書いた看板をさっさと片付けてしまった。ただしこのことが、あとになってちょっとした手違いを生むことになる。

一時きっかりに、舞台の幕が開いた。


拍手を受けて退場する気持は悪くないと桂子は思った。上手《かみて》の袖で、次の出番を待っている水田《みずた》志摩子《しまこ》が桂子の腕をつかんだ。

「よかったわよ、とっても。すごい拍手だった。聞えた?」

志摩子はびっくりするほど美しかった。化粧が桂子などとは、まるで違っている。ライトを意識したドーラン化粧。そのうえ、表情が生き生きしている。次の出番だというのに、少しも固くなっている様子がない。固くなっていないばかりか、桂子に声を掛けている。——よかったわよ、とっても。すごい拍手だった。聞えた?

自分が彼女の立場だったらどうだろう。声を掛ける気など、とうていなれないにきまっている。やたらに手の汗を拭《ふ》いて、溜息ばかりつき、半ば気が遠くなって、前の出演者が退場して来ても、目に入らない。

真敷市公民館見取図

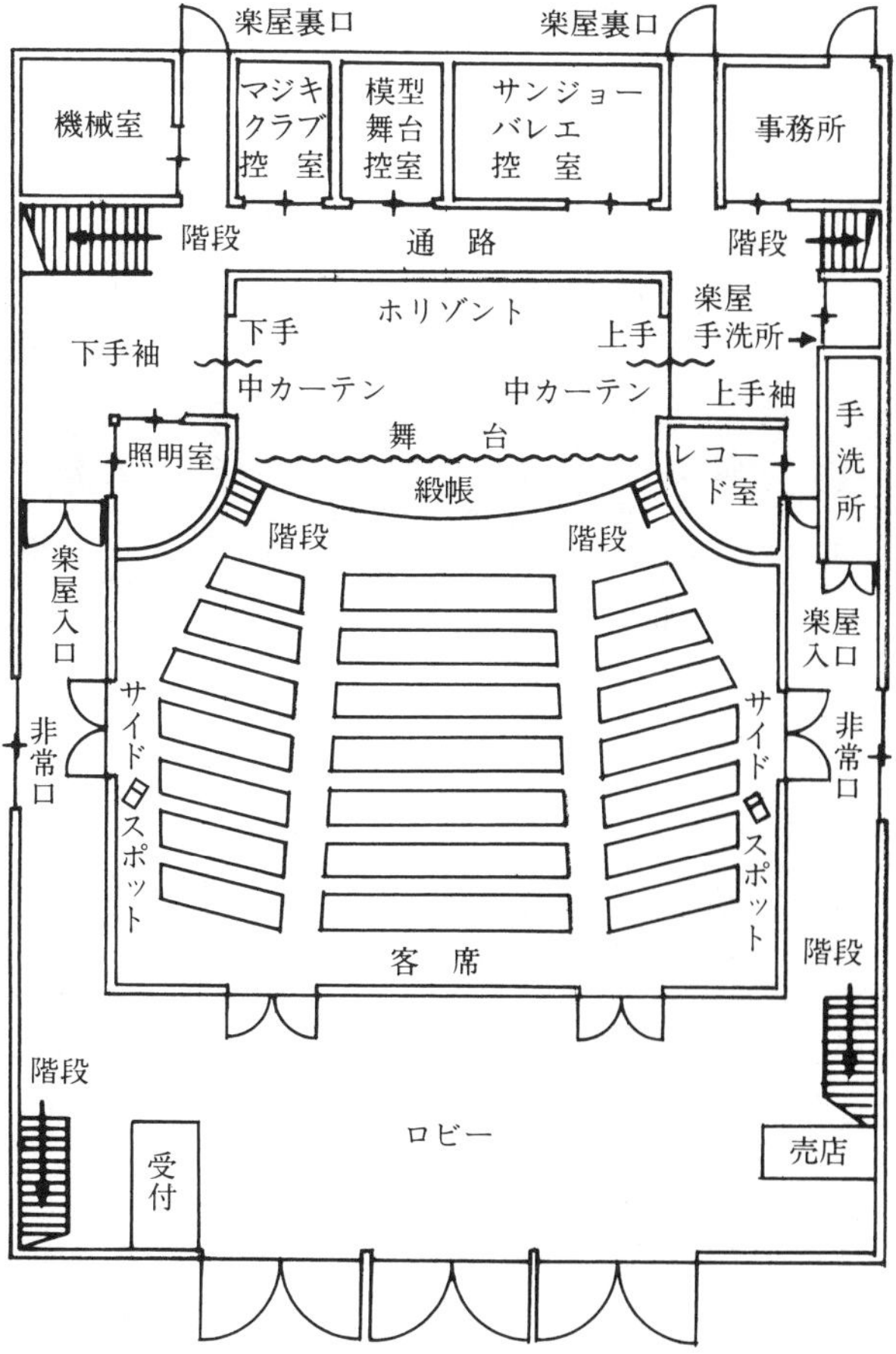

楽屋裏口
楽屋裏口
機械室
マジキクラブ控室
模型舞台控室
サンジョーバレエ控室
事務所
階段
通路
階段
ホリゾント
楽屋手洗所
下手
上手
下手袖
中カーテン
中カーテン
上手袖
舞台
手洗所
照明室
レコード室
緞帳
階段
階段
楽屋入口
楽屋入口
サイドスポット
サイドスポット
非常口
非常口
客席
階段
階段
ロビー
受付
売店

――聞えた？　そう、志摩子に言われて、自分の聴覚がやっと甦《よみがえ》ったのを知った。桂子の耳が「シルキー　ワルツ」の曲を捕えているのを知って、はっとなった。舞台の桂子の耳には、この曲が全く聞えなかったからだ。自分がこの曲で奇術を演じていたのに、音を感じなかった。

「シルキー　ワルツ」がすうっと低くなった。同時にライトも暗くなった。

松尾が舞台に残された桂子のテーブルを、上手の袖に運んで来た。松尾は道具を出し入れする係ではなかったが、進行係の和久A《わくはじめ》の出番が近いために、桂子と志摩子の道具を受け持つことになっていた。

「うまくいったね。とても初舞台とは思えなかったよ。落着いていたじゃないか」

松尾は桂子に言うと、てきぱきと志摩子のテーブルを持って、暗い舞台に運んで行った。

舞台上手の袖はちょっとした広さがあった。大道具や楽器類の出し入れのためである。いまここに、奇術の道具と出番を待つ出演者たちが、雑然と散らばっていた。暗い隅で、くうくうと鳩の鳴き声がする。出演者たちは、誰彼となく指を動かしてみる。思い出したようにポーズを作ってみる。ときどき気になるのだろう。袖の幕の間から舞台を覗きこんだりしている。

マジキ　クラブの控室は舞台の裏側にひと部屋が定められていた。だが誰も控室で、じっと落着いてはいられないのだ。申し合わせたように、上手の袖に集まってしまった。コンクリートがむき出しの、暗く埃っぽい、そのくせぴんと張り詰めた空気に満ちている、袖の雰囲気がたまらないのだ。

出演の終わった桂子は、最後まで音楽を担当することになっている。桂子は自分の道具を隅に置くと、すぐレコード室に入った。

レコード室は三平米《へいべい》ばかりの部屋である。前がガラス張りで、舞台の様子がひと目で判る。観客席の前も見えるが、客席からはレコード室の中は見えないような設計になっている。レコード室の真ん中の椅子に、顔の長い男が坐《すわ》っていた。鹿川舜平である。鹿川はマジキ クラブの創立者で、会長格であった。会長格というのはこのクラブは特に会則など定めない主義だったからである。

鹿川舜平はレコードを取り替えていたところであった。いつもは無精な鹿川だが、この日ばかりはきちんと髪を撫でつけ、タキシードに黒の蝶タイを締めている。桂子の姿を見ると立ち上って、

「やあ、桂ちゃん、綺麗《きれい》だったぞ。大きい女の人は得だと思ったよ。立派で、びっくりした」

「夢中だったわ。音楽も聞えなかった。手が震えていたの、見えたでしょう?」

「見えるもんか。いざというと、女性は度胸がいいんだなあ。それじゃ、あと頼んだよ」

鹿川は桂子の肩をちょっと叩《たた》いて、レコード室を出て行った。鹿川は舞台監督の役である。下手で司会の大谷南山の後ろにいて、絶えず舞台を見守り、照明の指図をしたり、万が一演者が失敗をしたときは、ただちに舞台に飛び出して手助けすることになっている。

桂子は鹿川のあとに腰を下ろした。目の前にはさまざまな機械がぎっしり置いてあり、無数のスイッチやボタンやレバーが並んでいる。桂子はそのうちの三つ四つの機械を動かすだけで、

他の器具には手を触れぬように言い渡されていた。ただ演技者の順に、指定のレコードを取り替えるだけが役目だ。

桂子はガラス越しに舞台を見た。何だか飛行機でも操縦しているような気分だった。舞台は暗く、向う側の下手にスポットが当たって、司会の大谷南山がマイクに向うところだ。もじゃもじゃの白髪で、顔がトランプのキングによく似ていた。落着いてみると、大きな赤い蝶タイが案外よく似合っている。

大谷の後ろに長い顔の鹿川舜平が姿を現した。舞台の真後ろに通路があり、上手から通路を通って、下手の袖に出ることができたのである。

会長格の鹿川、司会をしている模型舞台の大谷、磐若寺の橙蓮の三人は小さいときからの友達で、大きくなってからは飲み仲間である。顔形はまるで違うが、子供っぽいところがそっくりであった。そこが気が合うのだろう。

舞台のマイクが、レコード室のスピーカーにも通じている。大谷南山の声がスピーカーからはっきりと聞える。歌のうまい大谷は響きのよい声であった。

「――ただいまの美しい奇術、牧桂子さんのシルク アラ カルトでありました。さて奇術は事実よりも奇なりと申しまして、不思議なこと、不可解なことを好むのは、人間の常であります――」

観客席の前の方は、子供たちが犇《ひし》めいている。模型舞台の小さな常連、サンジョー バレエグループの生徒たち、市役所の隣にある市立図書館の子供クラブの連中が動員されたのである。

あとはこの行事を知って市役所で切符を手に入れた人たちだが、切符はすぐになくなってしまった。

「こうと知ったら、餓鬼共を少し整理しときゃよかった」

と橙蓮は口惜《くや》しがった。空席を恐れた橙蓮が、かなりの切符を子供たちに撒《ま》いてしまったあとだった。この日の席は満員であり、かなりの人が座席の後ろに立っていた。

他の奇術のグループにはこのショウを知らせていない。鹿川舜平やSIオーディオの五十島は他の奇術クラブに親交があったが、鹿川はマジキ クラブの実力をよく知っていた。

「まだうちの会は、とても他のクラブに紹介して見せる段階じゃありませんな。ですから今回は内証《ないしょ》にしておきましょう。もう少し舞台に馴れたら、本式の発表会を催すことにして、他のクラブにも知らせましょう」

それでも、どこでどう知ったのか、入場券を手に入れて、はるばる真敷市までやってきたアマチュアの顔が観客席に見えると言って、鹿川はあわてたのである。

「実に、マニアというものは、異形ですな」

鹿川は開演のまぎわ、皆に言った。

「——では続いての奇術を御覧下さい。今度も美しい女性の登場です。でも水田志摩子さんは、シルクの牧桂子さんほど、背が高くありませんので御安心下さい」

ちょっと観客席から笑い声が起った。

「南山のばかキング!」

桂子は思わず口に出して言った。レコード室の声は外に洩《も》れないから何を言っても平気だ。

「花のワルツ――出演は水田志摩子さんです」

桂子は大谷南山をガラス越しに睨《にら》みながら、レコードに針を乗せ、静かにボリュームを上げた。モダンジャズに編曲された「花のワルツ」だ。

水田志摩子が軽やかにライトの中に現れた。いたずらっぽく、目で笑って観客席に一礼する。右手を上げると、もうその指先に一輪の花が摘まれていた。腕に掛けた小さな籠《かご》の中に、今指先に現れた花を軽く投げ入れる。と、また新たな花が指先に咲いているではないか。花は限りなく志摩子の指に現れる。たちまち籠は花で一杯になった。一杯になった花を、別のバスケットに、さらさらと落とす。花籠が空になった、と思う瞬間、もっと多くの花が花籠から溢れだした。

「あら、あら」

「おや？　まあ！」

観客席の声が、レコード室のスピーカーから聞える。それから拍手が起った。

「花のワルツ」の旋律を拾うように、志摩子の足が躍動する。志摩子の耳は、音楽をしっかり捕えている。これは桂子にとって、意外な驚きであった。志摩子の耳には音楽が聞えているに違いない。それにステージ用のドーラン化粧といい、舞台に現れたときの、人を引き込むような笑顔。まるで水を得た魚のようだ。普段の志摩子には考えられない、天性の舞台勘とでもいうようなものが、彼女には備わっているのだろうか。それでなければ、相当な舞台経験を持っているのに違いない。

確かに、水田志摩子には謎めいたところが多くあった。マジキ クラブに入会したのは、一年半ほど前である。大谷南山がうちの模型舞台に、奇術の好きな子がいるから、教えてやってほしいと志摩子を連れて来た。そのときの志摩子は、奇術のキの字も知らなかった。入会当時は会員たちのいいかもにされていた。ところが志摩子は、たちまち驚くべき才能を現した。三月目には鹿川舜平が音を上げてしまった。

「もう俺の教えることは、何もなくなっちゃったよ。凄いね、あれは。二、三年前の松尾さん以上だ。ぎゅうぎゅう血を吸い取られる感じだね。後生畏《おそ》るべしというか」

次に松尾に食いついて、現代のカード奇術を吸収しはじめる。さすがに洋書をよく読んでいる松尾は、教えることは何もなくなったなどと弱音を吐かなかったが、

「志摩ちゃんの奇術に対する選択眼は素晴らしいな。何もかも覚え込めるものじゃないと判ると、自分に合わない作品はどんどん見捨ててゆく。だがこれぞと思った奇術は、何が何でも物にしてしまう」

と舌を捲《ま》いた。

舞台での身体の動きは大谷南山から習う。バレエの三条紀子のところへもちょいちょい顔を出すらしい。その成果がいま現れている。

舞台の志摩子は、空の筒から花で溢れた植木鉢を次々に取り出している。大胆なスリットのはいった銀色の支那服に銀色の靴。いたずらっぽい目に不思議な色気があった。

「私少うし近眼なのよ。眼鏡を掛けないと、色っぽく見えるんですってね」

志摩子の魅力は近眼のせいだけとはいえないようだ。ちゃんと計算された演技が基本にある。舞台の志摩子は、ひとまわりもふたまわりも大きく見えた。テーブルの上を花で一杯にしたあと、志摩子は最後に空の筒から自分の身体ほどある大きな花束を取り出した。

志摩子は観客の拍手に美しい笑顔で応え、綺麗に片膝を折って一礼した。拍手は更に大きくなった。

桂子だって最後の礼は三条紀子から習ったのだ。だが何だか仰々しく、照れ臭かったので、実際は中途半端な頭の下げかたしかできなかった。いまの志摩子を見ると、舞台ではやはりあの礼が少しも仰々しくはない。むしろ自然な形だと痛感した。

「やるなあ、彼女！」

桂子は思わず声に出し、志摩子に見惚《みほ》れた。うっかりしてレコードのボリュームを下げるのを忘れそうになった。

あの最後に取り出した花束だってすごく高価なのだ。桂子の給料の丸々ふた月分もする。奇術は志摩子にとって、すでに女の子のお遊びではなくなっている。プロのマジシャンを目指す姿勢が感じられた。

深紅色の中カーテンが左右から閉まり、志摩子の姿を隠した。カーテンの皺はすっかり消え、気のせいか艶《つや》も増したようである。

「いかがでしたか。花のワルツ、水田志摩子さんでした。見事な舞台でしたね。志摩子さんは奇術では今日が初舞台なのです。私もびっくりしております――」

大谷の司会もすっかり板についた感じである。出演者の出来が良いと、司会も話しやすくなるのだろう。

中カーテンの裏で、松尾が手早く志摩子の道具を上手の袖に運んで来た。志摩子がレコード室に入って来た。

「桂ちゃん、どうだった?」

志摩子はハンカチで額の汗を叩いた。

「最高よ。口惜しいけど!」

「心臓が破れそうだった」

「嘘! 志摩ちゃん、舞台の経験があるのね?」

「私が?」

志摩子が目を丸くした。

「南山さんが言ったわ。〈志摩子さんは奇術では今日が初舞台です〉って。〈奇術では初舞台〉というと、当然他の舞台の経験があるということじゃない?」

「南山さんが?」

志摩子はポケットから眼鏡を取り出して、ガラス越しに司会の大谷南山を見て、くすりと笑った。

「南山さんは私の昔を知っているのよ」

志摩子は眼鏡を外して手で弄《もてあそ》んだ。桂子は「花のワルツ」のレコードを下ろして、進行表を見ながら別の盤をセットした。

「そう――別に隠していたわけじゃないけれど、それは本当だわ。そのことで桂ちゃんといつか話したいと思っていた」

「会が終わったら祝杯ね」

「それが――今日は駄目なのよ」

「まあ、どうしてなの？」

「今晩、約束があるの」

「それは聞き捨てならない」

「ごめんなさいね。七時までに帰らなきゃいけないの。私の人生のうちでも、最も大切なドラマが起りかかっているのよ」

志摩子は半ば酔っているような、それでいて目が真剣である。桂子はそれ以上志摩子を冷やかせなかった。

そのとき、松尾が志摩子の後ろに立った。

「志摩ちゃんの道具、あすこに置いたよ」

「あら、済みません」

志摩子は振り返った。

「ところで、僕のコップがどこかへ行っちゃったんだ。知らないか」

「さあ？　私――」

「捜してくれないか」

二人はあわててレコード室を出て行った。桂子は松尾を見送って、おかしくなった。自分の道具は自分で責任を持つようにと、しつっこく言っていたのは、松尾自身ではなかったか。彼も相当緊張しているらしい。

「さて、今、世界中で大人気の奇術があります。皆さんもきっと一度はどこかで、御覧になったことがあると思います。まずこの奇術を見ていただきましょう。わがマジキ　クラブの若きプリンスとプリンセス。和久Aさんと美智子《みちこ》御夫妻をご紹介いたします。どうぞ――」

桂子は目の前の時計を見た。一時十三分。ショウはきっちり一時に幕を開けた。太田館長の挨拶が三分。全員のプロローグが二分。桂子の「シルク　アラ　カルト」が四分。志摩子の「花のワルツ」が予定どおり四分で終わっている。全て順調なすべり出しであった。桂子は大谷の「どうぞ」という声に合わせてレコードの音量を上げた。曲は「ムーン　ドリーム」。

このとき突然桂子は、異様な空気に包まれた。


むっとする酸の臭い。強烈な臭気がレコード室に入って来たのだ。

レコード室は人の出入りが多い。ガラス越しに舞台の進行状態がひと目で判るからだ。自分の出番の気がかりな出演者は、レコード室から舞台の様子を確かめる。そのため戸は開けたままにしてある。臭気はその戸から入って来たらしい。

「これは、ひどい——」

桂子はレコードが廻《まわ》っているのを確かめてから、立ち上った。

暗い上手の袖で、品川橋夫《しながわはしお》がおろおろしていた。品川の立っている一角には、何台ものマジック テーブルや、更紗《さらさ》の布や、黒い鞄や、花模様のワゴンなどが、雑然と散らばっている。花模様のワゴンの上には、水差しと赤い液体のはいったコップがのせてあった。刺すような臭いは、そこから立ち上っているのだ。

「先生、どうしたの？」

志摩子も飛んで来て、眉をしかめてワゴンの上を覗きこむ。片手にポケット カメラを持っているところを見ると、舞台のスナップを撮ろうとしていたのだろう。品川は太い指をぶらぶらさせていた。品川は真敷市警察病院の外科医である。外科医としての腕は有名だったが、奇術となるとまるで頼りがなかった。

「氷酢酸《ひょうさくさん》の瓶を落して、割ってしまった」

「氷酢酸？」

桂子は床を見た。ガラスの破片が品川の足元に散って、床に黒いしみが拡がっている。

「ど、どうしようか」

品川橋夫の奇術は「よっぱらいの夢」という題が付いている。空のガラスのコップに、水差しから水を注ぐと、透明な水が赤いブドウ酒に変るのである。そのブドウ酒を他のコップに移し替えると、たちまち元の無色の水に変ってしまう奇術である。現象は鮮やかだがむずかしくはない。品川の気に入っているレパートリーの一つだ。

もともと普通の水が、一瞬にしてブドウ酒になるわけがない。だが水をブドウ酒に似た色にすることは、できないことはない。無論、トリックがあり、水差しに入っている水は、実はフェノールフタレインの溶液である。

フェノールフタレインの溶液は、化学者はアルカリ溶液の強さをテストする指示薬として使っている。つまりフェノールフタレインはアルカリに合うとブドウ酒に似た赤色となり、酸を加えるともとの無色に戻る。

この化学現象は中学生でも知っている。この奇術は酸—アルカリの呈色《ていしょく》反応の応用にすぎない。

一つ目のコップは、空のように見えるが、実は底に数滴アンモニア水が落されているのだ。無論、数滴のアンモニア水など観客席からは見えない。このコップに、あらかじめ用意しておいた、水差しの指示薬を注ぐのであるから、当然、透明な水はコップの中でブドウ酒色に変色する。演者は芝居気たっぷりに、魔法の力でブドウ酒になったかのような演出をすればよいのだ。

第二のコップの底には、同じような要領で、氷酢酸が忍ばせてある。赤くなった液体は第二のコップに移されるとたちまち酸性になり、元の無色の液体に戻るのである。

品川はこの奇術の準備をしていたのだ。ワゴンの上に乗っているコップの中に、赤い水が入っているところを見ると、「実験」もしていたに違いない。

「瓶に栓《せん》をするとき、うっかり手を滑らせてしまった」

「早く、片付けなくちゃ――」

志摩子が叫ぶように言った。

松尾がけげんな顔で近寄って来て、床にごごんで転がっているコップを拾いあげた。コップの中を覗きこんで、

「このコップは誰のです？」

「松尾さんのじゃないわ」

志摩子が注意した。

「そのコップには氷酢酸が入っているのよ」

「あ？」

松尾は初めて濡れている床に気づいた。

たまたま品川は赤い水のはいっているコップを、手に持ったのである。二人の身体がぶつかり、赤い水が跳《は》ね上った。

「気をつけて――」

志摩子が黄色い声をあげた。

「大丈夫だ――」

松尾は立ちなおった。

「小さな瓶に入れ替えて来りゃよかった」

品川は憮然《ぶぜん》として言った。

「五百ccの瓶を薬局からそのまま持って来たので、ひどいことになった」

「客席に臭わないかしら」

志摩子が心配した。

この騒ぎにＳＩオーディオの五十島が飛んで来た。五十島はクラブ随一のせっかち屋である。

「アンモニアを持って来るんだ！」

五十島が叫んだ。

「アンモニア？」

「そうだ。アンモニアで中和させるんだ！」

「この上に、アンモニアですって？」

志摩子は辟易《へきえき》して言った。

「いや、水で薄めるのが、一番早い」

「バケツに水を汲《く》んで来て、モップで洗い流そう。手で触っちゃだめだよ。皮がむけちゃうよ」

松尾は手に持っていたコップをワゴンに置き、洗面所の方に姿を消した。すぐにモップとバケツを下げて来る。

「品川先生の出番までには、充分時間があるから、あわてなくともいいです」

品川は松尾からモップを受け取ると掃除にとりかかった。

「先生の舞台を写真に撮るわ。落着かなきゃだめよ」

志摩子が品川にカメラを見せびらかした。

桂子は直接舞台に差し障りがなかったのにほっとしてレコード室に戻った。ガラス越しに舞台を見ると、誰もいなかった。悪い予感がした。

音楽が流れ、中カーテンにはスポット ライトの丸い光が当たっていた。だが舞台には誰もいなかった。

――和久Aさん、どうしたのかしら?

観客席の一番前で、眼鏡を掛けた外人がきょろきょろ心配そうに下手の袖を覗きこんでいる。桂子は進行表を見た。そうだ、和久Aに限り演技の関係から、特に下手より登場と指定してある。

観客席にいる外人もマジキ クラブの一員である。西洋人ばなれした顔だちで、眉が濃いために眼鏡があまり目立たなかった。マイケル シュゲット、ニューヨーク生れだ。地質学者で二年ほど前から真敷市に住み、大学の講師でもある。根っからの奇術マニアで、IBM(国際奇術家協会)とSAM(アメリカ奇術家協会)の会員で、真敷市に住むようになってから、真敷市にも奇術クラブがあると知ると、ただちに入会を申し込んできた。東洋趣味もあり、自分で酒月亭《しゅげってい》と号しているほどだ。自慢のカメラでさっきから舞台のスナップを撮り続けている。

シュゲットは下手を気にしながら、隣座席の妻マリア シュゲットに何か話し掛けている。和久はなかなか現れない。

桂子が下手を覗くと、登場している筈《はず》の和久が、舞台監督の鹿川と司会の大谷を相手に、しきりに何か話しているのが見える。

舞台の一分の空白は、十分にも感じられる。観客席が少しざわついてきた。大きく手を叩く者がいる。口笛が鳴る。

下手から司会の大谷がふわっと現れた。桂子はあわてて音楽のボリュームを下げた。大谷はマイクの前に立つと、ポケットからごそごそ百円玉を一枚取り出した。

「お待たせしております。和久さんの準備にまだちょっと手間がかかるようです。その間に、私が易しい手品を一つ——」

レコード室に鹿川舜平がどたどたと駆けこんで来た。鹿川は長い顔をよけい長くした。

「桂ちゃん、白いシルクを持っていないか」

ぜいぜい言っている。

「一体、どうしたの？」

「どうもこうもないよ。彼、いざ舞台に出ようとしたら、白いシルクを持っていないことに気がついたんだ。白いシルクがないと、奇術を始めることができないと言う」

桂子は立ち上り、自分の鞄の中から何枚かのシルクを引っ張り出した。

「鳩を出す奇術なんて、見た目にはいいが、まったく融通の利かないもんだ」

鹿川は桂子の鞄の中から、白いシルクを一枚見つけると、引ったくるようにして駆け出した。

桂子がレコード室に戻って下手を見ると、鹿川が和久の傍《かたわら》に現れて、白いシルクを手渡しているのが見えた。そうして鹿川は手を伸ばして司会の大谷の尻を突いた。大谷はびくんとして下手を覗き、演《や》りかけの百円玉の奇術を素早く片付けて、

「さて、準備が整ったようです。和久Aさんと美智子さんの鳩のプロダクション、お願いします」

と、さっきまで、折角演目について観客の気を持たせていたのに、あわてて種明かしをしてしまった、和久は突き出されたような歩きかたで、舞台の中央に登場した。ただし、その衣装は人目を引き付けるのに充分であった。

真白な燕尾《えんび》服《ふく》、襟には白いカーネーション、白い靴、手に持った白いシルク。続いて美智子が白いカクテル ドレス、白い大きなリボンを髪に結び、白い靴。白い手袋をつけ、白い奇術《ワン》棒《ド》を持って出場する。全て白一色。

「奇術には趣向が大切です。今度の僕のテーマは〈白〉であります」

和久は自信たっぷりに宣言した。和久Aという名は本名である。彼の趣向好きは、親からの血を受けたものらしい。結婚して一年半だが、片時も美智子を傍から放さない。今度の趣向も美智子に合わせるとなると、大変な出費だったたろう。

和久の歩き方はぎこちなかった。だが二人が舞台の中央に立って一礼すると、観客席は水を打ったようになった。和久の趣向が効果を表したのである。

和久は手に持った白いシルクを、さっと打ち振ってから丸めた。シルクの中から鳩が顔を現した。客席からどよめきが起った。

——だが、彼の鳩は、はばたかなかった。

「舞台で生き物を取り出す奇術は、絶大な効果があります」

鹿川がよく言う。

「だが欠点もあることを忘れてはいけない。生き物には必ず寿命があります」

和久のシルクから顔を出した鳩は、はばたかない代りに、でろでろと茶色い汚物を床に落した。首に力がなくなって、和久が両手をゆすると、ぶらぶらと動いた。桂子はそれを見てぞっとした。

鹿川がいきなり舞台に歩み出た。そして何気ないふうで和久の傍に寄り、シルクで鳩を包むように取り上げ、さっさと袖に戻って行った。あっという間だった。鹿川の態度が、予定の行動のように堂々としていたので、殆《ほとん》どの観客は鳩の生死を疑う間がなかったに違いない。美しい助手が付き添っているにもかかわらず、鹿川がとった行為は無作法極まりないものだったが、この処置は正しかった。もし稽古と同じに和久がこの鳩を美智子に手渡したら、この初々《ういうい》しい若妻は舞台の上で気絶していたに違いない。

「ゴムの鳩だよ」

レコード室のスピーカーから、観客席の声が聞えた。この見当違いの推理は、この場合好意的な解釈になっていた。

このあと、和久の演技は、憫《あわ》れなほど、支離滅裂なものになった。和久は自分の趣向のとおりに真白な顔になり、そして今度は真赤になった。自分独りだけで組み立てた手順に無理があったのだろうか。

鹿川は経験の豊かな奇術研究家だが、鳩の奇術は手掛けたことがなかった。やはり寿命のある点が好まなかった理由だ。松尾の場合は、鳥とは生れたときから性があわないのだ。

「鳩？　あれだけはいけません。生温かくって、どきどきしているでしょう。その上、変に重たい。だいたい僕は小鳥でも触れないいんだ。生れつきでしょうがね」

それで和久はプロの舞台を繰返し見ては、書物と首っ引きになった。貴公子のような奇術師が、一分《ぶ》の隙もない燕尾服をぴったり着て、シルクから真白な鳩を次々と出現させる。美人の助手は誇らしげに奇術師の手から、鳩を受け取り、飾られた止まり木に移す。また鳩が出る、と思うと今度は真白なトランプがしなやかな指先に奇蹟のように拡がっている。

「いいですねえ。僕、好きですねえ。何としても演りたい。いや、演ります」

和久の決意は固く、奇術用の鳩が、銀鳩という名であることを突き止めると、鳥屋に数羽の銀鳩を注文し、夫婦で白い正装を誂《あつら》えた。そしてカードの曲技を夢中で稽古した。

実際、舞台稽古の和久は、目を見張るばかりの出来になっていた。

「執念とは、全く恐ろしいもんだねえ」

鹿川がつくづくと言ったものである。

稽古が過ぎて、鳩が弱ってしまったのだろうか。それとも不可抗力の、鹿川の言う寿命だったのか。

死んだ鳩を出してからの和久は、まだシルクを丸めないうちに鳩が飛び出す。シルクがボタンにからみつく。それまでは、まだよかった。観客は生きた鳩が出るだけで不思議がり、手を叩いた。だが手の中に隠したカードの束を、どさりと床に落すと、これは誰の目にもしくじったことが判る。和久はあわててカードを拾いにかかる。鹿川が再び袖から飛び出し、和久の手を払い退《の》けた。

「もし演技の途中で、物を床に落しても、演技者は絶対床に這《は》いつくばるような真似をしてはいけません。私がすぐ拾いにゆきます。主役は平気な顔で立っていればよろしい」

鹿川の注意も、和久の頭からすっかり消し飛んでいたのだ。鹿川がカードを拾い集めにかかると、和久はやっと身体を伸ばし、むずかしい顔をして床を見下ろした。鹿川からカードを渡されると、和久はぺこんと頭を下げた。

だいたい、しくじっている舞台は、短くなるか長引くかのいずれかだ。和久はそのどちらもやって退けた。

シルクから鳩を取り出す手順、それは思わぬときに鳩が飛び出したり、順序が狂い途中の部分を見捨てたりしたため、予定の時間をよほど下廻ったが、カードの段階にはいったところで、俄《にわか》に演技の間《ま》が延びだした。

うまくカードが扇形に拡がらないのだ。カードを曲技的に扱う演技を、奇術ではカード フラリッシュと呼んでいる。カード フラリッシュに利用するカードの取扱いは、特に細かい神経を必要とする。カードはわずかな手の油にさえ、敏感に反応する。それが埃っぽい床にばら撒かれた直後だから、思うように動かないのが当然である。それでも和久は欺《だま》し欺しカードを捻《ひね》くっていたが、とうとう最後には消失させる筈のカードを、再び床に放り出してしまった。

演技は最後の見せ場にかかっていた。和久Aは美智子から一羽の鳩を受け取り、指の先に止まらせた。落着こうとしている和久の気持が、桂子にもよく判った。美智子も不安な表情でAを見守っている。

和久は呼吸を見計らって、その鳩をいきなり空中に投げ上げた。鳩は空中で一瞬のうちにハンカチーフに変り、ゆっくりと奇術師の手もとに落ちて来る。彼はハンカチーフを片手で受け止め、胸のポケットに入れてから一礼する——筈であった。

だがどうしたことか、鳩は天井のライトにもろにぶつかり、一直線に和久の足元に落ちて来た。天井からひどい埃が舞い落ち、鳩は床の上で二、三度羽をばたつかせて、動かなくなった。

いきなり舞台のライトが消えた。一つのスポット ライトだけが、暗く和久の上半身を捕えた。どうすることもできなくなった鹿川が、照明係に指示を与えたのだろう。床の上の鳩に光を当ててはならないのだ。

和久は呆《ぼ》けたような顔になり、息を呑んで客席を見渡した。それから催眠術にかけられたように両手を上げ、一歩前に進んで一礼した。ぱらぱらと拍手が起り、笑い声と話し声で観客席がざわつきだした。和久は無理に笑い顔を作ったが、それは泣き顔に見えた。和久は稽古のときと同じく、美智子の手を取って上手に歩きだした。桂子は、はっとした。彼の足元に瀕《ひん》死《し》の鳩がいるのだ。最後のライトが消えた。真暗な舞台から、異様な物音がした。それはぎゅっというような音だった。

緞帳が凄い早さで降りて、客席のライトがついた。緞帳の後ろからもう一度物音がした。それは低く押えた美智子の悲鳴に間違いなかった。

進行表にない幕であった。奇術の間は一度も緞帳を降ろさないことになっている。全体の流れが中断するからだ。大きな道具をセットしなければならないときは、段取りよく中カーテンを使って全体の流れが崩れないように松尾と鹿川が順序を構成した。だがこのときばかりは、緞帳を降ろさずには済まなかった。

緞帳の隙間から、大谷の姿が現れた。ざわついた観客席を静めるように手を上げる。

「いかがでしたでしょうか。今の素晴らしい鳩の奇術。もうこれ以上の演技は、他では絶対にお目に掛かることがなかろうかと思います――」

自分の前の出演者がよい出来で、観客が満足そうな顔をしていると、その後の演者は、よし俺もという気持になり、張り切って舞台にあがることができる。だが自分の前の演者が、みじめに失敗した直後は、自信のある人でも固くなる。ベテランのプロでもそう言う。ましてアマチュアなら、なお緊張するのは当然だ。

SIオーディオの五十島貞勝《さだかつ》は、自分の目の前で、和久が大失敗をやらかしたのを、端《はな》から終《しま》いまで見てしまった。まして、中カーテンの後ろで待機する筈が、緞帳の後ろで立つことになった。初心者にとって、このささいな変更も、大いに気になるものだ。それに袖から登場してよいものやら、板付き（演者があらかじめ舞台に立っていて幕が開く）なのか一向に指示がない。人一倍せっかちな五十島は、空咳《からぜき》をしながら舞台を往ったり来たりし始めた。

「――さて、もうお気づきの方もいらっしゃるかと思いますが、今までの奇術に流れていた音楽、実にいい音がしているでしょう。それもその筈、私たちのクラブには、こういう方がいたからです。SIオーディオの社長、今日の音楽の指導をした、五十島貞勝さんです。では数ある奇術の中でも指折りの傑作、ゾンビ ボウルを五十島さんの演技でご紹介しましょう。五十島さんは日常生活の中でも、サービス精神の旺盛な人です。きっと面白い奇術をたっぷりお見せするでしょう」

緞帳がすいと上った。ところがすっかり痺《しび》れを切らせた五十島は、いま上手の方に歩き出したところである。袖に行く途中で幕が開いたのに気がついて、五十島はくるりと向きを変えて舞台の中央に歩き直した。客席から、笑い声が起った。

マジック テーブルの上に、十五センチほどの金属のボウルが置いてあった。五十島は大きく一つ息をしてから、一メートル角の布を拡げてボウルの上を覆った。ボウルは布の下で、生き物のようにぴくぴく動きだした。

「桂ちゃん。穴があったらはいりたいよ」

振り向くと、和久がげっそりした顔で立っていた。出演前と後とでは、こうも違うものか。

「動物愛護協会の会員が、見ていなければいいわね」

「やはり、初舞台が鳩の奇術じゃ、荷が重過ぎたようだ」

「美智子さんは？」

「ああ、もう駄目だ。彼女は僕に愛想をつかしただろう。ああ、胸が痛い」

和久は胸を押えた。そのとたん、彼の前に鳩が現れた。

「いけない。もう一羽残っていたんだ」

出番を失っていた鳩が、面喰らって飛び出したのだ。捕えようとすると、鳩は余計にはばたいて、手からすり抜ける。

「ぎゅう――」

スピーカーが妙な音を立てて、音楽が止まってしまった。鳩がピック アップの腕に止まったのだ。

「和久さん、鳩を早くどうにかして！」

桂子が叫んだ。和久が機械の上に乗りかかった。

「機械に触っちゃ、駄目よ！」

鳩はレコードの上から、ぱっと飛び立った。桂子はあわててレコードをかけなおす。その間に和久はガラス窓に突き当たった鳩をやっと取り押えた。

幸い舞台の五十島は、音楽が中断したことに気が付いていない。ボウルの動きに夢中だ。今、ボウルは、五十島が拡げた布の端に、鳥のように止まっている。ゾンビ ボウルの佳境に入っているのだ。

しかし、桂子がほっとする間もなかった。いきなり和久の鳩が、舞台に飛び出したのだ。和久の鳩は、和久と同じアマチュアであった。舞台馴れがしていない。鳩が神経質になっているのも無理はない。一度捕えられた鳩は、和久の隙を見て、暗い楽屋から明るい舞台に飛び出したのだ。そしてライトに目が眩《くら》んだ。銀鳩は飛ぶのが得意ではない。舞台をばたばたひとまわりした鳩は、何を思ったのか、最後に五十島の顔に、覆いかぶさるようにして、ぶつかった。五十島の両手は、布のためにふさがっている。両手は放すことができない。下手にいた鹿川が鳩を捕えようとして飛び出す。ところが、一歩遅かった。

桂子も経験したように、舞台に馴れぬ人の視界は、日常よりうんと狭くなっている。いきなり両眼を塞がれた五十島は、何が起ったのか判らなくなったに違いない。それに、今まで感じたことのない触覚。

五十島はついに両手を放してしまった。神秘的な浮揚を続けていた金属性のボウルは、がちゃんと、ひどく現実的な音をたてて床に落ち、二つに割れた。こうなればボウルの魔力は、霧のように消え去り、床にはただ毀《こわ》れたくず鉄だけが残った。五十島はボウルと一緒に落した布を拾い上げた。布の下に割れてしまったボウルを見て、ぽかんと口を開けた。

観客がわあわあ騒ぎだした。

鹿川が下手から飛び出して来る。彼は毀れたボウルを拾い上げたが、これを五十島に渡しても、どうにもならないと知ると、そのまま毀れたボウルを下手に持って行ってしまった。あとには五十島と布だけが残った。

司会の大谷が、袖からしきりに五十島に早く退場するように手真似をしている。

すると、五十島は何を思ったのか、手にした布を、さっと肩に掛けた。そしてレコード室の桂子に向って、何か手を振りだした。音楽を止めろというのだ。

桂子はぞっとした。五十島はゾンビ　ボウルを中断した代償として「闘牛士のタンゴ」を演じる気になったのだ。五十島の珍芸、面白いには違いないが、所詮《しょせん》酒席での芸で、舞台に乗せられるような代物《しろもの》ではない。勿論《もちろん》奇術とは程遠い。

桂子はしばらく音楽を止めるのをためらった。五十島は真剣な顔で、桂子に合図を続ける。その顔を見ると、桂子は恐る恐る音量を下げざるを得ない。このまま幕にしてしまうのでは、やはり五十島が可哀相《かわいそう》な気もした。

五十島は軽く舞台に一礼すると、下手の大谷にマイクを持って来るように言っているようである。大谷も五十島の胸の中を見通している。だが大谷もしぶしぶマイクを五十島の前に運んで来た。帰りぎわに五十島に耳打ちする。五十島も軽くうなずく。

「あまり、はめを外さないように……」

きっと、こんなささやきだったろう。

五十島は胸を張り、マイクに向って、大きな声を出した。

「ただ今は、不測の事故により、私はこれ以上、奇術を続けることができなくなりました。その代りとしまして、これから私の得意芸〈闘牛士のタンゴ〉を御覧に入れたいと思います」

五十島はそう言うと、肩の布を取って振り廻した。宴会なら、風呂敷を使うところだ。

「ぶんちゃっちゃっちゃ、ぶんちゃちゃちゃちゃっちゃ……」

五十島は奇妙な声を張り上げた。タンゴのリズムに合わせて、腰を猥褻《わいせつ》に振り、片手を天井に伸ばした。手を上げて猛牛に立ち向う。闘牛士の形だ。観客は初め呆気《あっけ》に取られ、我に返ると笑いだした。観客の反応が強いほど、五十島の調子が出るのだ。

「オーレイ！」

彼は叫ぶと、いきなり身体を丸くした。布を身体に巻きつける。今度は牛のつもりだ。

「ぶんちゃっちゃっちゃ、ぶんちゃちゃちゃちゃっちゃ……」

五十島の牛は、舞台狭しと駈け廻った。桂子はいたたまれなくなっている。客席の笑い声はますます高くなる。

「オーレイ！」

一瞬、猛牛は布を振りほどき、すきっと立って闘牛士に早変りする。その奇妙な変り身が、五十島に言わせると、むずかしいのだそうだ。

舞台を逃げ廻り、牛に追い廻された闘牛士は、どたん場で猛牛に剣を突きたてる。とたんに猛牛に変った五十島は、あおのけにひっくり返り、両手両足を天井に伸ばして、ぶるぶる震わせると、静かになった。いつもならこのあと、五十島は機嫌よく立ち上って、上着をシャツごとずり上げ、臍《へそ》を出して終わるのである。

桂子は神に祈る気持である。――それだけは思い止まってほしい。

五十島は立ち上り、ちょっと服の埃を払った。どっと歓声が起る。五十島はそれを見ると、ひどく満足そうな顔になった。そうして、服をずり上げ、臍を見せてから退場した。

公民館が割れるような騒ぎになった。

「五十島さん、五十島さん、ちょっと舞台にお戻りください」

大谷が中央のマイクを下手に戻して、五十島を呼んだ。苦り切った顔である。

「お孫さんが花束を差し上げたいと言っております」

五十島はどきんとして歩みを止めた。

五十島の孫、夏子《なつこ》が花束を持って来ていることを、大谷は五十島に秘密にしておいた。予告なしに夏子を舞台に上げて、五十島をびっくりさせようという魂胆であった。しかし、大谷の計画は、全て五十島の奇術が成功した前提で立てられていた。大谷はまさかこんな事態で奇術が終わるとは、夢にも思っていなかったのだろう。

五十島は口の中でぶつぶつ言っている。孫と聞いて我に返り、自己嫌悪に陥ったのだ。五十島は和久に押し返されて舞台に戻った。もし夏子が来ていることを知らされていたら、死んでも布から手を放さなかったろうし、もし放したとしても「闘牛士のタンゴ」は絶対に演じなかったろう。

夏子は大きなリボンを頭に結び、身体ほどある花束を持って、ちょこちょこ舞台に登って来た。その姿に新しい拍手が起った。五十島は顔を真赤にして両手を差し出した。夏子はゆっくりと花束を振り上げ、思い切り五十島の頭をひっぱたいてから花束を渡し、けろりとした顔で舞台を下りて行った。

「ただいまの奔放なる五十島貞勝さんに代わって、珍しい方をご紹介いたします。酒月亭マイケルさんです。酒月亭は雅号でありまして、本名はマイケル　シュゲットさん。ニューヨーク生れで、世界の奇術クラブに所属しております。では、マイケル　シュゲットさんのチャイナリングです」

大谷南山はぶっきらぼうに喋《しゃべ》った。「闘牛士のタンゴ」ですっかり嫌気がさしたものとみえる。

マイケル　シュゲットは、それまで観客席の一番前で、写真を撮りまくっていた。大谷に紹介されると、シュゲットはカメラをマリアに渡して立ち上った。鞄の中から数本の銀色に光る大きなリングを取り出して、舞台に上った。これは鹿川の演出である。

「指名されて観客の中から舞台に上る人がいると、舞台と客席のへだたりが消えて、和やかな雰囲気になります」

ただし奇術の準備ができたとたん、歩行も困難になってしまう鳩の奇術などは別だ。その点、リングの奇術は鹿川の言う条件にぴったりした演目であった。奇術師は数本のリングを手にするだけで舞台に上ることができる。

シュゲットはどちらかというと、小柄な方であった。度の強い眼鏡を掛け、いつもカメラを下げている。多分に東洋かぶれしている点があり、クラブでは殆んど英語を使わない。もしかすると英語を知らないんじゃないかと言うと、彼は真面目な顔で、「郷に入っては郷に従えです」と教えてくれた。桂子が英会話を習いたいと話すと、自分はニューヨーク弁で理想的ではない、マリアに習いなさいと言って、週に何回かは、マリアと会う機会を作ってくれた。マリアは真敷市の私立高校で、英語の教師をしていた。

舞台に立ったシュゲットは数本のリングを、一本ずつ改めた。和久と五十島の演技で、客席の空気はすっかり変った。桂子と志摩子のときの、行儀のよい観客ではなくなってしまった。よく言えば観客が打ち解け、和やかになったのだろうが、どちらかと言うと、観客が演技者をなめだしたと言っていいだろう。

外国人だというので初めはちょっと興味を持った観客も、現れたのがあまり風采《ふうさい》のあがらないシュゲットなので、大した期待ももたない様子である。

レコード室が花のいい匂いで一杯になった。桂子が振り向くと、五十島が大きな花束をぶら下げて立っている。

「私、クラブを馘首《くび》だろうか」

「もし投票で裁決するなら、無論一票入れるわ」

「どっちに？」

「馘首の方へよ。当然でしょう」

「まさか、夏ちゃんが来ているとは思わなかったんだ」

五十島は哀れっぽく言った。

「私だって見ているのよ。私もレディのうちよ」

「充分反省はしていたんだ。春、幼稚園でやって以来——」

「幼稚園でもやったの？」

桂子は呆《あき》れ返った。

「いつも後になって考えると、どうしてあんなふうになってしまうのか、さっぱり判らないんだ」

「今度からは、いつも小さな奇術の道具をポケットに入れておくことだわ。あれがやりたくなったら、ポケットに手を入れなさい」

「そうするよ。だから私の助命運動に、力になってくれないか」

「及ばずながら、ね」

五十島はやっと笑い顔に戻って、花束の中から一番大きなユリを引き抜いて、桂子の前に置いた。

「バラの花束だったら、顔中傷になっていたところね」

五十島はうふふと言った。

「それから、テーブルは片付けないで下さいね。松尾さんが使うことになっているわ」

「判っております」

五十島は最敬礼してからレコード室を出て行った。

シュゲットの演技はあまり愛敬がない。その代り行儀のよい態度は好感が持てた。

切れ目のない数本の鉄の輪を、鎖に繋《つな》いだり外したりして見せる奇術——リンキング リングは、奇術のうちでも最も有名な一つである。宝暦年間に刊行された「放下筌《ほうかせん》」という手品の伝授本に、すでにこのリンキング リングが解説されているほどだ。西洋の演出はもっぱらリングが繋がったり外れたりする不思議さが中心になっているが、東洋ではやや曲技的な面白さに重点が置かれている。数本のリングで、三輪車、燈籠《とうろう》、飛行機、人力車などの形を連続して作って見せるのが特徴である。

シュゲットはこの東洋風なリングの手順を、初めて鹿川から見せられて、すっかり気に入ってしまった。

「東洋では抽象的なものを、ぱっと受け止める感覚が勝《すぐ》れていますねえ。小さいときから折紙や綾《あや》取《と》りで訓練されているからでしょうが、この手順を作り出し、楽しんでいる国は全く素晴らしい」

日本の奇術家は西洋のリングに傾きがちであったが、シュゲットは鹿川から東洋風なリング――チャイナ リングを習い、「国に帰ったら皆に見せて、喜ばせてやる」と張り切った。従って、この日のリングも、彼が鹿川から習ったチャイナ リングの手順である。

シュゲットは両手にリングを持ち、軽く打ち合わせた。すると一本のリングは、もう一本を通り抜けて、鎖状に繋がった。

シュゲットの不用意な行為は、この直後に行なわれた。二本の繋がったリングを、ひょいと観客に差し出したのだ。

「二つの輪には、切れ目などありません。調べてごらんなさい」

と、一番前の子供に手渡してしまった。魔が差したとでも言うのだろうか。

「いけない！」

桂子は思わず腰を浮かせた。

桂子のときの観客なら、それでもよかった。だが今は違う。

「観客に道具を手渡して、改めさせるときは、絶対に子供に預けちゃいけませんよ。もし子供に調べさせるのでしたら、その子を舞台に上げて、きちんとお辞儀をさせ、紳士にしてから、品物を手渡しなさい」

シュゲットはリングの手順のみに気を奪われ、鹿川の注意の意味を軽く考えていたに違いない。それがどういう意味であるかは、二、三秒後に判った。

前の子供は、待っていましたとばかりに、シュゲットのリングを手に取った。だが後ろの席にボスがいたのだ。

「おれに見せろ！」

ボスは前列の子供から、リングをひったくろうとする。

「嫌だ。おれに渡されたんだ」

前列の子供は自分の権利を主張する。するともっと強そうなのが遠くからリングを目がけて駈けて来る。あっと言う間に、十数人の子供が二本のリングに、わっと群がった。

シュゲットはあわてた。

「立っちゃ駄目です、立たないで。立つの、反対。輪を返して、返して……」

もう子供たちは、そんなことに耳も貸さない。シュゲットは舞台を飛び降りて、子供の群れに割って入った。

「おじさん、そっちの輪を見せてよ！」

リングの争奪戦からはじき飛ばされた子供が、新しいリングに向って飛び掛かる。ぐずぐずしてはいられない。桂子はレコード室を飛び出し、客席に飛び降りた。

「駄目よ！　静かにしないと、奇術をやりません。駄目だったら！」

シュゲットは残りのリングを取られまいとして、両手を上げている。だが多勢に無勢だ。それに背の高い方ではない。

「ああ、ボクの眼鏡――」

リングの代りに、シュゲットの眼鏡を持って行った奴がいる。

「ボクの眼鏡には種がないいんだ。あれは奇術ではないいんだ」

大谷、鹿川、和久、手のあいているクラブ員が、次々に舞台を飛び降りて、子供たちの鎮圧に掛かった。桂子は強そうなボスの頭を二つ三つ殴りつけて、二本繋がったリングを奪い返した。

「やい、のっぽ。暴力はひでえや」

「言っても判らねえから殴るんだ」

桂子はボスの耳を引っ張って、他の観客に判らないように脅した。

「ちえっ、種があるに定《き》まってらあ、つまんねえの」

ボスは捨てぜりふを吐いて引きあげた。やっと騒ぎが静まりかかった。

「酒月亭さん、早く舞台へ――」

桂子は奪い返したリングを、シュゲットに渡して言った。

「ぼ、ぼくの眼鏡――」

眼鏡をなくしたシュゲットは、どこが舞台の階段か判らなくなってしまったらしい。

「酒月亭さん、こっちよ」

桂子はシュゲットの手を持って、上手に引っ張って行った。そのとき、彼の足元で、じゃりっと音がした。シュゲットは床にかがんで、何かを拾い上げた。

「ああ、ぼくの眼鏡が――」

拾い上げたのは、無残に踏み潰された眼鏡の枠だった。

「大丈夫？　眼鏡がなくなって」

「眼鏡がないと、なにも見えない。でもリングはできます。このリングは目をつむってもできるまでトレーニングしてあります」

「それならいいけど。ほら、ここが階段よ」

桂子は舞台の中央に立たせて、正面を向けてやった。

「どっちが客席か判る？」

「ライトぐらいは見えますよ。ぼくは盲目じゃないんだから」

シュゲットはむっとして言った。

目を閉じていてもできる、と言っても、やはり目があるに越したことはない。シュゲットは太い眉の下の目をしょぼしょぼさせて、リングを舐《な》めるような恰好《かっこう》で演技を始めた。気の毒で見られたものではない。普段慎重なシュゲットが、よけい慎重になっている。シュゲットがやっとの思いで全部のリングを鎖にすると、公民館一杯の拍手が響いた。眼鏡をなくした不利な条件にかかわらず、よく健闘している姿への賞讃であった。観客がシュゲットの好きな「判官《ほうがん》びいき」になったのだ。更にシュゲットの熱演は続いた。リングでの形造りが始まる。

「はい、ハンドバッグですね、――はい、果物皿ですね――」

観客は一つ一つ拍手を惜しまない。シュゲットは全部のリングをまとめ、最後に一本一本をばらばらに外して、一礼した。

拍手の中を、シュゲットはゆっくりと上手に歩き出した。桂子は立ち上った。シュゲットが舞台を斜めに歩き始めたからだ。桂子は舞台に飛び出したが、このときも一瞬遅かった。シュゲットは舞台から足を踏み外し、観客席に頭から落ちこんだ。

舞台からシュゲットの姿がいきなり消えてしまったので、観客もびっくりした。すぐその理由が判ると、総立ちになった。

「大丈夫？　本当に大丈夫なの？」

桂子と鹿川に抱きかかえられて、シュゲットはレコード室に運ばれ、椅子に坐らされた。

「へいちゃらです。柔道の受け身が役に立ちました」

そこへマリアが駈けこんで来る。ブロンドの髪を乱して、シュゲットの頭を抱いた。

「おお、マイク、可哀相に――」

額にうっすらと、血が滲《にじ》んでいる。

「なに、かすり傷だけ。痛くもなにもない」

シュゲットはマリアの掌《てのひら》を叩いた。マリアはハンドバッグを開けて、眼鏡を取り出した。

「あなたの眼鏡のスペアです。早く気が付けばよかった。あまり子供たちが大勢来たので、すっかりあわててしまって、スペアを持っていることを思い出す閑《ひま》がなかった」

眼鏡を掛けると、シュゲットはやっと落ち着きを取り戻し、元気よく立ち上った。

「ようし、次は私や」

シュゲットを舞台の下に送った桂子が、レコード室に戻ろうとすると、上手の袖で飯塚晴江《いいづかはるえ》が、大きな胸をどんと叩いた。晴江の傍で、夫の飯塚路朗《みちろう》が、まるで自分の出番のような固い顔をして立っている。

「桂ちゃん、まかしといてや」

晴江は桂子に気がつき、大声を出した。スタート前の猛牛のような勢いだ。

「――ご心配をお掛けしました。酒月亭さんに怪我はありませんでした。酒月亭さんは柔道の有段者です。あんなところから落ちるくらいは、へのかっぱだと言いました。あ、いま席に戻って来ます。酒月亭さん、御苦労さまでした。皆さんもう一度拍手を――」

シュゲットは手を挙げて拍手に応え、マリアを席に着かせてから、自分も腰を下ろすと、もうカメラを抱えこんだ。

「そろそろ、ビールが旨《うま》くなる季節がやってきましたね。ビールのお好きな男性は、こういう方と結婚すると幸せでしょう。飯塚晴江さん、本町通りの婦人服店〈ロード〉のデザイナーです」

桂子がまだレコードに針を載せないうちに、晴江は舞台に飛び出した。桂子は急いでボリュームをあげる。曲は「レッド ポルカ」。晴江の動きによく合った音楽である。

赤い花柄の布を掛けた大きなテーブルに、ビール瓶とコップが載っている。二本の筒をビール瓶とコップにかぶせる。気合を掛けると、筒の中のビール瓶とコップが入れ替わってしまう。晴江はビール瓶を鷲摑《わしづか》みにし、中のビールをひと息で飲み干すような勢いである。

「桂ちゃん、うちの奴、大丈夫だろうねえ」

飯塚路朗が桂子の後ろで、心配そうに舞台の晴江を見守っている。

「何しろ、晴江も初舞台なんだ」

「晴江さんだもの。心配することなんかないわよ。大船に乗ったようなものよ」

「でもねえ。――ああ、もっと丁寧に演《や》ればいいのに。ああ、あんなに筒を振り廻して、ああ――」

うるさいったらない。

筒をかぶせたビール瓶がコップになり、コップがビール瓶に変化する。それだけなら古くからあるありふれた奇術だ。だが最新の奇術は、このあとビール瓶が無数といっていいほど、広い机の上一杯に立ち並ぶのだ。晴江はよいしょ、よいしょとビール瓶を取り出し始めた。従来のビール瓶とコップの奇術なんだなと、ぼんやり見ていた観客は、完全に意表を突かれている。

晴江がもっと出るぞ、どうだ、これでもかとビール瓶をつかみ出す。ビール瓶が出るたびに「ほう」という声が客席から起っている。

晴江は嫌になるほどビール瓶を机の上に並べたあと、最後の山場で身の丈《たけ》もある巨大なビール瓶を、どっこらしょと引っ張り出した。

前の席の子供たち、さっきのリング合戦の参加者たちも、目をまん丸にして手を叩いている。やはり奇術は成功して客席を湧《わ》かさなければいけない。

「やった！　終わった！　失敗しなかった！」

路朗は緊張が一ぺんに解けて、だらしなくなり、ふらりとレコード室を出て行った。

代わりに、品川橋夫がまだ氷酢酸の臭いを漂わせて入って来た。

「次は先生ね。準備ができましたか？」

「ああ、間違わないように、何度も調べたから大丈夫だけれどね、失敗したらどうしよう。俺は〈闘牛士のタンゴ〉など踊れないんだ」

「しっかりしてよ。いつもの先生らしくもない」

「気が弱くもなるよ。男性軍は全滅だもの。うまくいったのは桂ちゃんと志摩ちゃんと晴江はんだけだ。女ってどうしてこう物に動じないんだろう」

深紅色の中カーテンが閉まって、ビール瓶と晴江の姿が消えた。司会の大谷もやっと正常を取り戻したようだ。

「――飯塚晴江さん、お疲れさん。どうぞいま出したビールでも飲んで休んで下さい。奇術も順調になって参りました。続いて品川橋夫さんの演技に進みます。品川さんは警察病院の外科のお医者さんですが、今日はどういう手術をするか、皆さんと一緒にお手並み拝見しましょう」

レコード室を出て行く品川の肩を、松尾がぽんと叩いた。

「きっとうまくいきますよ」

品川はうなずいて、洒落《しゃれ》たワゴン テーブルを押しながら舞台に登場した。ワゴンの上には、水差しと、二つのコップと、ロープが乗せてあった。

「出番の前になると、奇妙にこの部屋に入りたくなるらしいね。桂ちゃんの顔を見ると、落着くような気がするのかな」

松尾がそう言ってガラス越しに品川の舞台を見た。松尾の顔もやや青白くなっている。桂子はちょっと笑って、

「じゃあ私も鏡で自分の顔を見てから、舞台に出ればよかった」

「予定どおりにいっているかい？」

桂子は時計と進行表を見比べた。一時四十九分。

「延びているわね。七分オーバーしている。和久さん、五十島さん、シュゲットさんで時間を取ってしまった」

「初めてだからね。仕方がない。まだ延びるようだったら、休憩時間で調整しよう」

桂子はふと思い出して、

「松尾さんのコップ、見つかった？」

「あったよ」

松尾は苦笑した。

「洗面所に行ったら、前の棚に乗っていた。誰かが種のあるコップだとは気づかないで、水でも飲むのに使ったんだろう。洗面所へ行ったのも品川先生のお蔭さ。先生が氷酢酸の瓶を落さなかったら、僕はまだうろうろコップを捜していたかもしれない」

品川は骨太な指で、ワゴンに乗っている水差しを持ち上げている。他の手でコップを持ち、静かに水を注ぎ入れる。水はコップの中で、たちまち赤いブドウ酒に変った。品川はちょっと飲むふりをして、嬉《うれ》しそうに笑った。

このブドウ酒を、もう一つの空のコップに移す。するとブドウ酒は、元の透明な水に戻ってしまった。品川は大袈裟《おおげさ》に落胆してみせた。なかなか芝居気たっぷりである。

品川はブドウ酒の奇術を終えると、ちょっと手を拭いてから、真白なロープを取り上げた。

「わあ、しんど。喉がからからや」

飯塚晴江が大きなビール瓶を抱えて、レコード室を覗いた。

「晴江さんのお蔭で、舞台が持ちなおったわ」

「まあ一番前の餓鬼共、恐ろしい目付きやった。あんなのに負けてられへんものね」

「お客さんの表情が判るなんて、大したものだわ」

晴江はビール瓶を、後ろにいる路朗に渡した。

「抜いといてえ」

このビール瓶はビニール製であった。抜いといてというのは、栓ではなく空気を抜いてという意味だ。

「私のテーブルは？」

「今、片付けるところだよ。この奥さんは人使いが荒いね」

客席の一番前で、マリアが一所懸命フィルムの入れ替えを手伝っている。

「少しマリアさんを見習うといいんだが……」

「あんた、マリアさんの指に気が付いたことありますか？」

晴江は多少のことではびくともしない。

「なんや知らんけど、大きな石がぴかぴか光っとるわ。あんたうちに、あんな石買《こ》うたことがありますか？」

「いいえ、ありめへん」

「だったら、とっとと道具片付けてや」

「ダイヤモンドですね、マリアさんの指輪は」

松尾が言った。

「きっとマリアさんは四月生れね」

桂子が教えた。

「私、七月生れや」

「七月はルビーよ」

「あんた、七月はルビーよ」

晴江は振り返ったが、もう路朗の姿は見えなかった。

品川は白いロープを引っ張ってから、真ん中を指先で持ち、真新しい鋏《はさみ》で中央をパチンと切った。ロープは完全に二本になった。品川は二本になったロープを両手でぶら下げて、ちょっと下手を見た。

「あれ、間違《まちご》うとるのと違うのやろか」

晴江は大きな目をして言った。

「待って下さいよ。——新手かもしれない」

松尾は首を傾《かし》げた。

ロープを二つに切り、手の中で元の一本のロープを復活させる。ロープ切りの奇術もまた、さまざまな方法が考え出されている。

最もよく知られているのが、ロープの小さな切れ端を隠し持っていて、ロープの真ん中を切ると見せて、実はこの切れ端を切る方法。次にはロープの真ん中と見せて、実際には端を切る方法。ロープが多少短くなっても、観客は長さまで気が付かない。

だいたい初心者は、この方法をまず覚えるのだ。だがこの方法では、ロープを切った後、今品川が演じているように、切ったロープを両手で離して見せることはできない。

「私、あんな手、習《なろ》うたことないわ」

晴江が不思議そうな顔をした。

奇術のアマチュアは、新しがり屋が多い。次から次へ新ネタを漁《あさ》り尽す。松尾が「新手かもしれない」と言ったのは、品川がどこからか新しいロープ切りを覚えて来たと思ったのだろう。本当に二つに切ってしまったロープは、特殊な接着剤で、切り口を貼《は》り合わせるなどの手段を講じなければならない。だが品川がそんな凝った奇術を演じるだろうか。

そこへ、鹿川が、ばたばた駈けつけて来た。

「桂ちゃん、品川先生の鞄、どこにある？」

桂子は立ち上り、氷酢酸のしみの残っている床のあたりを指した。

「確か、あのあたりだわ。黒い鞄よ」

鹿川はあたふたと一つの鞄を開けようとする。

「そ、それは違う。その鞄は僕のです」

松尾があわてた。

「じゃあ、こっちの方か。どうも鞄てやつはどれも同じようで判らん」

松尾の鞄は焦げ茶色だ。暗いのでどれも黒く見えたのだろう。

鹿川はもう一つの大きな鞄を開け、ロープをずるずる引き出し、適当な長さに切って走り去った。

品川は舞台の上で、二つに切り離したロープを持って考え込んでいる。そこへ鹿川がすっと現れ、品川のロープを引ったくり、新しいロープを渡して袖に引っ込んだ。

「本当に切れば、あのように切れることを示したのです。鋏に仕掛けはありません」

司会の大谷が余計なことを喋った。それが言い訳であることがすぐに判り、客席から笑い声が起った。

品川は大谷に引っ込んでいろという身振りをした。品川は再びロープを改め、四つに折り畳んでから、ロープの真ん中をぱちんと切った。——ロープを拡げると、切ったはずのロープが一本に繋がった。観客はほっとしたように拍手した。

品川は今度は、ロープの両端を結び合わせた。これはロープの端を切るのではないことを示すための結び目である。これは有名なロープ切りの手順であり、品川がこの手順どおりに演じるのなら、話は判っている。

今度は本当に真ん中を切ったように見えた。ロープの中央には結び目が残っている。品川はこの結び目を、勢いよく切り落した。結び目はばらばらと床に落ちたが、ロープは切れていない。再び元の一本に戻った。拍手が起った。その拍手に逆らうように、

「左の手！」

一番前の子供が叫んだ。

「左手の中が怪しい！」

実際、品川の左手は、必要以上に固く握られていた。その子供でなくとも、左手の中が気になるのだろう。

「おかしいな」

松尾も首を傾げた。

「なぜ左手を握っているんだろう。あの手順は、最後に両手を綺麗に改められるのに」

「左手を開けろよ」

しまいには「左手」と言う声が拍手より多くなった。品川はそそくさと一礼すると上手に退場した。

「左手！」

それでもしつっこく叫んでいる子供がいる。

「さすが品川先生、きっと先生の手に掛かると、手術もあんなに簡単にゆくのでしょうね」

「左手！」

大谷はこの子供を完全に黙殺することに、定めたようである。

「では続いて、松尾章一郎さんの奇術を御覧下さい。松尾さんは有望な若手奇術家です。特にトランプを使うカード奇術では、世界のカーディシャンの中にはいっても、一歩も譲らない腕の持ち主です。余談になりますが、今年の八月、世界奇術家会議が一週間、東京のホテルニュー メラルにおいて、世界の奇術家二千人を集めて開催されることになっております。この大会中、松尾さんもカード奇術の部門で活躍されるはずです。ではお待たせいたしました。松尾章一郎さんの〈とらんぷの神秘〉。どうぞ――」

「桂ちゃん、ちょっと頼む」

桂子が振り向くと、品川が黒い鞄を持って、立っている。左手はまだ固く握ったままだ。

「あら、左手！」

桂子は思わず言った。品川は悲しそうな顔をして、そっと左手を開いて見せた。手の中にはロープの切れ端など残っていない。ただ、真赤になっている。

「大変、血だわ！」

「指がいやに滑るんだ。氷酢酸に触ったので、油気が抜けてしまったらしい。ロープの結び目を切るとき、手が滑ってね、掌を突いてしまった。鞄の中に薬と包帯がある。軽く巻いといてくれよ」

「でも、舞台の上で血を流さなくてよかったわ」

「畜生――よっぽどあの餓鬼共に手を開いて見せようと思ったんだ。うぬ、どうしてくれよう」

品川は新たな怒りが込み上ったらしい。右の方の腕をぐるぐる廻した。

「御見物の中に、外科医はいないか。というのはどう？」

松尾章一郎は、にこやかに客席に話し掛けている。さすがに、さっきまでの心配そうな表情は消えていた。

「髭は綺麗に剃っておきましょう」

普段は無精髭《ぶしようひげ》で有名な鹿川がいつも注意している。

「ライトは明るいからね。本当は男もドーランで化粧するべきですがね」

確かにライトは明るかった。松尾は真新しいカードを持っていた。カードは目にしみるほど白かった。松尾の袖口がときどききらりと光る。真珠をあしらった、洒落たカフス ボタンであった。

松尾の柔らかく、物馴れた態度。観客は安心し、それでいてある期待がぴんと張りつめていた。

松尾が奇術の世界を知ったのは、鹿川舜平が自宅の二階から落ちて、脚を骨折したお蔭だ。たまたま同じ病室に松尾が同室していた。松尾の方は自動車事故に遭い、頭を打たれて、鼻血が止まらないでいた。鼻腔のどこかの神経が切れたためだという。二人が快方に向いだしたとき、鹿川が退屈している松尾にカード奇術を見せたのが始まりである。松尾はたちまち、この世界に魅了されてしまった。松尾は当時、まだ学生であった。

鹿川は松尾の熱心さに驚嘆し、外国の奇術書を読むことも教えた。少したつと「○○にこんな奇術が載っていました」反対に鹿川が教えられるようになった。

「あれで学問の方はどうなっているのかな」

松尾は学生の奇術クラブを組織し、リーダーになっていた。だが鹿川が心配することもなく、大学を卒業すると、真敷市にある小さな証券会社に勤めはじめた。市内なら鹿川の家にも近く、会社が閑そうだったからだ。奇術の研究は更に本格的になる。休暇を取っては模型舞台の連中と組んで、小学校などを廻って舞台勘を養う。

「子供の前に立つのが、一番勉強になりますね。子供は欠点を容赦しない。よい演技にはすぐ喜びを表す」

無論、将来はプロの奇術家で立つ気だ。すぐにでも芸能界にはいろうとするのを、鹿川が止めた。

「これからは世界が舞台ですよ。それには今のうちにもっと研究を重ね、独創性豊かな奇術をもっと増やさなければならない」

松尾はどちらかというと小柄な方だ。それに年も若い。それなのに観客は松尾の話に引き込まれている。観客だけではない。クラブの全員が彼の舞台に見入っているはずだ。松尾がどんな奇術を演じるのか、誰も知らない。

「僕の創作です」

と自信あり気に言った。

「種が見破れるかどうか、とにかく見ていて下さい。終わったら研究材料にして、悪かったところは、やっつけて下さい」

松尾の話題は、念力、透視力、予言などの、心理的超常現象の初歩的な知識であった。人間には未来を予言できる能力があるだろうか。または念力によって物を動かしたり曲げたりすることができるだろうか。人間の能力には未知の部分が多く、さまざまな超能力現象が報告されている。未来を予言する能力、これを心理学では予視、予知などと言う。念力で物を動かすことを、精神的遠隔操作、略してPKと言う。目隠しをされても物を知ることのできる千里眼を、感覚官外知覚、ESPと呼ぶ。言葉を使わずに他人の考えが判る、これを遠隔感応、テレパシイと言う。

「人間の心的特異能力には、ほぼこの四つのものがあります。いま私は最後に述べた遠隔感応、テレパシイを演じてみようと思います。テレパシイの実験には普通、ESPカードという特殊なカードを使います。これは超心理学で有名な、アメリカのデューク大学のライン博士の協力者ゼナーの考案したカードで、一名ゼナー　カードと言います。でも見馴れぬカードを使うと、なにか怪しそうに思われるので、今日は普通のトランプを使うことにしました」

松尾は手に持ったカードを、ちょっと拡げて、観客に示した。

「お客さんの中から、一人、五十二枚のトランプの中から、一枚だけ私に見せぬように、抜き取って貰《もら》います。その一枚を強く心に思って下さい。するとその心が私に通じて、カードの名を当てることができるのです。そんなことが可能でしょうか。それがテレパシイなのです」

桂子は超心理学を模した奇術は、あまり好きになれなかった。種があると判っていても、自分の心の中をずばりと当てられたりするのはいい気持のものではない。空の手から無限にカードが現れたり、ボウルが空中で消えてしまう方が安心して楽しむことができる。

「話のある奇術がないいな」

演目表に目を通しながら、松尾と鹿川が話し合っていた。

「一つぐらい観客と話し合う奇術が欲しいな。——そう僕が、メンタル　マジックを出すことにしよう」

鹿川に言わせると、不可能興味を突き詰めてゆくと、一度はメンタル　マジックに熱中するようになるらしい。視覚的な奇術は、何度も見ていれば、ある程度、種の見当は付くものだが、心的なトリックはそのからくりが全く判らぬものが多くある。メンタル　マジックには悪魔の智恵が凝集されているという。

　舞台の松尾は、カードを示してから、一個のボウルを取り出した。ボウルにはリボンが結ばれていた。

「さて、この会場の中から、一人の方にお手伝いを願うのですが、予《あらかじ》め私が頼んでおいたサクラを使うようでは意味がありません。そこでこのボウルを、客席に投げます。このボウルを拾われた方は、手を上げていただきたいのです」

　子供たちが一斉に手を上げる。松尾はボウルを遠くに投げた。ボウルはリボンをなびかせながら、子供たちの上を通り越し、大人のいる真ん中に落ちた。

　ボウルを受け取ったのは、三角形の顔をした、小柄な老婦人であった。

「お手数でもボウルを受け取った方、ここまで持って来て下さいませんか」

　松尾は舞台の端にある、観客席に降りる階段のところまで来て言った。老婦人は白いワンピースを着て、ぴかぴか光る大きな口金のついたハンド　バッグを下げていた。松尾にボウルを差し出す。松尾はその手をしっかり握って、

「折角ですから、ちょっと舞台の上まで、お上りになって下さい」

　手馴れたものである。いきなり「舞台に上って下さい」と言ったのでは、内気な人は受け取ったボウルを捨ててしまう恐れがある。老婦人は口を尖《とが》らせたが、手を捕えられているので、逃げることができない。仕方なく舞台に引っ張り上げられた。

　松尾は老婦人を紹介したあと、さっきのカードを取り上げた。

「初めに、これから使うトランプを調べていただきましょう」

松尾はひと組のカードを老婦人に差し出した。手がハンド バッグでふさがっている。

「そのバッグは、このテーブルに置いて下さい。バッグが消える奇術ではないので、安心して下さい」

老婦人はそれでも疑わしそうな顔で、バッグをテーブルに置いた。だがすぐ思い付いて、バッグから眼鏡を取り出した。客席から笑い声が起った。

「眼鏡を掛けていれば、どんな仕掛でも判りますね」

老婦人はうなずいて、渡されたカードを一枚一枚調べ始めた。

「大変、慎重な方でいらっしゃいます。では調べたトランプを、切って下さい」

「一枚ずつ、切るのかね？」

老婦人はまだ調べがつかないうちに命令されたので、不服そうに言った。

「いいえ、何枚ずつでも、好きなように切っちゃって結構です」

老婦人はいきなり、二、三枚ずつのカードを、びりびり引き裂き始めた。

「おや、おや？」

さすがの松尾もびっくりしたようである。

「これはいけません、私がトランプを切って下さいと言ったのは、切り交ぜて下さいという意味で、破いてしまうことではありません」

「ああ、テンを切ることか」

「そうですよ、テンを切ることです」

どたどたと足音がして、鹿川がレコード室に現れた。

「桂ちゃん、カード持っていないか」

桂子は笑いながら、舞台を指差した。

松尾はポケットから、新しいカードの箱を取り出していた。

「さすが松尾さん、用意がいいわ」

「畜生、演出だよ。客を楽しませているんだ。ほら、笑っているじゃないか」

鹿川は口惜しそうに言った。

そう言えば、松尾の態度には、和久や五十島が失敗したときの、せっぱ詰まった悲愴《ひそう》感が感じられない。老婦人の意外な行為を、観客と一緒にあははと笑っているのである。

「橙蓮さん見なかった?」

和久がレコード室を覗いた。

「さあ?」

松尾の次は、橙蓮の出番である。妻の美智子が橙蓮と共演することになっているので、手抜かりのないように走り廻っているのだろう。桂子も進行表を取り上げた。進行表の下に、今まで気づかなかったが、眼鏡が置いてあった。

「あら、志摩ちゃんだわ」

さっき忘れて置いて行ったものとみえる。

「和尚なら、下手にうろうろしていたよ」

鹿川は舞台から目を放さずに言った。

「まだせくこともないだろう。松尾さんの新ネタを見ていようよ」

舞台の松尾は、新しく取り出したカードを、老婦人に示した。

「この破いたトランプはもう使えませんから、こちらの方を使いましょう。これはまだ封が切ってありません。ほらトランプ税のスタンプが封の上に押してあるでしょう。ではこの封を切って、そう、テンを切って下さい」

カードは普通のバイスクルのライダー　バックであった。三角形の老婦人は、再びカードを捻《ひね》くってから、かなり器用にカードを切り交ぜた。

「大変お上手でいらっしゃいます」

松尾は充分に切り交ぜられたカードを受け取ると、老婦人の前に扇形に拡げた。

「この中から一枚だけ、私に見えないように、好きなところから抜き出して下さい」

老婦人は疑り深そうに松尾の顔を見、それからカードに手を出した。老婦人の選び方は慎重であった。桂子はいつもこうした客に手古《て》摺《こず》らされるのだ。この客は自分の思うカードを絶対に取ってくれない。しかし松尾は平然として、老婦人の思うようにカードを選ばせている。老婦人は下の方から一枚のカードを抜き取り、すぐ両手の間で隠すようにした。松尾はすぐ残りのカードをテーブルに置き、後ろ向きになった。

「さて、今お抜きになった一枚のトランプは、勿論私には見えません。しかしテレパシイによ

真敷市公民館創立20周年記念ショウ　奇術の部・進行表

●企画／斎藤橙蓮●構成／松尾章一郎●司会／大谷南山●写真／マイケル　シュゲット
●音楽／牧桂子●進行・道具／和久A●照明・総監督／鹿川舜平

時間 経過	時間 所要	演題	出演者（助手）	道具	舞台	照明	音楽
1：00	3′	公民館長挨拶	太田長吉		中カーテン前 終了後ドン帳下す	明るく	
1：03	2′	①プロローグ	全員		中カーテン前	明るく	ファン ファーレ
1：05	4′	②シルク アラカルト	牧　桂子	マジックテーブル	中カーテン開く 板付け	客席暗く	シルキー ワルツ
1：09	4′	③花のワルツ	水田志摩子	暗転中道具を運ぶ マジックテーブル	中カーテン前	オレンジ色 明るく	花のワルツ
1：13	7′	④白の幻想	和久　A（美智子）	暗転 ハトの台	下手より登場 中カーテン前	スポットのみ	ムーン ドリーム
1：20	6′	⑤ゾンビ ボウル	五十島貞勝	マジックテーブル	板付け 中カーテン開く	青味	宇宙の光

1：26	10′	⑥チャイナリング	マイケルシュゲット		客席より登場 中カーテン前	客席も明るく	西方の鐘（低め）
1：36	6′	⑦ビール大生産	飯塚晴江	そなえつけのテーブル	中カーテン開く	客席も明るく	レッド ポルカ
1：42	6′	⑧よっぱらいの夢	品川橋夫		中カーテン閉める ワゴンを押し登場	客席は暗く	バラのタンゴ
1：48	7′	⑨とらんぷの神秘	松尾章一郎（水田志摩子）	マジックテーブル	板付け 中カーテン開く	やや青め上手サス（志摩子担当）	K・ファンタジー
1：55	10′	⑩袋の中の美女	斎藤橙蓮 和久美智子（和久 A）（水田志摩子）（品川橋夫）	下手より登場 キッカケによりボックスを舞台に	中カーテン前 飯塚→客席へ 五十島→客席後方	明るく 美智子脱出のとき後方へスポット	海の花
2：05	10′	⑪A四ッ玉 / B人形の家（フィナーレ）	鹿川舜平 / 水田志摩子 他全員	/ 人形の家	中カーテン前 / 中カーテン開くと全員並んでいる	スポット中心 / 明るく	アッタキ マーリ / 聖者の行進
2：15		終了	全員	舞台へ整列 客席に挨拶	ドン帳下す。アンコールで又上げる	明るく	聖者の行進（強く）

って、私はそのカードを知ることができます。ではカードの表を客席の皆さんにも判るように、高く差し上げて下さい。そしてカードの名前を、強く心に思って下さい」

老婦人は言われたとおりに、カードの表を見て、松尾が完全に後ろ向きになっているのを確かめてから、客席にカードを向けた。桂子の場所からも、カードの名は判った。ハートの9であった。

「——そう、私の心には、そのトランプがだんだん映ってきます。赤——どうやら赤い色が形を現しました。そして、あ、ハートですね。数は……9つあります。ハートの9。間違いありませんか？」

松尾は拍手の起るのを聞いてから、ゆっくり正面に向きなおった。簡単な現象であったが、松尾の演技で、ずいぶん面白い奇術になった。こういう疑う余地のない単純な手順が、メンタル　マジックの醍醐味《だいごみ》なのだろう。

「どう？　桂ちゃん、あの種が判るかい？」

松尾の演技を見ていた鹿川が、桂子に訊いた。

「不思議だわ。見当も付かない。鹿川さんは？」

「不思議な手を考え出したようだね」

鹿川は長い顎《あご》を引っ張って、

「あのカード当ての条件、——一つ、種のカードを使わない。二つ、観客が全く自由に一枚を選択する。三つ、術者が後ろ向きになっている。四つ、術者はカードの数値を声に出して言う。

この四つを満足させるカード当ての方法は、そう多くないと思うが、どうかね、和久君」

「そう言われてみると、その条件内で、一枚のカードを当てることは不可能に思えますがね、あとでゆっくり考えさせて下さい。僕は今、カードが当たろうが当たるまいが、そんなことはどっちでもいいいんです。橙蓮さんを見つけなきゃならない。そして〈袋の中の美女〉をもう一度復唱させるんです。万が一、また変なことにでもなったら、美智子さんの顔はもう見られなくなるでしょう。じゃあね」

和久はあたふたとレコード室を出て行った。

以前、松尾はカード当ての奇術を全部調べあげて、その分類を試みたことがあった。それによると、カード当てには三つの種類がある。

その一つは観客の覚えたカードが予め術者に判っている場合である。

観客の覚えるカードを予め術者が知っているというのは、ちょっと異様に思われそうだが、例えば五十二枚のカードが全部ハートの2を集めたものだとしたら、観客はどのカードを選んでも、ハートの2を覚えざるを得ない。これは大胆不敵な例だが、本格的なカード奇術には、部分的にこの原理を取り入れたものがある。

仕掛けのないカードを使っても、術者が予定した一枚を、観客に覚えさせてしまうことができる。この技法をフォーシングと言い、数理的なものから心理的な方法まで、実にさまざまな方法が考え出されている。フォーシングだけを蒐《あつ》めた専門書も出版されているほどである。

また、観客が、絶対に自由な立場で、一枚のカードを選び出しても、観客が覚える直前に予定したカードとすり替えてしまうこともある。

二つ目のグループは、選び出されたカードを、何らかの方法であとから知る場合である。

一般的に知られているのが、目印の付けられたカード。裏模様が一枚一枚違っており、よく見るとその図柄で表の数値が知れるようなカードが市販されている。最近では特殊なインキで印刷され、特殊な眼鏡をかけると、表の数値が浮き出して見えるという、凝った物まで作り出された。これだと肉眼では、いくら調べられても種が見破られる心配はない。ただし、特殊な眼鏡を掛けなければならないという欠点が生じてくる。

これらのトリック カードは、実は専門家にはあまり使われることがない。専門家は、普通のカードで演じられる方法を好む。例えばカードを切り交ぜている間に、観客のカードを盗視する。掌の中に隠してしまい、悠々と見るなどである。

大胆な奇策として、鏡やガラス棚の前で奇術を演じれば、観客の選んだカードはひと目で判ってしまう。観客は自分の後ろの鏡に、自分のカードが映されていることに気がつかない。

サクラを使って当てる方法もこの分野にはいる。大掛かりなのは、観客の後ろの照明室などから双眼鏡でカードの数値を知り、無線で術者に知らせるというのがあった。無線がなかったときはどうしたか。術者の毛髪を細い糸で結び、糸の先を楽屋に延ばして、モールス信号の要領で助手が術者に知らせたのである。

三つ目の方法は、術者は最後まで観客のカードを知らない場合である。

カード当ての奇術で、術者が最後まで観客のカードを知らなければ、カード当てが成立しないと思われても仕方がないが、ある方法によれば、それが奇術になるから不思議だ。例えば、観客の覚えたカードが、一枚だけ裏返って現れたとしたらどうだろう。観客はこう思うだろう。自分が覚えたカードを、奇術者は不思議な力でそのカードを当て、指先で探り出して、しかも判らないようにひっくり返した、と。だがこの場合、術者は何も観客のカードを当てる必要がない。ただ、裏返しにする技法をちょっと使うだけでよいのだ。

この分野には傑作が多くある。観客のカードをポケットに通わせる。観客の指定した枚数目から取り出す。ひとりでにひと組の中から浮き上らせる。だが、いずれもカードの数値は知る必要がない。幸いなことに、観客はいつでも、術者はカードの数値も当てたと信じるのである。

桂子は松尾のカード当ての奇術の分類を思い出したが、どれも松尾の奇術には当て嵌《は》まりそうもなかった。松尾の演技は単純であっただけ、一層不可能なものに思えた。

「カード奇術はずっと前から種は漁《あさ》り尽され、もう新しい奇術など生れないと言われているが、こうした奇術を見ると、まだまだ創作の拡がる可能性はあるようだね」

鹿川は嬉しそうな顔をして言った。

松尾は奇術を手伝って貰った老婦人に礼を言い、手を取って観客席の階段を下ろして、自分の席に戻るのを見送っていた。

観客席に飯塚路朗の姿が見える。五十島が赤い旗を持ってレコード室の後ろを通り抜けた。

最後に近づいて、いよいよ大道具の登場となる。大道具類は全て下手の袖に待機しているはずだ。道具の担当者、蔭の出演者たちで、舞台の裏が俄《にわか》にあわただしくなったようだ。

松尾は空のコップを示して、その中にひと組のカードをそっくり入れた。コップをテーブルに置き、少し離れたところに立って、松尾はコップに指を向けた。指先から見えない力が迸《ほとばし》り出て、それがカードに働くように、コップの中から静かに一枚のカードがせり上って来た。

「私の指先に念力があり、精神的遠隔操作、ＰＫの力で、トランプが選び出されます」

と松尾は説明した。

一枚ずつ、三枚のカードが松尾の命令に従って、コップの中から自動的にせり上った。そのいずれもが、三人の観客が覚えていたカードであった。

桂子はこの奇術の種は知っていた。あのコップには巧妙な仕掛けが組み込まれているのだ。品川橋夫が海外旅行をしたとき、シカゴの古い奇術店で二個買って来たものだ。

「でも僕はどうもカード扱いが下手でね。持っていても宝の持ち腐れになりそうだから、うまく使える人があったら、譲りましょう」

それで松尾と水田志摩子が、コップを手に入れたのだ。桂子もこの奇術が気に入っていたが、惜しくもジャンケンで負けてしまった。

「ええ、志摩ちゃんいますか？」

また和久がレコード室を覗いた。

「いないわ」

和久はちょっと進行表を見て、

「ええと、志摩子と。ああ、いいんだ。判りました」

「志摩ちゃんだって?」

鹿川は走り去る和久の後ろ姿を見送っていたが、いきなり進行表を拡げた。

「桂ちゃん、判ったぞ」

「大きな声ね。橙蓮さんのいるところ?」

「和尚なんかじゃない。松尾さんのカード当てさ。あの四つの条件を満足させるカード当ての方法が、一つだけあった」

「本当のテレパシイ?」

「なあに、ごく古い手さ。ただ古い手も、新しい革袋に入っていたので、幻惑されたのだね。つまり、観客席の中に助手が混じっていて、助手が舞台の術者に、何らかの方法で観客の選んだカードの名を教える。どうだい」

「サクラを使ったのね。でも、どうやって観客席から松尾さんに教えることができるの? 大きな紙に字でも書くの?」

「そりゃ駄目だ。松尾さんは舞台で後ろ向きになっていたよ」

「じゃあどうするの。小さな受信器を耳に付けておくという手を知っているわ」

「松尾さんの耳に何か入っていたかね?」

「なにも」

「松尾さんは見ていたのさ」

「後ろ向きで? 何も見えないじゃない」

「見ていたんだよ。舞台の後ろのホリゾントを」

「ホリゾント！」

「松尾さんの進行表を、もう一度御覧。ほら、照明の指定されている部分」

「——やや青め。上手サス、水田志摩子担当」

「そのとおり。この演目だけ、特に志摩ちゃんに照明を担当させたのには、理由があったんだ」

「志摩ちゃんをサクラに使ったのね」

「上手サス——つまり、上手のサイド　スポットで志摩ちゃんは松尾さんに通信することができたのだよ」

「スポットの通信？　新手ね」

「そう、巧妙な新手だ。舞台のホリゾントは、暗いブルーの色が付いている。松尾さんはホリゾントを見るために後ろ向きになっていたわけだね。そして心の中で、ホリゾントを三段、五列に区切っていた。たぶん、こんな工合だ」

　鹿川は進行表を裏返して、指で線を引いて十五の枡《ます》を作った。そして上段の右からカードの数値を当て嵌めていった。

「あのおばあさんは、自分の選んだカードを、観客席に向ける。志摩ちゃんはそれを素早く読み取って、この表に従って、ホリゾントのどこかに、薄くスポットを当てるのだね。上段の左側ならA《エース》、中段の真ん中なら8ということが、松尾さんには判る。つまり、ホリゾント全体が通信用板になる。これはあまり大きすぎる通信欄のため、かえって観客には、気がつかれないんだ」

「でも、待ってよ。それだけでは、カードの数だけしか判らないわ。ダイヤとかハートの印《スーツ》は、どこで見分けるの?」

「恐らくスポットの色が印を指定していたと思うね。橙《だいだい》ならダイヤ、黄色はクラブ、白はスペードさ」

A	2	3	4	5
6	7	8	9	10
J	Q	K		ジョーカー

「さて奇術ショウも、いよいよクライマックスを迎えております。次は〈袋の中の美女〉。演じるのは、御存知の方も多いと思いますが、この公民館のすぐ裏にある、磐若寺の住職、私たちが和尚と呼んでいます、斎藤橙蓮さんです。では和尚、待っていました」

　斎藤橙蓮はでこぼこ頭で、真敷市の名士に加わっていた。彼の名が告げられただけで、舞台は拍手に湧いた。半分は彼の失敗を期待した拍手であろう。

　橙蓮はでこぼこ頭に黄色いターバンを巻き、変にびらびらする衣装で現れた。それだけで観客は笑い出した。片手に金ぴかの杖《つえ》を持っている。橙蓮は杖を頭の上で振り廻した。

　和久Aが更紗《さらさ》の大きな袋を抱えて来て、橙蓮に手渡した。橙蓮は杖を襟に突っ込んで、両手で袋の口を開き、ばたばたと振った。どういうわけか、このとき橙蓮が嫌な顔をしたのが、桂子に判った。

「これからこの袋を使って、大魔術を御覧に入れまする」

橙蓮は大きな声を出した。

「その前に、この袋を調べて貰わにゃならん。子供はいかん。見落しがあってはならないからだ。おい君、そこに立っている君だ」

橙蓮は観客席をぎょろりと見廻してから、上手の舞台近くに立っている飯塚路朗を見つけて指差した。

不思議さを多少犠牲にしても、絶対に失敗のない方法として、松尾と鹿川はこの方法を考え出した。袋を調べる観客がサクラであれば、袋にどんな仕掛けをしようとかまわないからだ。あの袋の底は、実はチャックになっている。それほど、橙蓮は奇術に関する限り、信用がなかった。

「ちょっと舞台に上って下さい。さあ早く」

飯塚は半分迷惑そうな顔をして、普通の観客の振りをして、おずおずと舞台に上った。

「この袋をよく改めなさい。そう、手に取って――」

飯塚はおざなりに袋を調べ始める。

「穴なんか開いちゃいなかったでしょうな」

「大丈夫です」

橙蓮はいきなり、飯塚に袋をかぶせた。袋をかぶった飯塚が、中でもぞもぞ動き廻る。観客がわあわあ笑い出す。

「どうだ。出られるかね」

「出られません」

袋を脱いだ飯塚も、橙蓮と同じように嫌な顔つきになった。

「それではお待ちかね。ここに美女を紹介いたしまする。和久美智子さん、いざ、これへ」

和久美智子はサリーまがいの衣装をつけ、目張りを強くした化粧で現れた。和久Aの助手だったときの、おどおどした態度ではなくなっている。今度は失敗したところで、橙蓮の責任だ。

「どうじゃ、美人じゃろが」

橙蓮は満足し、美智子を袋に入れて、頭の上で袋の口を絞った。

「この袋の口を、ロープでぐるぐるに縛って貰いたい」

和久Aは飯塚にロープを渡した。飯塚は言われたとおりに、袋の口を何重にも結び付けた。

いくら結んでも、袋の底がチャックになっているから平気なのだ。

「よしっ、それから——そうだ」

橙蓮は天井を見て順序を思い出し、下手に向かって杖を振った。下手から和久と品川が大きな箱を舞台に押し出して来た。箱の前側はカーテンになっていた。

和久と品川は舞台の中央で、箱をゆっくりと一回転させる。橙蓮が箱がしっかりしているのを示すために、ところどころを杖で叩いてみせる。箱は慎重に舞台の中央に据《す》えられた。

箱の背が中カーテンに着けられている。和久と品川は箱の両側に立ち、それと判らないように、中カーテンと箱とをしっかりと押えていた。

箱の背面はがんどう返しになっているのだ。箱の中に入れられた人が、がんどう返しで舞台の裏に逃げるとき、不用意に中カーテンが動かぬように、和久と品川がカーテンをしっかり持っているのである。

「えへん、袋の中に閉じ込めた美女を、更に箱の中に入れまする」

橙蓮は箱の前のカーテンを、さっと開けた。箱の中には、椅子が一つ置いてある。橙蓮は袋の中の美智子を導いて、箱の中の椅子に坐らせて、カーテンを引いた。

「御覧のとおりでありまする」

橙蓮はゆっくりと、大きな目で観客席を見渡した。

「えへん」

和久が咳《せき》ばらいをした。「操作完了」という意味だ。

「中で何か怪しげなことをしていると思っている人がいるようだが、そんな疑いは無用でありまする」

橙蓮は箱に近寄り、カーテンをさっと開いた。箱の中には元のとおり、袋にはいった人が椅子に坐っていた。

「まだ、大丈夫でありまする」

ところが大丈夫ではないのである。実際には袋の中の人は美智子でなく、すでに志摩子とすり替わっているのだ。

中カーテンの裏側では、すでに志摩子が同じ柄の袋の中で待機している。袋の口も同じようにロープで結ばれている。志摩子の傍には、松尾と飯塚晴江が付き添って、手助けをする。

橙蓮が美智子を箱の中に坐らせ、カーテンを閉めると、すぐに美智子は袋の底のチャックを開けて袋から脱出する。そして袋を持って箱のがんどう返しから舞台裏に飛び出す。入れ替りに裏で待機していた志摩子が箱に入り、美智子の代りに椅子に坐る。志摩子は箱の床を二度踏み鳴らす。

それを聞いた和久は咳ばらいをして、橙蓮に、入れ替え完了の合図を送る。橙蓮はこの合図で箱を開き、まだ美智子が袋の中にいると説明する。

舞台裏に逃げた美智子は、急いで上手の楽屋に抜け、楽屋の非常口を出て、公民館を半周して、正面玄関に駈け付け、観客の後方に現れる。そこには五十島貞勝が待っていて、美智子が到着すると同時に、赤い旗を振って、舞台の橙蓮に合図する。

この合図で橙蓮は、再び箱のカーテンを閉めて、志摩子の姿を隠し呪文《じゅもん》など唱える。とたんに美智子は五十島から渡された玩具のピストルを鳴らす。スポットライトが美智子に当てられる。観客が驚いている中を、美智子は悠々と舞台に戻る。この間に箱の中の志摩子は、袋の底のチャックを開けて袋から出、チャックを戻して袋を椅子に置いて、がんどう返しから舞台裏に脱出している。

橙蓮は美智子を舞台に引き上げてから、箱のカーテンを開く。椅子の上には袋が乗っているだけだ。これが「袋の中の美女」の段取りである。

志摩子の吹き替えを使うことによって、いかに箱から抜けたかという不思議に加えて、どうしてあんなにも早く美智子が観客席の後ろに現れることができたかという謎が加わり、観客の謎は一層深められるのだ。

美智子と志摩子の入れ替えはうまくいった。桂子は美智子が、びっくりする速さでレコード室の傍《かたわら》を駈け抜け、非常口に走り去った姿を見た。あと十秒もすれば、美智子は観客席の後ろに姿を現すだろう。この大魔術が成功したとすれば、結局橙蓮に何もさせなかった、松尾の作戦が当たったと言えるだろう。橙蓮は鷹揚《おうよう》に舞台を歩き廻り、ときどき客席をぎょろりと睨むだけでよいのだった。

橙蓮は正面を向き、杖を振り廻した。五十島の合図を待っているのだ。もう美智子が客席の後ろに姿を現していい時刻だった。だが橙蓮は目玉をぎょろぎょろさせているばかりだ。

「——何か、あったな」

桂子はそう直感して、レコード室を飛び出した。廊下とロビーには、席を離れた子供たちがうろうろしている。美智子の脱出に、特に廊下とロビーのコースをとらず、わざわざ公民館の外を廻るようにしたのは、このうろうろしている子供のいるのを予測したからだ。美智子の走っている姿を見た子供は、席に戻ると大声で皆に教えるだろう。

「あのお姉ちゃん、廊下を駈け出していた」

廊下を駈け出している魔女ほど、夢を毀《こわ》してしまうものはないだろう。

桂子が公民館の入口に着くと、美智子と五十島がそこにいた。

「どうしたの？　美智子さん、早くしなければ！」

「駄目なんだ」

赤い旗を持った五十島が途方に暮れたように言った。

「このおばさん、私を中に入れてくれないの」

美智子が悲鳴に近い声を出した。

「切符のない人は、総理大臣でも入れるわけにはいきません」

受付の館員は、両手を拡げていた。

「中に入れないと、困るのよ」

「困るかどうか知らないけれどね。橙蓮さんにしっかり言い渡されているんだ。私は職務に忠実なんだ」

「でも、この人は出演者よ」

桂子が食ってかかった。

「出演者でも駄目。もしどうしても入りたかったら、橙蓮さんを連れておいで」

「橙蓮さんは、今舞台の上よ」

「じゃあ、降りるまでお待ち」

「この人は出演中よ！」

「出演中の人が、どうして外から来るのだ。でたらめもいい加減におし」

桂子はもう問答無用だと思った。いきなり館員の後ろから組みついた。

「さあ、この間に、早く！」

「さあ美智子さん」

五十島は片手に旗を、片手に美智子の手を引いて駈け出した。

「何をするんだ。公務執行妨害だ。うぬ、放さないか」

「放すもんか。役人にしても物判りが悪すぎる」

このとき、観客席から銃声が二度聞えた。

「あっ、人殺しだ。さてはお前も共犯だな」

「落着いてよ。あれは魔術よ」

「魔術と見せて、実は誰かが殺されている」

「おばさん、きっとテレビの見すぎだわ」

わあっと言う歓声と拍手が聞える。

「ほら、魔術が成功したのよ」

館員は一瞬とほんとした。その隙に桂子は駈け出した。

「待て、人殺し――」

桂子は廊下を駈け抜け、楽屋に飛び込んでドアを閉めた。ドアには「関係者以外の出入りを禁ず」としてある。職務に忠実な彼女ならこの札を見て引き返すだろう。

レコード室から舞台を見ると、奇術が成功したことがひと目で判った。橙蓮が美智子の手を取って、舞台に引き上げているところだ。舞台の橙蓮は見事であった。適当に愛敬《あいきょう》があり、威風はあたりを払い、しかも不可解で悪魔的な雰囲気も備わっていた。

橙蓮は箱のカーテンを開いた。椅子の上には空の袋が乗っている。橙蓮は袋をサクラの飯塚に手渡した。飯塚はなぜか袋から顔をそむけるような形で、適当に袋をひねくりわざと首を傾《かし》げて橙蓮に返した。

「袋にも異状はないそうです。なんと、不可思議じゃろうが――」

美智子は美しく微笑を湛《たた》え、和久も満足そうな顔をした。橙蓮は調子に乗り、ターバンを帽子のように取って一礼した。でこぼこ頭がライトに当たって燦然《さんぜん》とした。

「さあ、いよいよフィナーレだ。皆しっかり演ろう」

和久Aはそう言って、一人一人に鳥の毛で作った鮮かな花束を配った。

「これは間違うわけないよね。人形の家の中から、志摩ちゃんが飛び出すきっかけで、懐からこの花を一斉に取り出せばいいんだから」

舞台は暗く、下手の司会者だけをスポットが照らしている。その間に「袋の中の美女」の道具が片付けられている。

司会の大谷南山も、一段と声を張った。

「――番組も滞《とどこお》りなく進み、いよいよ奇術のプログラムの最後となりました。不思議な世界とも、あと少しでお別れであります。最後は鹿川舜平さんのスライハンド マジックに始まり、出演者全員の〈人形の家〉フィナーレであります」

桂子はレコードに針を乗せた。軽快なピアノの曲が流れる。

鹿川は黒のタキシードで、深紅色の中カーテンの前に現れて一礼した。スポットがすっきりと演者を捕えている。橙蓮たちのごてごてした舞台のあとだけに、何の飾りもない鹿川の舞台は、爽《さわや》かで好感が持てた。

彼は静かに右手を空中に差し伸べると、指先にぽっかりと、真白なボウルが現れた。ボウルは抜けるように、くっきりと白かった。鹿川の指先で、白いボウルは一つから二つに増え、更に四つになった。

鹿川の技術は、決して上手だとは言えなかったが、ゆるぎのない安定感があった。鹿川はこの奇術が好きで、愛情を持っていた。それが説得力のある演技に通じているのだろう。

「このボウルを奇術材料店で買ったのは、小学生のときだった。小学生でまだ指が小さかったが、なぜか一番大きな、最高級品を買ったものだ。それがこのボウルと付き合うようになった始まりだ。――それから何十年になるかなあ。戦争とか、台風や病気や結婚、いろいろなことがあったけれど、このボウルはいつも僕のポケットの中に入っていて、苦楽を共にしてきたんだ」

ボウルの塗料が剝げると、自分で塗りなおした。床に落して傷になっても、鹿川は新しいボウルと買い替えたりしなかった。ボウルは何度塗り返したか数え切れない。鹿川のボウルは、だから近くで見ると、でこぼこしているのだ。

「老妻のようなボウルだ」

鹿川は述懐する。

「奇術は多く覚える必要はないよ。アマチュアなら、本当に自分が愛情を感じた奇術が、五つもあれば充分だ。それと生涯《しょうがい》を付き合い抜くのさ」

それが鹿川の人生観でもあった。

鹿川の演技は、淡々として進む。複雑な構成や、絢爛《けんらん》たる技術を誇示するのではない。初心者向きの、どの解説書にも載っているような、普通の手順である。それが鹿川の手で、確固とした美しさを表している。

桂子は目を洗われるような気持である。鹿川の指先でボウルは生きていた。ボウルは呼吸し、鹿川の身体の一部になっていた。

観客席も、とろりとして、舞台に引き込まれている。本物の芸は、奇術や曲芸や音楽や演劇の垣根を取り外してしまう。よい絵に見入っているときのような、軽い溜息が、観客席から聞えてきそうだった。

鹿川は指の間で四つになったボウルを、今度は一つ一つ消してゆき、最後のボウルを軽く空中に投げた。ボウルは空中で、ふっと見えなくなってしまった。「四つ玉」の演技は、そこで終わった。

桂子は我に返って、レコードを掛け替えた。最後を盛り上げるような、迫力のある演奏は「聖者の行進」だ。

中カーテンが左右に開く。ライトが一斉に輝きを増し、ホリゾントが鮮かなオレンジに変化してゆく。

舞台の中央には、人形の家が車のついた台の上に乗っている。人形の家は六十センチ角ぐらいの大きさで、童画の中から出て来たように三角の屋根が赤く塗られていた。

人形の家の後ろには、奇術の出演者全員が並び「聖者の行進」に合わせ、身体で軽くリズムをとっている。

下手から、司会の大谷南山、ターバンを冠りなおした斎藤橙蓮、白い燕尾服の和久A、サリーを着た美智子、マイケル　シュゲット。人形の家のこちら側は、大柄な飯塚晴江、カードの松尾章一郎、「闘牛士のタンゴ」で湧かせた五十島貞勝、左手に包帯をした品川橋夫。水田志摩子の姿だけが見えなかったが、彼女は意外な場所から現れることになっていた。

桂子は「聖者の行進」のボリュームを上げ、大きな毛花を服のポケットに突っ込んだ。このポケットは特製で、飯塚晴江が苦心して作ってくれたのだ。

桂子はレコード室を出て、品川の隣に並んだ。出演者たちの表情は、いずれもほぐれていた。一人だけで舞台に突き出されたときとは、当然心構えが違うのだ。

桂子も落着いて、舞台から観客席を見渡した。不思議なもので、客席は意外にも狭く、観客の一人一人の表情まで、はっきりと見えた。一番前ではシュゲットの代りにマリアがカメラを動かしていた。

和久Aと飯塚晴江が、人形の家をぐるりと回転させる。家の扉は観音開きに作られている。

家を正面に向けて、鹿川は扉を開いた。中は棚で区切られていて、縫いぐるみの人形が、いっぱい詰まっていた。殆どが大谷の模型舞台から借りてきた人形だった。鹿川は家の中から人形を取り出して、後ろに並んでいる出演者たちに渡してゆく。橙蓮に黒ん坊の人形が渡されたとき、観客席から笑い声が起った。人形が橙蓮そっくりの顔だったからである。飯塚晴江には大きなカバが渡された。美智子にはフランス人形。桂子が受け取ったのはキリンであった。

鹿川は空になった人形の家の棚を取り出した。これでもう家の中には何もないことが証明された。鹿川は家の扉を閉め、ピストルを取り出して、人形の家に狙いをつけた。出演者たちは、ピストルの音とともに、三角の屋根が開き、人形に扮装《ふんそう》した水田志摩子が飛び出すのを待った。

桂子は人形の役になりたかったのだ。何とかして、一度空の箱から出て、観客の驚く顔が見たかった。ところが役女は背が高すぎ、脚《あし》が長すぎた。晴江も人形役の希望者の一人だった。一度は人形の家にはいろうとしてもがいてみた。だが晴江の場合は、お腹《なか》がつかえて、とても無理だった。

「今から美容体操しても、間に合わへんやろか」

無論、間に合わなかった。

鹿川はピストルの引き金を引いた。

「ばん――」

ピストルの音は大きく響き渡った。だが妙なことに、人形の家の屋根は動かなかった。

鹿川は落着いて、もう一度ピストルを構えた。

である。

「ぱしゅ」

一度目より間抜けな音がした。だがもっと工合の悪いのは、人形の家に変化の起らないことである。

「寝ちゃったのかな？」

桂子の隣で品川が言った。

「まさか？」

三発目。——それでも家は動こうとしなかった。またあの観客席のざわめきが起りかけている。桂子の背筋が冷たくなった。

鹿川は悠然として、ピストルを和久に渡した。赤い屋根に手を掛けて開き、中を覗き込む。中は空っぽであった。黒い塗料が冷たく光っているだけだ。

「いないわ！」

桂子が小さく叫んだ。

「いない？　そんな馬鹿な。志摩ちゃんが出て来なかったら、幕が閉まらない！」

鹿川はゆっくりと人形の家の屋根を閉じ、胸のポケットからハンカチを取り出して、両手を拭いた。火薬の臭いがする。それが一層桂子を不安にした。

鹿川はハンカチをポケットに戻すと、下手にいる大谷に向かって、

「マイクを持って来て下さい」

と命じた。

「花束、どうしましょう」

桂子は品川に訊いた。

「さあ?」

品川は出演者たちを見渡した。

最初のピストルの音と同時に、晴江と松尾と美智子は、人形の蔭で手を懐に突っ込んで、すでに大きな毛花を引っ張り出していた。志摩子が飛び出すものと、信じて疑わなかったのだろう。

美智子を見て、和久Aとシュゲットもあわてて花を引き出している。その隣にいた橙蓮も、和久に見習って花を引き出し、鉄の棒でも持つように花を握りしめている。

本来なら志摩子が人形の家から飛び出し、全部の観客の視線が志摩子に集まっているから、手に持った人形の蔭であっても、懐に手を突っ込んで花束を出現させるという、多少横着な手が成立するのである。それが、志摩子も飛び出さず、皆それぞれきっかけを外して、思い思いに花を出すのだから、観客には懐から花を引っ張り出すところが、いやでも目につく。観客席の忍び笑いが、遠慮のない高笑いに変っていく。

「皆花を出している。今出さなきゃ、出すときがないわ」

桂子は品川にそう言って、キリンを胸に当てがい、右手をポケットに突っ込んだ。我ながら嫌になるような、ひどい手だ。

「やあ、懐から花を出すんだなあ」

すぐ子供に見つかった。

遅れをとった品川の場合は、もっとみじめだ。観客の視線が、一斉にまだ花の出ていない、品川の手元に集まってしまった。

「左手のおじさんの番だあ」

子供は品川の顔を忘れてはいなかった。品川は背広の内側に手を突っ込んで、花を出して見せた。観客は大喜びし、子供たちはまた活気づいた。

大谷はマイクを中央に運び、上手に退場すると、急いでレコード室にはいった。ぽつんと音がし「聖者の行進」がいきなり消えた。急にスイッチを切ったのだろう。舞台がしらけてしまった。

鹿川は無理に落着き払い、マイクをちょっとなおしてから、

「さて、長い間付き合っていただきました奇術ショウも、これでおしまいであります。最後にこの家の中から、美しい妖精が現れて、フィナーレを飾ることになっておりましたが、さっきから魔法を使い続けていたため、すっかり疲れてしまったとみえて、フィナーレを待たずに、ひと足先に不思議の国へ帰ってしまったようです。従って私たちマジキ クラブのショウも、これでおしまいにいたしましょう。有難うございました」

ゆっくり下手に向かって、緞帳《どんちょう》を降ろす合図をする。観客はぽかんとした顔、笑いながら手を叩く者、隣同士で話し始める者、さまざまである。「聖者の行進」が再び始まった。

「わあ、失敗だ」

一番前の子供が立ち上った。鹿川はそれを無視して、観客に向かい右手を高く挙げて手を振った。

後ろに並んだクラブ員もそれに倣《なら》わなければならない。全員元気なく、花を振った。いや、動かしただけというほうが当たっている。

「胸を張って、にこやかに。心の中で、楽しかったでしょう。またお目に掛かれれば嬉しい。そう言いながら花を振るのです」

とても稽古で言い渡されたようにはゆかない。子供たちの殆どが、腰を浮かせていた。

「失敗した、失敗した」

「本当に失敗したの？　妖精のせいじゃないの？」

これは妖精の存在を半ば信じている子供である。失敗したという確証を演技者から得たいのだ。だが誰も答えはしなかった。

緞帳の降りるのが、こうも遅かっただろうか。降り切るまで、笑い顔を絶やさないでいられるだろうか。

幕と床との間が、やっと二十センチほどになり、桂子はほっとして花束を動かすのを止めた。十数人の子供の顔が、幕と床の隙間に並んだ。

「わあ、失敗した、失敗した」

他の観客が見えなくなったので、橙蓮はどんと床を蹴った。

「失敗したんじゃねえ、この餓鬼共！」

「わあ、失敗したもんだから、怒っている」

緞帳が降りるにつれて、子供たちの顔が横向きになった。そして、やっと子供たちの顔も見えなくなった。その代り、二十本余りの小さな腕が、幕と床の隙間に突き出され、動き廻った。

一本の腕が床に落ちていた、半分に破いたカードをつかんで消えた。

「わあ、失敗だ、失敗だ」

「いんちきトランプだ」

しつっこいのは、リングの争奪戦で、桂子に殴られた子供に違いない。その怨《うら》みをここで晴らそうとしているようだ。

その腕も、一本減り、二本減って、最後の一本が引っ込んだとき、鹿川はくるりと、皆の前に向きなおり、そのまま舞台に坐り込んでしまった。

「何ともはや……」

彼は長い顎を思い切って引っ張った。

「こんなフィナーレって、初めてだ」

幕の外で「聖者の行進」に調子を合わせた大きな拍手が続いている。マリアに違いなかった。それがだんだん大きくなってゆく。子供たちがマリアに合わせて手を叩き始めたらしい。

「こんなフィナーレなのだから、マリアさんは止せばいいのに。まじめすぎるにも程があるわ」

桂子は身の細る思いで言った。そのとたん、一度降りた緞帳が、すいと上った。

「失敗のアンコールだ！」

鹿川はあわてて立ち上り、桂子たちもまた笑い顔を作りなおし、花を振りなおさなければならなくなった。

2　バレエ――サンジョー　バレエ　グループ

「いったい、志摩ちゃんはどこに消えてしまったんだろう」

志摩子の不可解な消失が、誰の心にも重く蟠《わだかま》っていた。

マジキ　クラブの出演者たちは、舞台裏の控室に引きあげて来ると、一度に疲れを感じた。

控室の窓から強い六月の陽が差し込んでいる。道具類も控室に運ばれたが、白日の下では妙に白々として見えた。

控室にも舞台の様子を伝えるスピーカーがあり、今しがたまで「失敗した、失敗した」という子供の声が聞えていた。

第二部サンジョー　バレエ　グループの開幕のブザーが鳴った。それに続いてがやがやという客席のざわめき。さすがにもう「失敗した」と叫ぶ声は消えていた。

控室の時計の針は、二時三十五分を指していた。結局マジキ　クラブの奇術は、予定時間を十分超過してしまった。そのため十五分の予定だった休憩時間が五分短縮されて、二時三十五分にバレエの開幕となったのである。

「大変、お待たせいたしました。司会が代わりました。私、三条紀子と申します」

美しく歯切れのよい声である。

「ただ今の不思議な奇術の次は、可愛らしいバレェを御覧下さい。初めは〈赤いカニ 小ガニ〉。出演は――」

司会の何でもない言葉に皆は苦笑した。いかにも不思議な奇術であった。今日の観客は、これ以上不思議な奇術には、生涯出会うことはないだろう。

桂子は控室の窓を開けた。部屋は暑くなっていた。ターバンを脱いだ橙蓮の頭から、湯気が出た。男たちはすぐに上着を脱ぎ、ネクタイを解きかかった。

「松尾さんて、こんなこと、意外に不器用なのね」

美智子は松尾が蝶タイを毟《むし》るように引っ張っているのを見かねて、止め金を外してやった。ついでに肩に付いていた糸屑などを取ってやる。

「A《はじめ》さん、脹《ふく》れているわよ」

桂子が注意した。

「ばかね」

美智子は笑いながら、Aのネクタイを解き始める。

控室のドアがノックされた。

「どうぞ」

ドアの傍に坐っていた五十島が答えた。

「お疲れさまでございました」

公民館館長の太田長吉が、にやにやしながら入って来た。

「暑くなりましたですね。昨日はあの寒さでしたから、まだ今日は冷房などなくともよいと思っておりましたよ。何しろお客様が大勢だったもので意外と暑くなりました。暑くて奇術が演りにくかったようなことは、ございませんでしたか」

「なあに、俺たちくらいになると、暑さなど関係ねえのさ」

橙蓮は衣装を脱ぎ捨てて、シャツ一枚になっていた。

太田館長は机の上に転がっているターバンに目を止めて、

「和尚様はターバンの巻き方まで、知っているんでございますか？」

「なあに、知るもんか。これは本当のターバンなんかじゃねえのさ。ターバン状をしたシャッポだ。便利なものができているだろう」

「へへえ、なるほど。私も初めて奇術をこう間近で見せていただきましたが、面白いものでございますすね」

「そうさ、奇術は面白えものさ。ただ今日はちょっと太夫《たゆう》不馴れなところもあったがな」

「いいえ、お客様は皆、大喜びでございました。あんな歓声はこの公民館が始まってから、聞いたことがございませんでしたよ。事務所の連中もびっくりしておりました。いったい、何事がおっ始《ぱじ》まったんだろうと」

「皆が喜んでくれりゃ、われわれも演った甲斐《かい》があったと言うもんだ」

「そうでございましょうとも。ところで、お口汚しではございますが、お弁当とお茶を用意しておきましたので、お召上りになって下さい」

「そうかい、そりゃ済まんな」

控室に段ボールにはいったサンドイッチと、大きな薬罐《やかん》が持ち込まれた。

「どうぞごゆるりと。——あ、それから、受付の係員にどなたか公務執行妨害をしたとかせぬとか。いいえ、そんなことはありませんね。なければよろしゅうございます。では御免下さい」

太田館長が出て行ったあと、美智子がうつむいて、机を叩いた。笑いを堪《た》えているのだ。

「どうしたんだい？」

美智子と桂子と五十島を除いたクラブ員が不思議がった。美智子は涙を流しながら、桂子の武勇伝を話した。

「さすが桂ちゃんだ」

桂子は感激した橙蓮に追い廻され、危く頰にキスされそうになった。

「それにしてもあの袋はどうしたの？　臭くって臭くって、息もできなかったわ。もう少し長い時間入れられたら、死んでいたところよ」

美智子が思い出してAに抗議した。

「袋が臭かったって？　どうしたんだろう」

「美智子さんの言うことは本当だよ。私もあの袋を冠《かぶ》されて、どうなることかと思った」

飯塚路朗も同じ経験者だった。

「俺もその臭いにはたまらなかった」

橙蓮も口を挟んだ。

「だから舞台で袋をばたばたはたいたのさ」

「はたいたくらいじゃ、あの臭いはどうにもならないでしょう」

飯塚路朗はあのときのように、嫌な顔をした。

和久Aは控室の隅にあった二枚の袋を引っ張り出した。

「うん、こっちの袋だ」

Aは一枚の袋に顔を寄せた。

「こりゃ凄い。どうしたんだろう」

桂子はこの臭いに思い当たるものがあった。

「氷酢酸だわ、きっと」

「氷酢酸?」

Aが不思議そうな顔をした。

「そう、氷酢酸なの。上手の袖で品川先生が道具の準備をしているとき、氷酢酸の五百ccの瓶を床に落して割ってしまったの。袋はきっと、その傍にあったのだわ。その臭いだと、相当氷酢酸を吸い込んだのね」

「この袋を雑巾《ぞうきん》代わりに使ったのかい」

「まさか」

そのときまたノックの音がして、さっきの太田館長がドアから顔を見せた。

「クラブの品川先生、いらっしゃいますか。お電話が入っております。お越し下さいませ」

品川は立ち上り、あっと言う間に控室を飛び出した。

「うまいこと、逃げられた」

橙蓮が目をぎょろりとさせて言った。

Aは美智子の後ろに廻って、髪の中に顔を突っ込んだ。

「君の髪も臭っている」

「あら、どうしましょう」

「体育館にならシャワーがあるよ」

鹿川が教えた。鹿川はまだタキシードのままである。彼は何か事が起ると、すぐには立ち直れないたちであった。

「そうだね、水洗いでもして来るといい」

「でも、セットが……」

「頭が禿《は》げちゃってもいいのかね」

「嫌だわ。驚かさないでよ」

体育館は公民館の隣にあった。美智子は高校時代、卓球の選手だったので、体育館の中はよく知っている。桂子が朝公民館に着いたときには、もう体育館から元気な掛け声が響いていた。

美智子はバッグを下げて、控室を出て行った。

奇術の道具類は、控室に運び込まれたままだ。誰も片付ける気にならないのである。志摩子の道具もそっくり片隅に置いてある。マジックテーブルの上には花が一杯に詰まった花籠が乗せられていた。床の上には赤い鞄が口を開けたまま、小さなポケットが覗いていた。鞄の隣には銀色の靴が並べられている。桂子は言いようのない淋しさを感じた。志摩子のハンド・バッグと、コートだけが見当たらなかった。彼女は支那服の上に、コートを着て公民館に来たのを覚えている。とすると、何かの急用ができて公民館を出たのだろうか。それにしても、誰にも何も言わなかったとは、どういうことだろう。桂子は志摩子の忘れた眼鏡を思い出し、赤い鞄に入れて蓋を閉じた。

「奇妙なのは、誰も志摩ちゃんが人形の家に入るところを見た人がいないんだ」

鹿川はまずそうに茶を飲んで、

「それなのに、人形の家は外側の掛け金が下りていて、セット完了になっていた」

「人形の家の重さが違うことに気がつかなかったかなあ。人が入っているのと、いないのとでは、相当重さが違うよ」

大谷南山がAに訊《き》いた。人形の家を舞台で操作したのは、Aと品川の二人だった。

「そりゃ判りません」

Aは真顔になった。

「人形の家を動かしたのは、あのときが生れて初めてでしたもの。稽古のときは僕が鳩に夢中だったせいもあって、松尾さんと大谷さんで道具を操作したのですから」

「そうだ。開演が近かったので、A君には段取りだけを覚えて貰ったんだ。やはり稽古は、どんな易しいものでも、きちんとしておかなければいけないんだなあ」

「人形の家は、ずっと下手の袖にあったんですね」

鹿川が言った。

「そうです。僕が全員の人数を、確認したんです」

とAが答えた。

「皆に花束を渡して、中カーテンの後ろに立って貰いました。志摩ちゃんの姿だけが見えなかったので、もうてっきり、人形の家に入っているもんだと思っていた」

「私もそう思うとりました」

飯塚晴江が口を挟んだ。

「それに次はバレエでしょう。楽屋から衣装を着はった小さな子たちが、何人も来て人形の家に触ろうとするの。私は〈袋の中の美女〉でも下手に子たちが来んように見張っている役でしたでしょう。その役をずっと続けなならんと思うて、志摩はんのことには気が廻らんでした」

鹿川は皆を宥《なだ》めるように、

「まあいいでしょう。皆いい勉強になったものね。多少の失敗はあったが、失敗は二度繰り返さないことだ。初めての人が多かった割には、だいたい、うまくもゆかなかったが、まあ、よろしいでしょう」

「何んや、お腹が空いてきたわ」

晴江に言われて、桂子も空腹に気づいた。桂子は段ボールにはいっているサンドイッチを一人一人に配った。

そこへどたどたと品川が帰って来た。物をも言わず自分の鞄を抱えて、また走り出そうとする。

「先生、弁当が来ているわ」

桂子が差し出す包みにも目もくれず部屋を飛び出した。

「あんなにむきになって逃げ廻らずとも、よさそうなもんだ」

橙蓮がぽかんとして言った。

控室のスピーカーから「わらの中の七面鳥」が聞えている。サンドイッチを食べ、お茶を飲んで、桂子はやっと元の自分に戻ったような気がした。橙蓮はパイプに火をつけ、シュゲットは眼鏡を拭いている。使いつけない眼鏡なので、何か気になるのだろう。

「わらの中の七面鳥」が終わって、拍手が聞えた。

控室には、二人の客があった。

一人は肥った赤ら顔の中年の男で、見るからに精悍《せいかん》そうな顔つきをしていた。NAMC（日本アマチュア マジシャンズ クラブ）の有力な会員で、玉置正久《たまおきまさひさ》といい、桂子はこの男の会社の名をテレビのCMで知っていた。

連れの男はジャグ大石《おおいし》。若手のプロ奇術師である。毛を赤く染め、クリーム色の背広に赤いネクタイ。手に大きな指輪を光らせている。見るからに芸人という感じである。

「やあ、玉置さん」

鹿川は二人が控室に入って来たとき、びっくりして茶にむせ返った。

「まさかあなたが、――お見えでしたか。いやはや」

「見せていただきましたよ」

玉置は人懐《ひとなつ》っこく笑った。

「大変な人に、大変なところを見られたようですな」

「いや、大いに楽しかった。本当に久し振りでずいぶん面白かった。こうと知ったらうちのクラブを皆引き連れて来りゃよかった」

「冗談でしょう」

玉置の話し方には、皮肉めいた調子はなかった。むしろジャグ大石の笑い方が気に入らない。

「確か、招待状などお送りしませんでしたが」

「そう。だがね、真敷市の広報を読んだ大石君が僕に知らせてくれた」

「驚いたな、どうも」

「僕は十年前から、奇術大会のプログラムを蒐《あつ》め始めてね。その中にどうしても、マジキクラブの初めてのプログラムを逃したくなかったんだ」

「じゃあ、内容などには期待していなかったように聞えますよ」

「こりゃあ、言い方が悪かったかな。そんなことはないよ」

「でも、うちのような貧弱なプログラムでは、悪いような気がしますな」

「そうじゃない。こういう会ほど、プログラムが手にはいりにくいから、貴重なんだ」

「そのうち値が出ますか」

「僕みたいなのが、あと十人も増えればね」

「増える見込みはありますか」

「まず、ないね」

玉置は笑った。

「ずいぶん、蒐まったでしょう」

「そう、グラビア誌のような豪華なのから、名刺に印刷したようなものまで、十年で国内のだけで五万点」

「五万点も？」

「とにかく、毎日どこかで、必ず奇術大会が催されている勘定だ」

「国際会議が東京で開かれるわけですな」

「そう、その八月の大会でね」

桂子も八月に、世界国際奇術家会議がホテル　ニュー　メラルで開催されるのを知っていた。

無論、自分も参加するつもりだ。

「僕はこのところ、全然自分の仕事をしとらんよ。すでに外国の参加申込みが軽く千を出ている」

「そりゃ、凄《すご》い」

玉置は全国各クラブの渉外を担当していると説明した。人当たりの柔らかな、行動力のある玉置には、ぴったりの役だったろう。

「僕がこまめに、あっちこっちの会を覗いているのは、そのためもあるんだ。ぜひマジキクラブの力を借りたい」

「うちの力といったところで、今日見せた程度が、うちの力ですからな」

「いや、ちょっと君、さっきのプロ」

ジャグ大石が秘書のように、持っていたプログラムを玉置に差し出した。マジキクラブのプログラムで、あちらこちらに書き込みがしてあった。自分のプログラムは折目も付けず、大切にケースの中にしまわれているのだろう。

「そう、シルク アラ カルトの牧桂子さん、花のワルツの水田志摩子さん、ビールの飯塚晴江さん。この三人のうち誰か大会の女性のショウに出演して貰いたい。今のところ、女性の参加者が少なくてね。その点、鹿川君のところは有能な女性に恵まれていて、羨《うらや》ましいね。鹿川君がいい男だからだろうが」

「無論、そうですがね」

「そういえば、水田さんの姿が見えませんね」

ジャグ大石が控室を見渡して言った。

「ちょっと――ね」

鹿川があいまいに答えた。

「ほう、君はさっきも水田さんの舞台を、盛んに誉《ほ》めていたな。油断がならない。知っているのか」

「ええ、まあ、ね」

桂子は志摩子が、ジャグ大石と付き合いがあるとは、意外な気がした。志摩子からそんな話は一度も聞いたことがない。

「それから、松尾君。君の奇術も光っていたなあ。演るものが小さかったが、舞台がひとまわり大きくなったね。あの出番はむずかしいんだ。寄席《よせ》でいう膝替《ひざがわ》り。出しゃ張ってもいけないし、逃げてもいかん。その点はプロと同じ心配りができていた。われわれ専門家を不思議がらせてもくれたしね。大会のクロースアップ マジックに期待が大だ」

松尾はちょっと固い表情で聞いている。

「それから、鹿川君。君、講義を考えておいてくれないか」

「私が講義をするような奇術はありませんよ」

「いや奇術の講習《レクチュア》でなく、講義さ。君が研究している江戸の奇術の伝授本について、何か持論があるはずだ」

「でも聞く人がいますかね」

「いいじゃないか。世界大会だよ。参加することに意義がある」

「持論ならいくらもあります。最近、蓬丘斎乾城《ほうきゅうさいけんじょう》という明治初期の奇術師の研究を松尾さんと始めたところです」

「蓬丘斎乾城？　知らん名だね」

「そうでしょう。おそらく誰も知らない名だと思いますね。一度も舞台に立つことなく死んだ、悲劇の奇術師ですから」

「いかにも鹿川好みの話だ」

「蓬丘斎乾城のパトロンに、野辺米太郎《のべよねたろう》という男がいました。その人の書いた文書を最近見つけたのです」

ジャグ大石が興味深そうな顔をした。

「奇術の種が書いてあるんですか？」

「いや、パトロンの野辺米太郎は奇術には全くの素人《しろうと》でね、奇術の種が記されていないのが残念だが、その乾城という奇術師のことは、克明に記されている。奇術的な興味は薄いかもしれないが、人間的な興趣は尽きるところがない」

「それだ。だいたい奇術家は、ネタ漁《あさ》りにばかり夢中になり過ぎる。その研究はぜひ発表するべきです。それから酒月亭さん。通訳に事欠いています。語学のほうで力になって下さい」

「私も楽しみにしています。私の奇術の友達が、大勢来ることになっていますよ」

「マリアさんも語学は専門でしたね」

「わたし、英語、フランス語、ドイツ語、イタリア、ペルシャ……」

「それは素晴らしい」

「マジキ　クラブには英語の上手な方がずいぶんいます。私が教えている牧桂子さん、和久美智子さん。五十島さんはよく海外旅行に行きますし、品川先生はお医者さんですから、ドイツ語を——」

「そりゃ、素晴らしい。今日は大収穫だ。大漁だ」

玉置は手帖を拡げて、片端からメモを取り始めた。

「玉置さん、せっかく遠くに来ていただいたんだから、今晩一杯やりませんか。感想会の支度がしてあるんです」

「そうかい。僕もこれで仕事はないんだ。君、どうする?」

ジャグ大石はちょっと首を振った。

「仕事かい」

「いや、遠慮するわけじゃありませんが、ちょっと人に会う約束が」

桂子はふと志摩子の言葉を思い出した。——今晩約束があるの。七時までに帰らなきゃならないの。

美智子が控室に戻って来た。濡れた髪を後ろに結び、化粧が落ちている。それが瑞々《みずみず》しい美しさになっていた。

美智子が帰って来たのをしおに、ジャグ大石は立ち上った。松尾も立ち上って、ジャグ大石を公民館の玄関に送って行った。

「玉置さん、どうです。こんなものでよかったら」

鹿川はサンドイッチの包みを玉置に差し出した。それは志摩子の分に違いなかった。

「うは、これは有難い」

玉置は腹が減っていなくても、出されたものは気持よく食べてしまう男であった。

あとに一個のサンドイッチが残った。

「品川先生、どこへ行ったのかしら?」

桂子はその包みを見ながら、ふと不吉なものを感じた。


「〈人間日報〉の黄戸《きど》静夫《しずお》さん、おいでですか。電話が掛かったそうです。いらっしゃいましたら、至急社の方へ連絡して下さいとのことです。——では〈タンポポ〉に続いて、今度は〈アマリリス〉を御覧下さい、出演は小学校四年生——」

「新聞社の呼び出しだ。事件だろうか?」

鹿川がスピーカーを見上げて言った。

「事件?」

松尾はオープン シャツに着替え、鏡の前で髪をとかしているところだった。髪が濡れたように光っていた。

「また女優か何かが離婚でもしたのだろう」

大谷南山は赤い蝶タイをなおし、派手な背広に手を通しながら言った。姿見の前に立って、胸をぽんと叩く。時計を見て、

「さてと。いよいよ人形劇だ」

「しっかり、頑張ってや」

晴江が元気を付けている。

「大丈夫さ。人形には奇術みたいに面倒な種がないから」

人形劇では、大谷と橙蓮が出演する。〈赤頭巾ちゃんの冒険〉で大谷のオオカミと、橙蓮の小豚、〈シンデレラ姫〉では大谷の王様と、橙蓮の侍従が大暴れするのだ。

「乞う、御期待であるぞ」

橙蓮が立ち上った。

「小豚の首を、さっきのターバンみたいに脱がないほうがいいわよ」

桂子が注意した。でも皆はそれを期待しているに違いない。

二人の演技を見ようと、クラブ員はめいめいの道具を片付け始めている。

飯塚路朗は鞄にビール瓶を収め、晴江の衣装をスーツ　ケースにきちんと畳んで入れ終わったところだ。松尾はハンガーの付いた鞄にタキシードを入れ、別の焦げ茶色の鞄ときちんと並べ終わる。鹿川は人形の家をばらばらにし、小さくまとめている。

シュゲットはリングを風呂敷に包んでいる。彼は風呂敷愛好者の一人だった。マリアはカメラのフィルムを入れ替え中である。大谷と橙蓮の舞台も撮るつもりらしい。

五十島の片付けは簡単であった。彼は二つに割れたゾンビ　ボウルを、えいとばかり、控室のごみ箱に放りこんでしまった。

橙蓮の荷物はターバンと、金ぴかの杖だけであった。美女の袋と箱は、模型舞台の製作で、橙蓮が片付けなくとも、模型舞台の若い連中があとで運んでゆくのだろう。

美智子は鳥籠の鳩の、水を取り替えていた。Aは白い衣装を丁寧に脱いでいるところである。

「A君、それは俺が預かろう」

橙蓮は、Aの足元に転がっている白い包みに気がついた。傍にいた松尾が手を伸ばして、その包みを橙蓮に手渡した。

「なむ……」

橙蓮はちょっと手を合わせてから、包みをターバンの下に入れた。桂子にはそれがこわばった鳩の屍骸《しがい》であることがすぐに判った。

「新しいシルクを、桂ちゃんに返さなきゃいけない」

Aは桂子と橙蓮に頭を下げた。マンション住いのAには鳩を埋葬する場所などない。ダストシュートにでも放り込まれかねない。橙蓮は自分の敷地に葬ってやろうという気持なのだろう。

橙蓮と大谷は腕を組んで控室を出て行った。模型舞台の控室は一つおいた向うにある。その控室はさまざまな縫いぐるみの人形で埋まっているはずだ。

残っているのは、志摩子の道具だけになった。

スピーカーからデュエットの曲が流れている。大勢の子供が踊る足音が聞える。

「フィナーレね」

マリアが桂子に言った。

ライトは全て輝き、子供たちは無心に身体を動かす。そして、曲が終わると全員は、舞踊の一部のように、片脚を折って、深く頭を下げる。桂子にはその光景が見えるようであった。観客席から大きな拍手が湧いている。緞帳が、ゆっくり降りているのだ。

「終わったわ」

桂子はほっとして言った。バレエに限り、出演者が消えてしまうなどということは、あり得ないのだ。

「——これで第二部のバレエは終わります。出演はサンジョー　バレエ　グループの皆さんでした。御覧になって、私もバレエを習ってみたいとお思いになった方は、遠慮なく楽屋までおいで下さい……」

三条紀子はなかなかそつがなかった。

「志摩ちゃんの道具、どうしようか」

せっかちな五十島が心配そうな顔になった。

「私、片付けましょう」

マリアが立ち上った。

「これ、志摩子さんの鞄ですね」

マリアは赤い鞄を引き寄せた。銀色の靴が、ちょっと揺れた。

「そうなの」

桂子も立ち上った。

「志摩子さん、確かハンドバッグを持っていたと記憶している」

とマリアは控室を見渡した。

「そうなの。志摩ちゃんはコートも着ていたわ」

そのとき、控室のドアで声がした。

「志摩子さんの道具には、手を付けないで下さい！」

厳しい語調である。桂子はびっくりして声の方を見た。品川がまるで人が変った顔になって、桂子を見ていた。品川の後ろには黒い人影が見えている。

尋常でない気配に、控室の全員も品川に向きなおった。

「先生、何んやね」

晴江が非難めいた口調で言った。

「皆さんも聞いて下さい。よろしいか。重大な事件が起きました。よくない知らせですが……」

品川は息を吸うのに、咽喉《のど》を鳴らした。

「水田志摩子さんが、何者かによって、殺されたのです」

「殺された？」

桂子には信じられなかった。つい今まで、志摩子は舞台に出ていたのではないか。

がちゃんと音がした。松尾が手に持ったライジングカード用のコップを床に落して、割ったのだ。

「間違いじゃないのか。他人じゃないのか?」

五十島がわけが判らないと言ったふうに、わめいた。

「残念だが、間違いじゃありません」

品川の後ろにいた影が動き出し、控室に入って来た。見知らぬ二人の男であった。

「先生の言ったことは本当です」

一人の男が言った。

品川は顔を歪《ゆが》めた。

「たった今、私が志摩ちゃんの屍体を、バーベナ荘で、検屍して来たばかりだ」

「そんな!」

控室の全員は凍り付いたようになった。

最初に身体を動かしたのは松尾だった。彼は割れたコップを空のサンドイッチの包みでまとめて、ごみ箱に投げ入れた。何だか判らないが、そんな動作でもしなければ、やり切れないといった態度であった。

シュゲットはカメラをそっと机の上に置いて、太い眉をひそめた。

控室のスピーカーから、ブザーの音が鳴り出した。模型舞台の、人形劇の開幕の合図であった。

3　人形劇――模型舞台＋サンジョー　バレエ　グループ

品川橋夫の後から控室にはいって来た男は、真敷市警察署の二人の刑事であった。

一人は肥った中年の男で、見るから精力的な身体の上に、穏やかそうな丸い顔が載っている。もう一人は色の白い、刑事に似合わしくない派手なネクタイを締め、指輪など光らせている、若い男だ。

桂子はちょっと前に控室を訪れた、玉置とジャグ大石を思い出した。あのコンビによく似ていた。まるで二人が衣装を変えて、再び登場したようだ。

品川は二人を控室に入れ、注意深くドアを閉めた。品川は二人を紹介した。年上の男は真敷市警察署の力見《りきみ》刑事、若い男は同じ署の菊岡《きくおか》刑事と言った。

「死んだ志摩ちゃんのことで、いろいろ聞きたいことがあるんだそうだ。僕はあいにく、奇術以外の志摩ちゃんをあまり知っていない。知っていることがあったら教えてやってほしい。鹿川さん、頼むよ」

鹿川はやたらに顎を引っ張った。

「うん、協力はするが、あまり意外な話で、頭の中は混乱しているだけだ。が何でも訊いて下さい。知っている限りお話しましょう」

主に年配の力見刑事が質問を始めた。穏やかな語調なのだが、内容は鋭く執拗《しつよう》に質問を繰り返した。

志摩子の年齢、出生地、勤め先、親族、交友関係、特に男女関係に食い下がった。あとは怨《えん》恨《こん》を持つ者がいたかどうか。

だが、クラブ員はいずれも刑事を満足させる答は持っていなかった。

「クラブに入会するにも、誓約書や履歴書を書かせるわけでもないしね。住所と氏名を僕が控える程度で、年齢も女性じゃ聞かないことが多い。この会は、ただ奇術を楽しむための会なんだ」

鹿川はそう言った。

「マジキ クラブに水田志摩子さんが入会したのはいつでしたか?」

「去年の一月。一月最初の会に、正式に入会したと記憶しています」

「紹介者は?」

「大谷南山。彼女は大谷の模型舞台に所属していたんです。演劇の好きな子でした。模型舞台の稽古場は、橙蓮のところ、磐若寺になっています。彼女は大谷や橙蓮の奇術を見て、すっかり奇術が気に入ってしまったのですよ」

「その大谷さんと、橙蓮さんは?」

「今、舞台にいます」

鹿川はスピーカーを指差した。司会の終わった大谷は、すでにオオカミの縫いぐるみを着て、舞台狭しと暴れ廻っていた。スピーカーから、大谷のわざとしゃがれた声が聞えている。

「おお、腹が減ったなあ。人間が食いてえなあ。人間が食いてえなあ。どこかに、うまそうな女の子はいねえかなあ」

子供たちが、きゃっきゃっと言っている。大谷のオオカミが、赤頭巾を見つけたのだろう。

力見刑事は不快な顔をして、スピーカーを見上げた。

模型舞台のレパートリイというのは、総体にどぎつく、残虐性が強く、下品で奇怪なものが多い。

大谷はいつでも腹を立てているのだ。

「今の〈カチカチ山〉は、なぜ婆《ばば》喰った爺《じじ》いという、一番いいところをカットするんだ」

従って、この「赤頭巾ちゃんの冒険」も大谷流の「原型」に忠実な脚本の上に立っているのである。

「橙蓮さんは？」

力見刑事が訊いた。

「いま小豚になって、現れますよ」

力見刑事は口の中でぶつぶつ言った。そうして桂子に向い、志摩子はどんな性格だったかと訊いた。

「――そうですね。奇術家には、奇術の理論やトリックが大好きで、そのからくりを研究するタイプと、実際に観客の前で演じて観客が喜ぶ顔を見るのが好きなタイプがあります。志摩ちゃんは、後者のタイプでした。緻密に計算され、構成された奇術の建築美を楽しむより、派手やかな演技の曲技的な美しさに引かれるタイプでした。従ってカード奇術で喩《たと》えると、ダイ・バーノンやル・ポールの奇術よりも、エドワード・マルローのアクロバチックな技法を――」

「いや、その水田さんの奇術観じゃなくて、何というか……」

力見刑事はあわてて手を振った。

「つまり、男性観ですね。どんな男性が好きだったかなど」

どうも馬が合わない、と桂子は思った。

「残念ですけど、私と志摩ちゃんとの間で、そんなことが話題になったことは、一度もなかったわ」

「一度も？　一年以上の付き合いで？」

力見刑事はこのときだけは、嫌な目をして桂子を見た。そうだ。自分でも不思議なのだ。

その代り、志摩子とはいつも目も眩《くら》むばかりの奇術の世界にいることができた。多くの天才たちの頭脳から生れた、奇蹟のトリックの世界。もっとも他人から見ればずるがしこい、騙し合いの世界なのだろうが――。その世界にいる間は、男がどうの、流行がどうしたのということを話題にしている閑《ひま》が、まるでないのだった。

「どうも、私たちの知っているのは、その程度ですな」

と鹿川が気の毒そうに言った。

「大谷君が来れば、もっと他のことを知っているかもしれない。その前に、僕の方からも、ちょっと尋ねたいことがある。よろしいですか?」

刑事はちょっと口をつぐんだ。

「……これからの捜査に、支障のないことでしたら」

そして、品川の方をちらっと見た。

「水田志摩子は、いつ、どうして殺されたのですか?」

「………」

「お話しになったほうがいいと思いますよ」

品川が傍から口を出した。

「明日になれば、新聞が詳しく報道するでしょう。それに、このクラブの全員にはアリバイがあって、水田志摩子殺しの犯人はいないはずです。加えて、あの現場は不可解なことだらけでした。奇術の臭いがむんむんしている。ある程度、現場を説明した上で、奇術の専門家の意見を聞いたほうが、得だと思いますがね」

二人の刑事は、顔を寄せ合った。「電話機」とか「磁石」というような言葉が、とぎれとぎれに聞えてくる。

やおら力見刑事が向きなおって、

「私は永年警察に勤めていますが、こんな奇怪な事件に会ったのは初めてです。殺害事件だけでしたら、珍しいことではありません。だが犯人は水田さんを殺したあと、奇妙な品物を数多く毀《こわ》して、屍体の回りに意味あり気に並べているのです。私たちはその品物の連関が判りませんでしたが、品川先生が、これは特殊な奇術に使われる、奇術の用具類だと判断しました。だが犯人が何のためにこのような異様な行動をしたのかは、品川先生にも判りませんでした。そしてこの品物から、ある一人の人の名が連想される」

力見は全員の顔を窺《うかが》うように、

「そこで取りあえず私たちがここにやって来たわけです。よろしい、今まで判ったことを、ざっとお話ししましょう。ただし、正式な発表のあるまで、他の人には知らせないでいただきたい……」

水田志摩子殺害事件の一報は、バーベナ荘の管理人、古屋《ふるや》有三《ゆうぞう》によって、一一〇番で通報された。三時三分であった。

バーベナ荘は公民館から、磐若寺の通りを、南に進んだ左側にある、五階建てのマンションである。公民館から、裏通りを行けば、七分ほどだ。静かな住宅地の一角にある、こぢんまりした綺麗な建物で、四階が志摩子の住いであった。

バーベナ荘は、中央の階段を挟み、両側に一つずつの所帯がある。四階の西側が志摩子の住い。東側に若夫婦が住んでいた。その若夫婦が、三時近く、旅行から帰って四階に着くと、志摩子の部屋からガスの臭いがすると、騒ぎ出したのである。

「ガスの臭い?」

松尾が首を傾《かし》げた。鹿川は眉をひそめる。

若夫婦の住いは、南側のベランダが志摩子の住いのベランダと通じている。その窓から、ガスの臭いがしてきたのだ。身を乗り出して見ると、志摩子の住いの窓が少し開いている。夫婦はあわてて志摩子の玄関を叩いたが、返事はない。ドアには鍵がかかっている。すぐ管理人に電話をする。管理人は一一〇番に通報し、金庫からマスター キイを取り出す。これが三時三分。

駈け付けた警察官立ち会いで、ドアを開くと、部屋の中から、ガスが溢れ出した。玄関の下駄箱の上に、志摩子のコートとハンド バッグが乗っていた。たたきには土の着いたタオルが丸められてあった。

志摩子の住いは、玄関を入るとダイニング キッチンがあり、ダイニング キッチンを挟んで、南側に六畳の居間、北側に風呂場と四畳の寝室がある。志摩子は寝室の隅に、うつむけに倒れていた。

前頭部と後頭部に破裂傷があった。前頭部の傷は浅かったが、後頭部の傷は深く、頭骨が陥没していた。この傷が致命傷と思われる。

血は多くはないが、畳に溜まっている血の状態から見て死後、長い時間は経っていない。発見された二時間以内の凶行であろうと思われる。

「物音を聞いた人はありません」

と力見刑事は言った。

志摩子の部屋はピアノが置いてあり、バーベナ荘は防音の設備が整っていた。窓が少し開いていたが、隣の夫婦は旅装を解く間もなく、ガスに気づいたので、それ以前のことは当然判らない。上下の部屋の住人は、日曜でいずれも留守であった。

凶器は銅製の大きな花立である。屍体の傍に転がっていた。かなりの重みで、底部に志摩子の血と、毛髪が付着していた。花立の中に水はなかった。ただの装飾に使われていたらしい。花立は、ピアノの傍にある飾り棚に乗せてあったものである。飾り棚に花瓶敷が置かれてあり、その敷物に丸い痕《あと》が付いていて、その大きさが花立の底の大きさに符合するからである。

屍体は部屋の隅に置いてある、小さなガス　ストーブに覆いかぶさるような姿勢であった。銀色の支那服。志摩子はショウで着た衣装のまま、死んでいた。屍体の下のガス　ストーブの栓が開かれて、ガスはそこから漏れていたのである。幸いベランダの窓が開いていたのと、ガス栓が一杯に開いていなかったため、冷蔵庫のサーモスタットなどによる引火を免れた。ただ窓に下げられていた鳥籠の中の、つがいのインコが、二羽とも死んでいた。

「そうすると、犯人は志摩ちゃんを殺したあと、ガスの栓を開いて立ち去ったわけですか。ずいぶん執拗な殺し方だ」

鹿川が怒ったような声をした。

「ところが、よく判らないことがある。ガス栓は、水田さん自身の手で開けられていたと思われます」

「ほう？」

鹿川が顎を捻《ひね》った。

「すると、ガスを点火しようとして、被害者が屈みこんだところを、後ろから殴られたことになるんですか？　おかしいですな」

「おかしいですよ。今日の気温は、まるで夏ですからね。自分の住いに入った水田さんは、自分の手でベランダの窓を開けたらしい。にもかかわらずなぜ、ストーブに点火しようとしたのか判らない」

「私の考えによると、こうです――」

品川が初めて重い調子で口を開いた。

六月の初めの気候は不順だ。現に昨日は雨で気温も下がり、ストーブさえも必要であった。従って志摩子の寝室と居間に、まだストーブが置いてあることに不思議はないのだが、考えさせられるのは、屍体の位置である。志摩子はストーブを胸の下に抱えるようにして死んでおり、右手でガスの栓をしっかり隠しでもしているかのように握っていた。品川が屍体を起すまでは、志摩子が右手でガス栓を開いているとは、思ってもみなかった。

犯人は銅製の花立を持って、被害者の後ろに近付く。犯人の気配を感じたのかもしれない。被害者はふと振り返る。その額に犯人は第一撃を加えた。前頭部にある破裂傷が、そのときのものだ。だが傷は浅く、命を絶つまでに至らなかった。被害者はストーブの上に倒れる。犯人はそのあと、頭部を更に強打し、志摩子の一命を絶った。

一撃と二撃の間には、時間があったはずである。数秒かもしれないし、数分かかったかもしれない。いずれにしろ長い時間ではない。その間に被害者に意識があり、何かの理由で、ガス栓を細く開いたのだ。

「被害者がストーブの上に倒れ、栓に手が掛かったのであり、何かのはずみで、栓が開かれたのではないのです」

と、品川は強調する。

「なぜなら、あのストーブは電池式の自動点火装置になっているからです。いきなり栓を曲げると、ガスに火が点火されてしまいます。犯人はそれを放っておきますか？　そうはしないでしょう。火の発見と同時に自分も発見されるかもしれませんからね。にもかかわらず、火はついていなかった。火がつかぬように栓を開くことは、意識的な手の操作を加えない限り、不可能なことです」

「電池が切れていた、と解釈するのは？」

「他の刑事さんが試していました。電池は切れてはいませんでした」

「死に面しているときに、被害者がガス栓を細く開いた？」

鹿川は首を傾げた。

「それが何を意味するものやら、判りませんがね。現場の状態は、そうであることに、間違いはありません」

「目撃者は、ありましたか？」

今度は五十島が訊いた。

力見刑事は首を振った。

「公民館からバーベナ荘の裏道は御承知のとおり、人通りが少ない。もっとも、頭の良い犯人は、わざわざ人通りの多い表道を選んだのかもしれませんがね。目下のところ聞き込み中です」

「犯人は頭が良い？」

「そうです。犯人は綺麗に指紋を消しています」

力見刑事は不服そうに言った。

「鍵は？　さっき鍵がかかっていたと聞きましたが」

「鏡台の引出しから、玄関の鍵が見付かりましたが、鍵の磨滅状態やキイ ホルダーのない点から、これはスペア キイであると思います。ハンド バッグはコートと一緒に、玄関の下駄箱の上に乗せてありましたが、鍵が入っていませんでした。つまり、常用していた鍵は犯人がハンド バッグの中から抜き取り、玄関に鍵を掛けて、立ち去ったと見るべきでしょう」

「バッグがコートと一緒に玄関に置かれていたとすると、彼女はすぐ戻る気だったんだ」

「え？」

刑事は鹿川の顔を見た。そして手帖を開くと何かせわしく書き始めた。

「彼女のキイ ホルダーなら、見たことがあるわ」

「ほう！」

刑事は桂子を見た。

「皮製の小さなカード　ケースなの。中にちゃんとひと組のカードが入っていました。珍しいデザインのカードでした」

「今度それを見たら、判りますか?」

「判ります。よく覚えています」

「物盗りとか、通り魔の犯行とは?」

鹿川は訊いた。

「思えませんね。バッグの中には、いくらかの現金がそのままになっていましたよ。ドアをこじ開けた形跡も認められません。また、あとから犯人が押し入ったのではない。凶器が飾り棚にあった花立だったのがそれを証明するでしょう。犯人は被害者と一緒に部屋に入ったのですよ。飾り棚にあった花立を自分の手に取ることさえできた。犯人は当然、水田さんと顔見知りの間なのです」

「怖ろしいことだ」

鹿川が身を竦《すく》めた。品川は鹿川の傍に寄って、

「しかし鹿川さん、犯人はもっと怖ろしいこともしていたのですよ」

と言った。

「旨《うま》いのは後から食うのが、俺の主義だ」

大谷の声がスピーカーから聞えた。

「先に婆あを食っちまおう。さあ婆あめ、骨っぽいのは我慢してやる。さっさと食われちま

え」

　子供がきゃっきゃっ騒ぎ、どたどた舞台を走り回る音が聞えた。

　自分の出演の直前、それも重要なフィナーレの出番が定まっているにもかかわらず、水田志摩子は誰に事情を話すでもなく、公民館から姿を消してしまった。常軌を逸した彼女の行動は、不可解そのものである。フィナーレから三十分後、彼女は自分の部屋で、屍体で発見された。なぜ殺されなければならなかったのか、その理由も判らない。しかも志摩子は死を目の前にして、自分の手でガス栓を緩《ゆる》めるという奇怪な行為をしている。更に志摩子を検屍した品川橋夫は、犯人は志摩子を殺した後、もっと怖ろしいことをしたと言う。

　マジキ クラブ専用の公民館の控室は、なおも重苦しく、暑さが増した。鹿川舜平は今額を拭いたハンカチをくしゃくしゃに握り締めた。品川を詰問するように、

「怖ろしいこと？　それは一体、どういうことです？」

　品川はがっしりした両手を組み合わせ、鹿川をじっと見て、

「これは鹿川さんにも、関係のあることなんです」

「私に？」

「そう、今話したとおり、屍体は四畳の隅で、ガス ストーブを抱えるようにして倒れていたのですが、屍体の回りに、まるで何かの呪術でもあるかのように、不可解な品物が置かれてありました。そのいずれもが、犯人の使用した凶器――銅製の花立で毀《こわ》されていた。毀された品

のうちには、被害者と同じ血痕が付いているのもある。つまり犯人は志摩ちゃんを殺した後、それらの品を一つ一つ毀して並べていったのです」

「その品というのは？」

品川は組んでいた手を放し、指を折り始める。

「一つ、レコード盤です。二、三年前に流行《はや》った歌謡曲のドーナッツ盤ですが、それが割られて被害者の傍に置かれてありました」

「レコード盤ね？」

「二つ、これは馬蹄《ばてい》形の磁石で、へし曲げられてレコード盤の隣に置かれていました。私は試しに鉄に付けてみましたよ。普通の磁石でした」

「磁石がね？」

「三つ、カセットのテープ　レコーダー。同じように一撃されています。四つ、ありふれた乾燥剤の袋、袋が破けて、薬品が散っていました」

鹿川の顔色が、急に変わってきた。品川は先を続けた。

「五つ、電話機です。これは小引出しの付いている電話台にあったものを、わざわざ屍体の傍に引っ張って来たのです。ダイヤルが曲がっていました。六つ、ひと組のトランプ。これは重ねておいて、上から一撃したらしい。カードの上に花立の跡が残っていました」

「悪魔のトランプだ」

鹿川の声がしわがれ声になった。

桂子もはっとなった。裏模様が特殊なインキで印刷されたひと組のカードだ。普段見るとどこにでもありそうなカードだが、特殊な青い眼鏡を掛けると、表の数値が浮き出して見える、奇術用のカードである。〈悪魔のトランプ〉という名で、市販されているのだ。

「七つ目の品は電報です。誕生日おめでとうとしてある祝電です。二月五日の日付で、差出人は——牧桂子さん」

桂子はいきなり自分の名前が出たので、ぎくりとした。確かに自分は、志摩子の誕生日に、電報を打った覚えがあった。

力見刑事の視線が桂子に向けられた。

「そこまで教えて貰えれば、あとは判るような気がする」

鹿川の顔色が悪くなっていた。

「香水の瓶もあるはずだ」

「香水はありませんでしたね」

「ない？　おかしいな」

「八つ目は、鏡台にあったと思われる、除去液の瓶でしたよ」

「除去液？」

「マニキュアを取る除去液の瓶です。瓶が割られて、薬液が絨毯《じゅうたん》に浸みていて、僅《わず》かに瓶の底にシンナーの臭いが残っていました」

「本来なら、香水であるべきだ」

鹿川はむずかしい顔をした。

「そうです。でも化粧品の瓶という奴は、どれも凝りに凝った形をしていますね。その上、ラベルが英語だかフランス語だかで、まるで謎々ですよ。私も臭いを嗅《か》ぐまでは、ただの香水かと思った。犯人も恐らく香水のつもりじゃなかったんですかね」

「香水に暗いとすると、犯人は男かもしれない」

いつの間にか二人の刑事の眼が、鹿川に釘付けされたように動かなくなった。

「九つ。一枚の花札で、梅に鶯《うぐいす》が止まっている、あれです」

「それで終りですね」

「九つの品はいずれも毀されるか破られるかして、被害者の回りにぐるりと置かれていたのです」

「九つ、というのが、どうして判りました？」

力見刑事が鹿川に訊いた。

「十一で数が揃うのです。十番目が志摩子さんで、十一番目が〈タンギング〉のバーテン。それできっちり十一」

鹿川はまるで酔っているように指を動かした。鹿川は恐れているのだ。その理由は桂子にも判っていた。

「〈タンギング〉のバーテン？」

力見刑事が鋭い声で言った。

鹿川はどうにでもなれという調子で、

「そうですとも。〈タンギング〉のバーテン。名前は知りませんがね、先月の初め頃、何者かによって撲殺された、あの男のことです」

「速足三郎《はやあしさぶろう》――だ」

その事件は桂子にも生々しい。同じ真敷市内の事件だからだ。本町通り商店街の外れにあるバーで「タンギング」。小さなカウンターだけのバーだが、五月初めの真夜中、バーテン速足三郎が店を閉めようとしているところを、後ろから何者かによって撲殺されたのである。バーのママがひと足先に帰って行った後の出来事であった。凶器は店にあった鉄製の花立。

その頃「タンギング」では暴力団とちょっとしたいざこざがあり、その方面に捜査が進められていると報道された。だが、この犯人はまだ捕まっていない。

「速足三郎がこの事件に関係があるというんですか？　被害者の回りに並べられた品物は、何を意味するのですか？」

力見刑事はたたみかけた。

「それが本当なら、気狂い沙汰《ざた》だ。まるで意味が判りません。ただ――九つの品物と、二人の被害者はあることに関連がある点だけは確かだと思います」

「あること？　それは何です？」

「十一の奇術です。九つの品物と二人の被害者は、十一の奇術に一つ一つ対応している」

「十一の奇術？」

「半年前、私は小さな書物を出版しました。題して〈11枚のとらんぷ〉。カード奇術小説集という副題を付けました」

「カード奇術小説？　聞いたことがありませんね。私も物はよく読む方ですが。小説ですか？」

「自分では小説だと思っています」

「カード奇術小説というと、奇術でもあるわけですか」

「そうです、奇術としても通用します」

「その奇術を、奇術の機関誌でなく、特に小説として発表した理由がおありでしょうな」

刑事の質問はかなり奇術の本質をついていた。

桂子も鹿川舜平著「11枚のとらんぷ」を大切に持っている。菊半截《きくはんさい》百五十ページほどの小型の書物である。表紙の装丁は紬《つむぎ》が使われており、くすんだ赤の色を出すために、鹿川自身が紺屋に足を運ぶほどの凝りようだった。用紙はクリーム色の鳥の子紙、活字の字体や、大きさも行間も、一切鹿川の好みに合わせて注文した。背綴《せと》じも昔風の丸背溝付きで、本好きの鹿川が、隅から隅まで気を配り、趣味の本にふさわしい、美術品のように贅沢《ぜいたく》な、気品のある本になった。

「他に道楽がないから、仕方がないやね」

と鹿川は言ったが、それは嘘である。人並み外れて酒は飲むし、レコード集めも相当なものだ。

「よく奥さんが黙っていますね」

と和久Aが感心した。

「実は、種があるんだ」

鹿川はにやりと笑って、扉の次のページに印刷された内贈《つまにおくる》という字を示した。

「――奇術の世界は、独創性ということを大切にします。これは奇術に限らず、どの芸能でもそうでしょうが、特に奇術では独創性を非常に尊重します。というのは、奇術は不思議さを中心とした芸能だからです。観客はいつも不思議を求めている。いくら演者が上手でも、観客がすでに種を知っていたのでは、どうしても感興が湧かない。自分のオリジナルを持っていれば、どんな人の前に出ても、胸を張って演じることができるでしょうし、反対にいつも他人の考えた奇術を、そのとおりに演じていては、とても一流の奇術家にはなれんのです」

「奇術というのは、むずかしいものですな」

力見刑事は、また奇術論かという顔をした。

「そこで、カード奇術は創造力の訓練に、最も適しているのです。身辺に置いても邪魔にならないし、種類も豊富。一つの奇術からいろいろなバリエーションが生れる上、一つの奇術を別の技法で他の奇術に作り替えることも可能です。というわけで、カードを捻《ひね》くっているとさまざまなアイデアが泛《うか》びます。それがそのまま、奇術として通用することは、まあ数が少ない。中には実用にならない奇術が考え出されたりします。独創的な殺人方法を思い付いても、探偵小説家はそれを実行したりはしないでしょう」

「されては、こっちもたまらないね」

「カード奇術にも、なかなか実行に移しにくいトリックもあります。私たちクラブ員の一人一人もそんなトリックを持っています。ただし実用的でないので、奇術の専門誌などに発表はできない。だがトリックとしては捨て難いものがあります。あのままではもったいないんだがな、と松尾さんに話したことがある。すると松尾さんはそれでは、小説にして発表したら、面白いものができるのではないかと言いました。それがヒントになり、私は十一のカード奇術を、十一篇の小説に書いてみたのです」

「それが〈11枚のとらんぷ〉なのですね」

「十一の小説には、十一のトリックがあり、そのトリックに使用された小道具も十一あります。その小道具というのが……」

鹿川がそこで息を飲んだ。

「……レコード盤、馬蹄形の磁石、テープレコーダー、乾燥剤、電話機、カード当て用のトランプひと組、電報、香水、九官鳥、そして〈タンギング〉のバーテンと、水田志摩子さんです」

「速足三郎と水田志摩子——人間がトリックとは、どういうことです?」

桂子もこの事件の犯人の異常さに気が付いて、頭が混乱している。まるで夢でも見ているようであった。

「その二人はトリックとして登場しているのです。ちょっと説明しにくいが、二人ともある特徴があり、その特徴がトリックとして使われているのです。本を読めばすぐ納得されるでしょうが」

「その本、お持ちですか？」

「今は持っていません。家にはまだ何冊か残っていますが」

「早速、その本を読ませていただきましょう。すると犯人は〈11枚のとらんぷ〉の中にあるトリックを一つ一つ毀し、そしてトリックであった志摩子も殺し、速足三郎も殺したということになる。——異常ですな」

「さっぱり意味が判らない。現実にそんなことをするなどとは、気狂いですよ。怖ろしいことだ」

「——犯人はあなたの〈11枚のとらんぷ〉を読んでいることには違いない」

「そうでしょう。こんなに偶然が重なるわけはない」

「本の出版社は？」

「充棟堂——つまり私の自費出版です」

「何部印刷されましたか？」

「初版は千部」

「再版もされたのですか？」

「本屋の仲間が読みましてね、あれは本屋の棚に並べても売れそうだよと言いまして、再版の分は一般の書店にも並んだようです。あとはその男に任せっ放しで、さあどのくらい刷ったものやら」

力見は唸《うな》った。自費出版だというので、本を渡した名簿をたぐれば、その中に犯人がいる。捜査範囲が挟まったと思っていたのだろうが、一般の書店に並んだとあっては、そうはゆかない。

「ぎゃあぎゃあぎゃあ。くうくう。痛え痛え。がばがばがばがば……」

〈赤頭巾ちゃんの冒険〉はクライマックスに達していた。全てが擬音語のどたばたである。それに負けない、子供たちの歓声。最後に大谷のオオカミは、ぎゃあとひと声、ひどい音を立てて、死んだ。


大谷南山の顔は青くなっていた。斎藤橙蓮の顔は真赤だった。机の上に投げ出されたオオカミと小豚の頭が、空《うつ》ろな目で天井を見上げている。

大谷の下半身はまだオオカミの縫いぐるみを着たままである。橙蓮は小豚のまま。大谷がオオカミの姿のまま控室に飛び込んだときには、皆ぞっとしたものだ。もっとも一番困惑したのは大谷自身だったかもしれない。誰も悲鳴をあげなかったし、笑い声も起らなかった。その上、見知らぬ二人の男が、威圧するようにオオカミの前に立ちはだかったのだ。大谷と橙蓮は縫いぐるみの中で、この男たちの顔をよく見なかったらしい。二人は奇妙な手付きでかっぽれを踊り、オオカミと小豚の首を脱いで、揃って、ばあ、と言った。

「志摩ちゃんが真敷市のバーベナ荘に住むようになったのは、二年ほど前ですかな。その前は東京の山の手にいたのです。母親と二人暮しでね。その母親が、病気で死んでしまった。胃癌だったと言います。広い敷地を持っていたそうですがね。彼女一人では手に余ったものでしょう。その家を引き払って、バーベナ荘に移ったのが、今言ったとおり、二年ほど前のことです」

大谷の顔から、汗が後から後から出て来る。キングに似た顔がぐしゃぐしゃになった。

「では、生活に困るようなことはなかった」

力見刑事が、むずかしい顔で言った。彼の渋面は、大谷のオオカミと顔を突き合わせてから、崩れることはなかった。

「でしょうな。彼女の生活を見れば、よく判ります。昼は一流の音楽教室に通っていたし——」

「音楽教室に、ね」

「声楽を勉強していたのですよ。ヨーロッパに留学したいという話も聞いたことがある。東京の家を売ったのも、その目的があったからかもしれない。志摩ちゃんは歌手だったことがあります」

「歌手——」

「そう、十歳頃まではね。童謡歌手でした。だが歌手時代の話はあまりしたがらなかった。それで僕も他の人に教えたりはしなかったんですがね。芸名は若水《わかみず》しま子。もう十年以上前の話になります」

「その名前なら、聞いたことがあるわ」

美智子が、びっくりしたように言った。

「でも、志摩ちゃんが若水しま子だなんて、全然知らなかった」

桂子の頭のどこかに、若水しま子という名前が記憶されているようだった。彼女の最後の舞台となった「花のワルツ」が鮮かに思い出される。志摩子の生き生きした笑顔、色とりどりの花。

「声変りになりましてね、童謡歌手の声じゃなくなって、仕事も減ったのです。もっともそんなことで、へこたれるような人じゃあない。大人の歌手として、再び舞台を踏む意志であった。芸好きな性格、これはきっと、母方の血を受けたものでしょう」

「母親ゆずり？　すると母親も歌手だったのですか？」

「いや、芸人ではありませんでしたが、志摩ちゃんを芸界に連れ出すのが大好きであったようです。志摩ちゃんの話だと、母親の家系に、女流奇術師がいたと言います」

「ほほう、女流奇術師、ね」

「もっとも、少しの間だったらしいが、奇術の一座にいて、芸名もあったようだ。確か、ダイヤ錦城《きんじょう》とかいう名前だったと聞いた」

「ダイヤ錦城？」

鹿川が興味深そうな声を出した。

「鹿川君、知っているのかい？」

「いやー、知らない名だが〈城〉という字が気に掛かる。明治の初め、蓬丘斎乾城という奇術師がいたんだ」

「蓬丘斎乾城——またずいぶん仰々しい名前を付けたね」

「あの時代の奇術師は、皆こんな名前を付けたらしい。松旭斎天一《しょうきょくさいてんいち》、万国斎《ばんこくさい》ヘイドン、神道斎《しんどうさい》狐火《きつねび》、亜細亜《あじあ》マンジなどというのもある。乾城に錦城——その錦城の師は何という名だろうか」

「さあ、そこまでは知らないね。だいたい、水田家は旧家でね、市会議員が出たという固い、まあ野暮なほうの家風だ。だから、志摩ちゃんが歌手になることに周囲は反対だったらしい。それを押し切った母親も、負けん気の強い女性だったと思う」

「あんたはこれを洗濯しなさい、掃除も怠けるとひどいよ。それが済んだら皿洗い……」

スピーカーから、シンデレラを苛《いじ》める声が聞える。大谷はそわそわと立ち上った。

「シンデレラで、王様の役をしなければならない。ちょっと失礼しますよ」

「最後に一つだけ。今度の水田志摩子の殺害について、何か思い当たるようなことは？」

「あまりの意外さに、腰も立たないくらいでしたよ。殺されるなどとは、夢にも思いませんでした。しっかりした、いい子でしたのに」

「それではまた何かお聞きするかもしれませんが、そのときは協力して下さい」

大谷はオオカミの首をぶら下げて、どっこいしょと立ち上った。

「橙蓮さんは？」

桂子は落着いている橙蓮を心配した。

「わしはもう少し後でもいいんだ」

「和尚、忘れるなよ」

大谷は念を押し、控室を出て行った。

力見刑事は大谷を見送ると、改まった調子になった。

「さて、最後に重要なことを聞いておきたいのです。水田志摩子が公民館にいた、正確な時間を知りたいのです。彼女は何時まで、あなたたちと一緒でしたか？」

「ここに奇術の部の進行表があります。それに、予定の時刻が記されています」

鹿川は進行表のコピイを、菊岡刑事に渡した。刑事はほうと言って、進行表に目を通してゆく。

「これによると、二時二十五分に奇術のショウが終わることになっていますが、そのとおりでしたか？」

「さあ？」

ずぼらで、時間や発行部数に無頓着《むとんちゃく》な鹿川は、桂子の方を見て助けを求めるような顔をした。

「正確には、二時三十五分に奇術ショウの幕が降りました。予定より十分超過しました」

と桂子が説明した。

「ほう、十分超過をね」

「いろいろ予定にない演技もあっての。国鉄のダイヤのようにはゆかない」

橙蓮が言った。

「この進行表を見ると、十一番〈人形の家〉で水田志摩子の名前が見える。とすると二時三十五分までは水田さんは皆と一緒だったわけですね」

「いや、それが少し違うんだ。志摩ちゃんはフィナーレには出演しなかった」

「出演しない？　進行表には彼女の名前がちゃんと書いてありますよ。代演ですか？」

「それがフィナーレの直前、彼女が消えてしまったんだ」

「消えた？　奇術で」

「いや、いなくなってしまったんじゃ。奇術の最後に空っぽの家から彼女が派手に現れる。そこで幕という段取りじゃったが、彼女はとうとう最後まで、出て来なかった」

「そりゃ困ったでしょう」

力見刑事の眼がきらりと光った。

「子供たちは大喜びじゃったよ」

「すると水田志摩子は、自分の出演だけで公民館からいなくなったわけですか？」

「私たちはプロじゃないの。自分のステージの他にも、いろいろな仕事がありました」

桂子に言われて、刑事は改めて進行表に目を通していたが、

「なるほど、九番〈とらんぷの神秘〉。ここに水田志摩子の名が出ていますね」

「志摩ちゃんは上手のサイド　スポットを操作していました」

松尾はおやっといった顔で桂子を見た。

「主演の松尾章一郎という方は?」

松尾はちょっと手を上げ、刑事はその方を見た。

「あなたが水田志摩子と〈とらんぷの神秘〉を演じたわけですね」

「そうです。志摩ちゃんはお客さんの引いたカードを、僕に教えてくれる役でした。でもこのトリック、よく桂ちゃんに判ったね。志摩ちゃんが教えた?」

「鹿川さんに教えて貰ったのよ」

「それで、演技は予定どおりに行なわれましたか?」

刑事は追っかけて訊いた。

「彼女は間違えませんでした。彼女が失敗すれば、僕は舞台の真ん中で、立ち往生していたでしょう」

「ビビデバビデ、ブウ!」

スピーカーが叫んだ。魔法使いが、どたばたと、カボチャを馬車に仕立てている声であった。

「十番目〈袋の中の美女〉。ここにも水田志摩子の名前が見えますな」

力見刑事は、なおも進行表に食い付いている。

「〈袋の中の美女〉は大成功であったよ」

と橙蓮が言った。

「水田志摩子の役は、どういったものだったのですか?」

「〈袋の中の美女〉ではクラブ全員が活躍しました」

鹿川が説明した。

「この奇術は、私と松尾さんとで組み立てたのです。主演は橙蓮和尚、袋の中で消える美女には和久美智子さん。和久Aさんと品川先生が道具の係。五十島さんは観客席の後ろに待機していました。飯塚路朗さんは袋を改めるサクラで、観客席の前の方に立っています。松尾さんと飯塚晴江さんは、カーテンの後ろで志摩ちゃんと待機しています。その志摩ちゃんは替え玉の役でした」

刑事はその一人一人に視線を移していたが、話が複雑になってきたので、むずかしい顔になった。

「サクラだの替え玉だの、どうも君たちの話はややこしい。もっと詳しく説明して貰えませんかね」

「それを話すと種明しになる。どうしよう?」

鹿川は松尾に言った。奇術の部外者に種明しをするのが、どうも気が進まないのだ。

「この場合、仕方がないでしょう。それにあの奇術は鹿川さんと僕が組み立てたのですから」

と松尾が答えた。

鹿川は細かく〈袋の中の美女〉の段取りを説明した。

「確かにそのとおりに行なわれたのですね」

刑事は一つ一つの段取りを、くどいほど念を押した。そのため、桂子は公民館の受付での騒ぎを、もう一度繰返して話すことになった。ただ今度の場合は、誰も相槌《あいづち》は打たず、沈うつな空気の中で話は進められた。

「志摩子はん、陽気な子やった……」

晴江が淋しそうに言った。

「袋の中にいて、少しでも外から触ると、きゃっきゃっとくすぐったがらはってな。松尾はんとなだめるのに苦労したものや。まさか、あの子がなあ……」

「ぼくの舞台のスナップを撮ると張り切っていましたのに……」

品川もぼんやりした口調で志摩子のことを思い出していた。

「先生を写す？」

刑事は何気ない品川の言葉を聞きとがめた。

「そうだよ。彼女ポケット カメラを持っていた――」

刑事は志摩子の鞄に目を止めた。鞄の口は開いたままで、カメラが入っているのが見えたのである。

力見刑事は連れに目配せした。菊岡刑事は慎重に志摩子の荷物をまとめにかかった。

これは後の話になるが、志摩子のポケット カメラのフィルムはその日のうちに現像された。フィルムは二十四枚のうち、十枚までが使用されていた。素人らしい不確かな撮影であったが、和久の鳩の奇術、五十島のゾンビ ボウル、シュゲットのリング、晴江のビール瓶の奇術、品川のよっぱらいの夢までが、一、二枚ずつ撮影されてあった。カメラには、志摩子の指紋以外は発見されなかった。

「〈袋の中の美女〉が終わって、次の〈人形の家〉が始まるまで、どのくらいの時がありましたか?」

「私が〈人形の家〉の前に、四つ玉の奇術を四分ばかり演じています。そのあと〈人形の家〉が舞台に運び出されたのです」

と鹿川が答えた。

「その〈人形の家〉の中に、入っているべき水田志摩子が、入っていなかったというのですな」

「そうです。——意外なことでしたが」

「〈袋の中の美女〉が終わって〈人形の家〉の始まるまでの間、志摩子を目撃した方はおりませんか?」

力見刑事は、控室をぐるりと見渡した。誰も返事をする者はなかった。

「進行表で見ると〈袋の中の美女〉は二時五分に終わることになっていますが、さっきの話では少し遅れていたようですね。〈袋の中の美女〉の終わった正確な時間は判りますか?」

「二時十五分でした」

と、桂子が答えた。

「私は奇術の間中、レコード室にいて音楽を担当していました。あの前後にちょっとした手違いがあって、時間の延びるのを気にしていました。それで〈袋の中の美女〉が終わった時刻をよく覚えています。二時十五分でした」

「それは助かりますよ。〈人形の家〉が終わってから水田さんを見た人はありますか?」

無論、誰も答えなかった。

力見刑事は手帖に何か書き込んだ。おそらく凶行時間を書き込んでいるのだろう。凶行時間は志摩子が公民館にいた二時十五分から、屍体の発見された、三時の間だ。その間マジキクラブの全員は一人も公民館を出てはいなかった。

「十二時までに帰らなきゃならないの」

スピーカーのシンデレラが言った。三条紀子の魅惑的な声である。

「そうだ、俺もそろそろ舞台に戻らなきゃならないんだ」

橙蓮が立ち上った。

「七時までに帰らなきゃならないの——」

桂子の頭の中は、シンデレラと、あのときの志摩子の顔が重なり合っていた。

「——私の人生のうちでも、最も大切なドラマが起りかかっているのよ」

そのドラマとは何だったのだろう。まさか自分が殺されるとは思わなかったに違いない。志摩子の顔は輝き、生き生きとしていたのである。

力見刑事の質問は続いていた。質問がぐるりと廻って、志摩子の異性関係に焦点が向けられていた。だが誰も刑事を満足させる答は持っていなかった。

「おめでとう」

「おめでとう」

「おめでとう」

控室のスピーカーが、シンデレラの未来を、祝福していた。続いてウエディング マーチが、賑《にぎ》やかに流れる。客席の拍手。

——真敷市公民館創立二十年記念ショウの最後の幕が降りるところであった。

II部　『11枚のとらんぷ』

内 贈
つまにおくる

奇術を研究していると、実用にならないトリックを考え付くことがしばしばある。ある条件が揃えば不可思議な効果が表れるが、その条件が一般的（どこでも誰にでも通用する）でなかったり、使用する奇術の道具が、特殊であり過ぎる場合である。

例えば私たちの仲間、牧桂子さんに、九官鳥にカードを当てさせるという、奇抜なトリックを見せて貰ったことがあるが、残念なことに九官鳥を喋らせたり飼い馴らしたりすることは一般的でないので、奇術専門書に発表するのは不適当だと思われる。また水田志摩子さんは今までにないトリック　カードの使い方を考えたが、きわめて特殊な道具が必要なため、誰にでも実演される奇術ではない。

奇術家は絶対的な現実主義者であるから、実際に演じて納得しなければ、いくら理論的には可能であっても奇術としてそのトリックは認めないだろう。そういうわけで奇術として発表するわけにはゆかないが、捨ててしまうには惜しい奇術が私たちのクラブで十以上もたまった。

あるときこのことを同好の松尾章一郎さんに話したら、それは面白いから小説にしてみたらどうかと提案された。なるほど小説なら実験を期待されることもない。探偵小説家は新しい殺人方法を思い付いても、全部が実験済みだというわけでもないだろう。

こうしてトリックを中心とした、探偵小説風な奇術解説書が出来上った。

ただ私には人物の性格を創造するなどの、文学的な才能がないので、ここに登場する人物は松尾章一郎さん初め、全て私の所属するマジキ　クラブの仲間で、この人たちが、実際に演じて見せてくれたとおりをそのまま書いた。出演者たちにはここで改めてお礼を申し上げる。

また、ここではカード奇術、それもメンタル マジックが中心となってしまったが、「手の中のコインが消えてなくなった」などの視覚的な現象は、文字にするとどうも説得力に乏しくなると思われたからである。カード奇術以外の「実用的でないトリック」については、また何かの形式で発表したいと考えている。

除夜の鐘を聞きつつ

鹿川 舜平

凡例

この書物は、未発表のカード奇術を、小説風な読み物にした本である。従ってカード奇術に関する用語が多少使われている。読者のカード用語に対する知識が正しくないと、トリックそのものが体をなさなくなる恐れもあるので、ごく基本的な用語のいくつかを説明することにした。といっても別に厄介なものではなく、カードを普通手にしている人たちには、常識的なものばかりである。

一、カードに関する用語

カード プレイング カードのことである。「とらんぷ」というのは日本語で、ゲーム用語で切り札という意味の Trump が明治時代に誤り伝えられたものだという。「とらんぷ」という語が広く一般に使われているのは、この語にロマンチックな異国情緒が漂っているからだろう。カード奇術の解説書は、学術書のように実際的であるから、どの書物にも「カード」という語が使われている。

フェイス カードの表のことである。カードのフェイスには、ダイヤ、クラブ、ハート、スペードの四種類の印がある。これをスーツという。各スーツにはA《エース》から10まで数字のカードと、J、Q、Kの絵札がある。これに一枚のジョーカーが加わって、ひと組のカードが構成されている。

バック　カードの裏である。奇術用には、白縁のある単色のカードが適している。模様に天地のあるものはあまり使用されない。特殊なバックのカードにファン　カードというのがある。これは縁取りのないカードで四隅《よすみ》の色彩が異《ちが》う。主としてカードを扇形に拡げて、色彩の変化を美しく見せる演技に使用される。

トップとボトム　ひと組を裏向きに置いたとき、一番上のカードをトップと言い、一番下のカードをボトムと言う。カードを表向きにしてもこの名称は変らない。表向きの上はボトムで

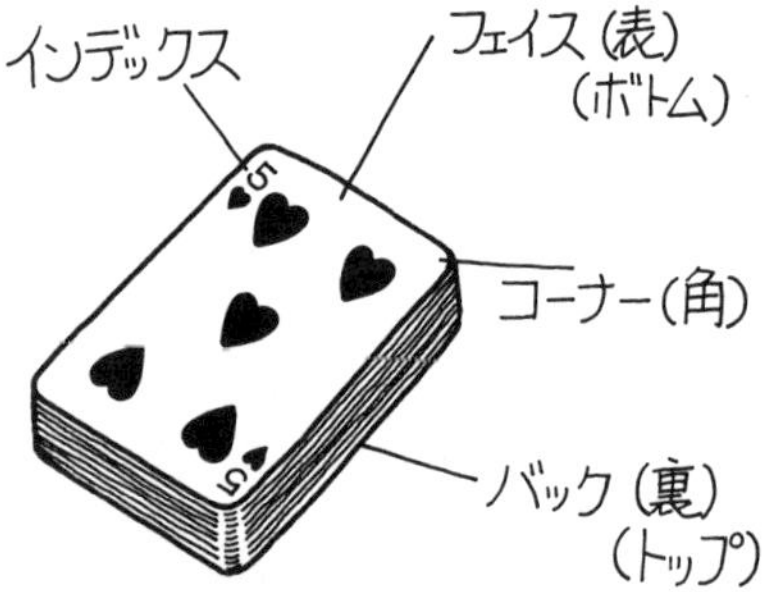

カードの名称

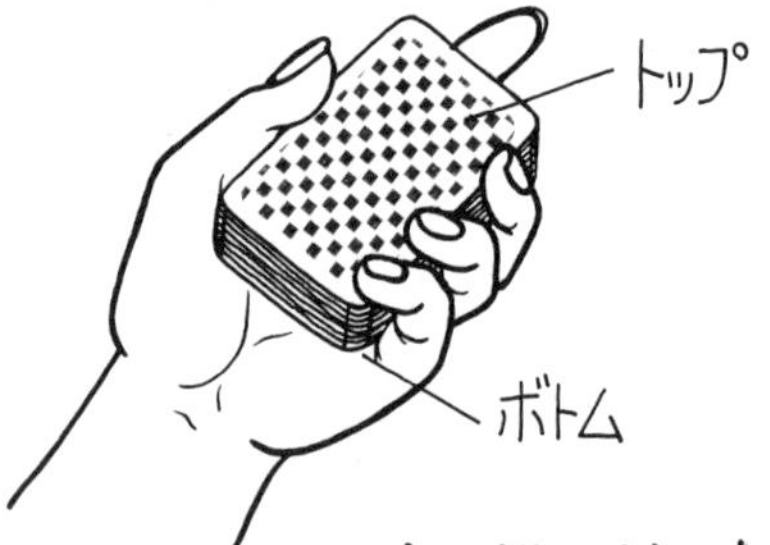

カードを持つ

あり、下側はトップである。

カードを持つ　単に「カードを持つ」と記述されていると、「カードを配るときの体勢に、左手で裏向きに持つ」ということである。これをディーリング ポジションに持つとも言う。

シャッフル　カードを切り交ぜることである。花札を切るのと同じ切り方をヒンズー シャッフルと言う。東洋に多い扱いだからだろう。西洋ではカードを横方向に引き出して切る。オーバーハンド シャッフルという。カードを二つに分け、弾き落しながら切るシャッフルをリフル シャッフルと呼ぶ。

二、カード奇術に関する用語

カードを拡げる　カードを持ち、両手の間に弦状にカードを拡げることである。ひと組の中から、観客に一枚のカードを選ばせるときの、一般的な方法である。

リボン スプレッド　カードを机の上に横に長く拡げることである。等間隔に美しく拡げるには、多少の技術が必要である。これも観客にカードを選ばせるときなどに使うが、前の方法に比べると、技法を使う余地がないので、観客は自由な意思でカードを選ぶことができる。

フォース　観客が自由にカードを選んだつもりでも、実は術者が予《あらかじ》め用意した特定のカードを観客に強制する技法。

コントロール　カードをシャッフルしながら、観客に判らぬように、特定のカードを特定の位置に移動させる技法。

フォールス シャッフル　カードをシャッフルすると見せ、実はシャッフルしていない嘘の切り方。カードの一部を乱さないこともあるし、カード全体を崩さないこともある。

セット　ひと組のカードを特定の順序に、予め揃えておくことを言う。セットされたカードは、フォールス シャッフルがよく併用される。

トリック カード　カードそのものに仕掛けのある、奇術用カードのこと。

フラリッシュ　カードを両手の間に飛ばしたり、ファンにしたりする曲技的な技巧を言う。

ミス ディレクション　観客の注意や思考を、術者が用意した方向に持ってゆくことで、近代奇術は心理的ミス ディレクションを重要視することで発展をとげた。奇術は「目にも止らぬ早業《はやわざ》」から、判りやすく鮮かな効果を持つようになった。ミス ディレクションがうまく行なえれば、ポケットから堂々と大きな品物を持って来ても、観客にはそれが心理的に見えないのである。

以上この書物に出て来る、カード奇術用語だけを記した。用語の殆どが外国語なのは、今までのカード奇術が海外で発展してきたためである。日本の花札には、その形と厚さから、独得な技法や用語も数多くある。特に細かい技術が得意なだけに、トリック カードについてみても、その多様さはどの国にも劣ることがない。ただし、人を喜ばせる奇術用としてでなく、賭《と》博《ばく》用としてのみ作り出されたことが残念である。この本の中にも、一例だけ花札を使用したが、カードを「札」と記した以外は、特に専門語を必要としなかった。

第一話　新会員のために

私の隣に若い女性が坐っていた。目鼻だちのはっきりした、人目を惹《ひ》き付ける美人だった。引き締った小麦色の肌が輝いている。期待感に溢《あふ》れているな、と私は思った。若い女性が期待感に満ちているのはなかなかいいものだ。

「――今年になって初めてのマジキ　クラブの例会です。新鮮な気持で、また今年も奇術の楽しい集まりを続けたいものです」

私は少し気取って言った。

「それに先立って、まず素晴らしいお知らせ。もうお気づきだと思いますが、新しい会員、それも若くて美しい女性が、私たちのクラブに入会されることになりました。名前は、水田志摩子さん」

志摩子さんは、私の隣に立ち上った。香水のいい匂いがした。

「志摩子さんは大谷南山さんの〈模型舞台〉に所属しています。模型舞台はやはりこの磐若寺が稽古場になっておりまして、彼女はたまたま斎藤橙蓮和尚の奇術を見てから、奇術に興味を持つようになりました。和尚、どんな奇術を見せて、志摩子さんを夢中にさせたのですか？」

「ハートのQ《クイーン》が、ヌードになる奴だった」

志摩子さんは人なつっこく笑った。白い歯がこぼれる。

「まあ、和尚の奇術が素晴らしかったわけではなく、もともと志摩子さんに、奇術を好む趣味があったのでしょう。というわけで、今日から志摩子さんは私たちの仲間になりました」

志摩子さんは通りのよい声で、ひと言入会の挨拶《あいさつ》をした。鍛えられたことのある声だなと、私は思った。

「今日ここに集まったのが、クラブの全会員です。そちらの端から紹介いたしましょう。初めは、牧桂子さん。商社にお勤めの活発なお嬢さん。きっとよいお友達になるでしょう。桂子さんの隣は松尾章一郎さん。秀才型の奇術研究家です。教えて貰えることが、山ほどあると思います。次は和久A《はじめ》さんと美智子さん御夫妻。いずれも同じ化粧品会社にお勤めで、ついこの間結婚されたばかり。よく見ると湯気が立っているではありませんか。その隣は志摩子さんが御存知の大谷南山と斎藤橙蓮。その次はＳＩオーディオ社の五十島貞勝さん、というより〈闘牛士の五十島さん〉で有名です。なぜかは追い追い判ることになっています。それから外科医の品川橋夫先生。その隣がニューヨーク生れの、マイケル シュゲットとマリア御夫妻。シュゲットさんの雅号は酒月亭と申します。最後は婦人服〈ロード〉のデザイナー、飯塚晴江さんと路朗、いや失礼、飯塚路朗さんと晴江御夫妻。それに私は鹿川舜平。奇術歴と顎の長さだけは、クラブの誰にも負けません」

志摩子さんは大きな目で一人一人を見て、軽く頭を下げていた。

「外国のIGPなどの入会式の様子を聞くと大変面白い。部屋を暗くしたり宣誓の手続きが複雑だったり、ちょうど秘密教団の儀式のようで、オカルト趣味が横溢《おういつ》しています。幸いこの磐若寺にも仏像や墓場も揃っていますが、思い付いたのが遅過ぎて、そうした趣向を凝らす閑がなかったのが残念。今度からいたしましょう。この会は会則も会長もありません。まだ便宜上、私が会長役になっておりますが、小使いだと思って下さってよろしい。ただ会員になったら、このことだけはいつも心掛けるように。一、奇術の嫌いな人の前では、絶対に奇術を演じてはなりません。二、奇術を演じるときには、必ずこれは奇術だと説明すること。世間には奇術をまだ魔法の一種だと思っている人が意外に多い。それだけ現代の奇術は進んでいるとも言えますが、知識人と称される人の中にもまるで奇術が判らない人もいるのには嫌になっちゃう。以上です」

「よし、それじゃあ、わしがカード奇術を見せようか」

橙蓮和尚がよいしょと立ち上った。

「和尚が？　カード奇術を？」

「わしができるカード奇術は、ハートのQがヌードになる奴だけではないんだ。取って置きの奇術があるのさ。志摩ちゃんのために、他では絶対に見られんという奴を見せよう。和久君、今のカードを貸してくれないか」

今、和久さんがカード　フラリッシュを終えたところだ。これは裏模様が特殊な図案に印刷されたカードで演じられるカードの曲技である。カードは術者の手の中で、生き物のように扇形《ファン》に開く。色彩は扇の形につれて変化し、一つの扇はもう一つの扇を生み出す。最後には本来のカードの、何倍もの大きさの扇が、孔雀《くじゃく》のように華麗に開き、小鳥のようなさえずりをたてて、手の中に収まった。

和久さんの演技は、実際にはたどたどしいところもあったが、志摩子さんは初めて接したカード　フラリッシュにまばたきもせず、和久さんの手捌《てさば》きに見惚れていた。彼女のような観客がいると、誰でも感激して勇み立つものだ。和尚が、自分もと言い出した気持が、よく判る。

和尚は和久さんからファン　カードを受け取ると、そのまま志摩子さんに渡して、カードを調べてから、よく切り交ぜるように言った。

志摩子さんは珍しそうにカードを手にとって睨《にら》み、言われたとおりに切り交ぜた。まだカードを扱い馴れない手付きだった。

「さあ今度は、松尾君にも手伝って貰おう。今、志摩ちゃんが切り交ぜたカードを、本堂の真ん中に、表を下にして置いて欲しいんだ」

松尾さんは興味深そうにカードを受け取って、襖《ふすま》を開けて出て行った。松尾さんは熱心な奇術研究家で、中でもカード奇術は得意である。和尚は松尾さんにも判らない奇術をしようというのだろうか。松尾さんはすぐ戻って来た。

「さあ、また志摩ちゃんだ。今、本堂に置いてあるカードの中から、どれでも好きな一枚を抜き出し、そのカードをよく覚えなさい。そうしたら、表を下にしてひと組の中に戻して、そっくりわしのところに持って来て貰う。いいかな」

志摩子さんはうなずいて、部屋から出て行った。

「どこかでくさやを焼いているの」

和尚は惚《とぼ》けた声で言った。襖が開けたてされて、外の冷たい空気が部屋に流れ込んでいた。すぐ志摩子さんは、両手でカードを隠すように持って、部屋に戻って来た。和尚はカードを受け取ると、ハンカチを出して包み、片手で持った。

私は不用意に見物していたが、急に真剣になった。今、和尚は志摩子さんの覚えたカードを、ハンカチの中から抜き出そうとしているのだ。とすれば、すでにカードは見付けられて、抜き出す態勢が整えられていなければならない。

一枚のカードを観客に覚えさせて、それを当てる奇術――この最も単純な形式に、古くからさまざまなトリックが考え出されている。中でも最も不可能な味の濃い一つが、部屋の外で選び出されたカードを当てる奇術である。術者はカードには全然手を触れることができないからだ。数多くの奇術家によって、いろいろな角度からそれが解決されているが、今、和尚が指示した操作だけで、観客のカードを見出すことは、全く不可能であった。もしこれが、本当のトリックとして行ない得れば、これは和尚の大きな傑作になるだろう。

「見てごらん！」

和尚がハンカチを振ると、一枚のカードがぱらりと落ちた。

「さっき覚えたカードの名を言ってくれないかね」

和尚は志摩ちゃんの顔を見た。

「スペードの9でした」

志摩子さんははっきりと答えた。

和尚は今ハンカチよりすり抜けたカードを表向きにした。そのカードは正しくスペードの9であった。

志摩子さんは大きく息を吸い、私は——ぽかんと口を開けた。

「あら！　なぜ一枚だけハンカチから抜けたのかしら。ハンカチに穴でも開いているの？」

彼女はカードが選び出されたことより、ハンカチからカードがすり抜けたことを不思議がった。だが、カードがハンカチを通り抜ける奇術は、ごく古い手だ。問題は和尚が、いかに志摩子さんのカードを見付けたかだ。志摩子さんは表を下にして置いてあるひと組のカードの中から、自由に一枚のカードを覚え、ひと組の中に戻しただけだ。それだけで？

私は瞬間ではあったが、この寺中に鏡が張り巡《めぐら》されていて、本堂のカードを和尚が覗き見たのではないかという考えが、本当に起った。

「判ったぜ、和尚」

大谷さんが気軽く言った。

「われわれがまだ集まらないうちに、何か志摩ちゃんと相談したろう。俺が奇術を演《や》るから、必ずスペードの9を選んで来い。和尚ならそんな手も使いかねない。そうだろ」

志摩子さんは首を傾げて、

「いいえ、そんな約束をした覚えはありません。和尚さんと二人だけのときもなかったわ。私が来たのは最後で、大谷さんが案内してくれた筈じゃありません？」

大谷さんはああと言った。

「南山の頭の中は、雑にできているの」

橙蓮和尚は満足した。

これだから、奇術は面白くて仕方がないのだ。私はがんがん頭を叩き、煙草を吹かし、顎をつかんで引っ張った。無数のカード奇術の作品と、ひと組のカードが、頭の中でぶちまけられて、もつれ合い、こんがらかり始めた。

志摩子さんは、初歩的な奇術を二、三覚え、私たちはおぼつかない奇術ながらも、志摩子さんに感銘を与えて、満足な気持でその日の集会を終えた。

私たちが揃って玄関に出ようとするとき、志摩子さんがふと和久さんに、

「和久さん、さっきの綺麗な表のトランプ、奇術材料店で売っているんですか」

と訊いた。

松尾さんはあっと言って和尚を見た。和尚は私を見、私は志摩子さんを見た。志摩子さんは本堂で自分のカードを表を下にして、ひと組の中に戻したのだ。

「まあ、そういったわけでしてな」

和尚は坊主頭を叩いた。松尾さんは自分のカードをポケットから取り出して、バックの模様

を志摩子さんに示した。

「志摩子さん、トランプというものは、いくら綺麗に印刷してあっても、同じ模様の方を、裏と言うんです」

第二話　青いダイヤ

　磐若寺の門前で、私はシュゲット夫妻と一緒になった。二人は一本の蛇《じゃ》の目で、相合傘《あいあいがさ》と洒落こんでいた。粉雪が斜めに舞い降りて、シュゲットさんの左腕に積もっていた。

「蛇の目のデザイン、紙に落ちる雪の音、油紙の匂い。すべてが、素晴らしい」

　シュゲットさんは大切そうに傘の雪を落とした。傘立てに並んだ私のこうもり傘が、何だか薄汚ないものに感じられた。私は心の中で少し赤くなった。

　シュゲットさんは大きな黒い箱を持っていた。初期の即席写真機を、古道具屋で見付けたのだという。

「即席写真機？　ああ、ポラロイド　カメラですね」

　和久Aさんが言った。

「さよう。即席写真機です」

　シュゲットさんはまじめに答えた。シュゲットさんの趣味は、奇術とカメラ、それに本職の地質学。好きなものはいくらでもある。まず、マリアさん、ニューヨーク、畳の匂い、障子、湯豆腐。さすがにマリアさんは最初のうち、ぬか味噌《みそ》の匂いには閉口しましたと言った。

「念写——というのを知っていますか？」

シュゲットさんは、即席写真機を捻《ひね》くりながら言った。その写真機は、黒い塗装が剝《は》げ、いやに大きく、四角張っていて、大昔の箱型の写真機に似ていた。松尾さんも、珍しそうにシュゲットさんの手元を見ていたが「念写」という言葉に、ちょっと考えて、

「念力でフィルムの上に、文字や絵を感光させる、あの念写ですか？」

「そうです。私は少し写真機に興味があるので、その念写には大きな興味を持っています。初めて日本で念写が世間を騒がしたのは、明治四十三年、長尾《ながお》いく子という超能力者が、多くの心理学者、物理学者と共に行なった実験でした。実験の結果は、多くの学者が立ち会ったにもかかわらず、どうも結果が判然としません。というのが、一つに当時の写真技術が、現在ほど進んでいない。実験用の乾板が紛失したり、現像する間に疑惑が持たれたりしている。もし当時、こんな即席写真機があったら、もっとはっきりした結論が出ていたのではないか。このフィルムに念力をかけ、十秒たって封を剝がすと、はい出来上り。その間には疑惑を生ずるような操作は、一切ありません」

「なるほど。虫眼鏡で部屋中覗きまわった探偵が、科学捜査員になったようなものですな」

橙蓮和尚が感心して言った。

「それで私は、この即席写真機を使って、念写の実験をしてみたいのであります」

初期の写真機なので、感度が鈍く、光を補うのだといって、シュゲットさんは、五百ワット

のライトを鞄から引っ張りだした。マリアさんもコードを延ばしたり、ライトの角度を変えたりする作業に協力した。

準備が整うと、シュゲットさんは、ポケットからひと組のカードを取り出した。左右の袖をちょっと引きあげる。真白なワイシャツの袖口が見える。

「お好きなカードを一枚、引いて下さい」

シュゲットさんは、カードを切り交ぜてから、両手に拡げて、桂子さんの前に差し出した。桂子さんはためらうことなく、中頃から、一枚のカードを引き出した。

「そのカードを、私に見せないように、皆さんで覚えて下さい」

カードを見ると、ダイヤのAであった。ダイヤのAは、シュゲットさんのひと組の中へ戻された。

シュゲットさんはカードをまとめて、ケースに入れ、改めて胸のポケットから別の一枚のカードを取り出した。ちょっと息をかけてから表向きにすると、真白なフェイスのカードであった。

「ここに、まだ印刷されていない、白いカードがあります。私、カードをこう持っているところを写真に撮るのです」

シュゲットさんは白いカードを自分の顔の隣に立てて見せた。そして急に何か思い付いたような顔になり、

「そう、記念写真にしましょう。皆さんに入って貰いましょう」

彼はカードをコップに立て掛け、ライトをつけた。部屋がかあっと明るくなった。前列に、橙蓮和尚、大谷さん、五十島さん、品川先生、マリアさんが坐り、その後ろに飯塚夫妻、松尾さん、桂子さん、志摩子さん、和久夫妻、そして私が立った。

シュゲットさんは結婚式場の写真屋のように、皆の位置を正している。

「そう――、それから、真ん中を開けておいて下さい。私が入ります」

そして、カメラを調整する。ライトが暑く感じてきた。彼はまだ封の切っていないフィルムの箱を私たちに見せてから、一枚を引き出した。カメラに装塡《そうてん》して、再び位置を定める。

「いいですか、はい」

シュゲットさんは、シャッターを押す。タイマーの軽い音が聞える。シュゲットさんはコップに立て掛けておいたカードを取って、私達の間に入り、カメラの方を向いた。

「さあ、チーズ……」

しゃきっとシャッターがおりた。彼は手に持ったカードを胸のポケットに戻して、私たちの方を向いた。

「はいご苦労さんでした。すぐ自動的に現像焼付ができますが、念写した写真の中には、一か所だけ白い部分があります。私が持っていたカードですね。私はその部分に、桂子さんが覚えたカードと同じ印を、写しだそうと念力を掛け続けていました――。もうそろそろいいでしょう」

シュゲットさんは、ライトを消し、写真機を取りあげた。フィルムを引き出し、合わさっている紙を剝がすと、白黒の写真が現れた。私たちは、頭を寄せ合って、その写真を見た。

一見、どこにでもありそうな、記念写真である。ただ変っているところは、真ん中に坐っている人――シュゲットさんが、一枚のカードを、カメラに向けて持っている点だ。

「ダイヤのAが写っていますよ」

誰かが、唸《うな》った。

「桂ちゃんがダイヤのAを選んだのは、酒月亭さんがダイヤのAをフォースしたのですね」

と和久Aさんが言った。

「どうやらフォースは見破られたようです」

シュゲットさんが笑った。

「問題はそれからですね。僕の推理として、フィルムは何らかの方法で、初めからカードの部分だけ、ダイヤのAが感光されていた。というのはどうでしょう」

「それに合わせて酒月亭さんが白いカードを持つ？　とても無理でしょうね」

松尾さんが首を横に振った。

「推理の2」

品川先生が手をあげた。

「フラッシュでなく、わざわざライトをつけたところが気に入りませんね。つまりライトに小さなレンズが付いていて、幻燈のような仕掛けになっている。ダイヤのAは酒月亭さんの持っていた白いカードのスクリーンに写し出されることになる」

和久さんがライトに近付いて、中を覗きこんだが、すぐ向きなおって、首を横に振った。

「推理の3」

五十島さんが手を上げた。

「この写真は、今撮ったものじゃない。正月にも記念写真を撮ったことがあるでしょう。写真を撮るときは、皆カメラの方を向いていて、他人の事に気づかない。あのときすでに、皆に判らぬように酒月亭さんはダイヤのAを持っていた」

「それは駄目なの」

和久美智子さんが言った。

「このマフラー、昨日Aさんから買ってもらったばかりです。先月写したものなら、私のマフラーは写っていない筈ですもの」

松尾さんは写真を見ながら、

「そうですね、それに酒月亭さんの左袖のワイシャツに、変なしみがついているのもこの写真に写っている。酒月亭さんはひと月も前と同じしみのあるシャツなんか着ているわけはない」

初めて気が付いたが、言われてみると、シュゲットさんのシャツの左袖に青いひょうたん形のしみがついていた。しかし、桂子さんにカードを引かせた時、シュゲットさんは両袖をちょっと引きあげたが、私はこんなしみには気が付かなかった。

「一本の傘を差したアベックを、相合傘と言います」

と私はシュゲットさんに教えた。どんな話から、相合傘の話題になったのか、今では記憶がない。私が半ば冷やかし気味に、相合傘とはいいものですと言ったのを、シュゲットさんがその言葉の意味を尋ねたのだ。

「相合傘？　酒月亭さんが？」

松尾さんの目が光りだした。

松尾さんはシュゲットさんの傍に寄って、彼の左手を持ち上げた。私達はシュゲットさんの腕に注目した。

松尾さんは、彼の腕にお呪《まじな》いをかけるような手付きをしてから、シャツの袖口に息を吹きかけた。すると信じられないことだが、シュゲットさんの袖についていたひょうたん形のシミが見る見る消えてなくなってしまった。

「何ですか？　そりゃ」

私は、びっくりして言った。

「塩化コバルトでしょう」

松尾さんは、当然のことのように言った。

「塩化コバルト？」

「私も、今まで袖口にしみをつけてしまったことなど、気が付きませんでした。私はどうやら、尻尾を出したようですね。ついでに、松尾さん、念写の解説をしても、よろしいですよ」

シュゲットさんは、明るく笑いながら言った。

「乾燥剤などに使われる塩化コバルトの溶液で紙に文字を書いておくと、薄いピンク色になりますが、殆ど気が付きません。ところが乾燥するに従って、青色の文字が浮かんできます。魔法のインクなどという題で、科学的な手品の本によく出て来ます。この文字は湿気を与えると、例えば息などを吹きかけると、消えてなくなるのです。酒月亭さんは、相合傘で片袖が濡れていたため、そのしみは袖が濡れている間は気が付きませんでしたが、五百ワットのライトで乾燥されたため、青い色が浮かんできたのです。あのダイヤのAと同じように——」

第三話　予言する電報

「どうしても、一度、あいつを取っちめてやりたいんです」

と、和久Aさんは口惜しがるのである。

「考えも及ばない。不思議だ。降参した。ぐう、と言わしてやりたいんです」

「そりゃ止《よ》したほうが悧口《りこう》だよ。奇術は、取っちめるだの、ぐうと言わせるために、あるものじゃない」

松尾さんは、年寄めいた口のきき方をした。

「そりゃ、そうでしょうが、あいつは、いつも奇術なんて、いんちきだ、ごまかしだと軽蔑し、悪いことに僕の演る奇術のトリックを、片端から見破ってしまうんです。その上、将棋が僕よりも強い。もう残念で、残念で……」

「縁なき衆生は、度《ど》し難《がた》しと言います。人間の中には、ロダンの彫刻を見ても、やあ、男が裸で考えていらあ、で済ましてしまう人が多くいます。——とは言うものの、その人にちょっと、逢《あ》ってみたい気もしますがね」

「そうですとも。今度の土曜日に、約束しましょう。どんなあくどい方法でもいいんです。あいつをぐうと言わせて下さい。費用がいくら掛かっても、僕が負担しましょう」

「まあ、御期待に添えるかどうか、判りませんがね。まず、予備知識として〈あいつ〉の家庭など、聞かせて下さい」

というわけで、私たちがあいつ――和久Aさんの叔父、戸倉《とくら》邸に乗り込むことになったのは、まだ寒い、三月の初めであった。


戸倉邸は山の手の静かな住宅街にあった。奥さんと一人の息子は、ラグビーを見に行っていて留守である。みいちゃんという可愛らしいお手伝いさんが、私たち――和久夫妻と松尾さんと私の四人を、奥に案内した。

戸倉氏は白髪のもの和らかな感じだが、話をすると、かなり芯の強い性格のようにみえた。私たちの戸倉邸訪問の名目は、将棋の挑戦である。和久さんは私のことを、大袈裟《おおげさ》に吹込んでいたらしい。戸倉氏はきちんと坐って、盤に対した。ところが三人とも無闇《むやみ》に負ける。しまいには両落《りょうおち》で三人掛かりで対局する始末である。

松尾さんは気づかれぬように、ときどき腕時計を見ていた。何かを待っているふうだ。

「美智子さん、どうもこの人たちは私の相手じゃなさそうですな」

戸倉氏は疑わしそうに、美智子さんを見た。

美智子さんは、ころころと笑った。

「本当は、この松尾さんはトランプだとすごく強いんです。トランプのことでしたら、これから叔父さんが、どういうカードと縁があるかまで、判ってしまうほどです」

戸倉氏はにやりと笑った。

「ははあ、判ったぞ、どうも変だと思った。本当は将棋なんかが目的じゃあないんだ。和久の奇術の友達なんですな」

「隠しだてはいたしません」

松尾さんはすらすらと白状した。

「実はそのとおりです。和久さんが、どうしてもあなたを、ぐうと言わせてくれと言うので、参上したしだいです」

戸倉氏はからからと笑った。

「奇術にはみな種があるんだ。心を静かにすれば、人間の考えたからくりなど、自然に判ってしまう。美人が空中に浮き上るのは、人間の視覚には入らぬほどの支えがあるわけですな。帽子から鳩が出るのは、帽子の底が二重になっているからに外ならない。私はそんな道具を手にとって見たこともないが、そうとしか思えないのだから、それが事実なんだろう。それで君、何を演って見せようというのかね」

「僕が用意しているのは、そんな仰々しいものではありません。ただ、今日ここに来る途中、僕は郵便局に寄って、戸倉さん宛に電報を打って来ただけです。その電文に、一枚のカードの名を、記しておいたのです。もうそろそろ、その電報が届く筈ですが、その電報に打たれているのと同じカードを、あなたが、これから選び出すことになっています」

「ははあ、予言のメンタル マジックというやつですな。この前、Aが同じような奇術を、私に見せたね。Aは予め用意したカードを、わしに取らせようとして、変な手つきで、カードを拡げよった。私は臍《へそ》を曲げて、わざわざ、一番上のカードを引いてやった。そうしたらAは私の取ったカードと、用意したカードをすり替えようとして、大汗をかいたものです」

そこへ、みいちゃんが茶菓子を運んで来た。美智子さんはその紅茶の匂いを珍しがった。戸倉氏は自慢そうに、長い英語の名前を美智子さんに教えた。

「みいちゃんも、用事がなかったら、見てらっしゃいよ。今、戸倉のおじさんが、やっつけられようとしているのよ」

「まあ、面白そうですね」

松尾さんはポケットからひと組のカードを取り出し、表向きに机の上に、リボン状に拡げた。

「この中から、一枚だけ、お好きなカードを選んで引き出して下さい」

戸倉氏はちょっと松尾さんの顔を窺《うかが》って、

「ほう、こりゃあAの演り方より公明正大だ。だが、カードを調べさせて貰っても、いいでしょうな。私に覚えさせたくないカードは予め取り除いておくという手を、この前Aがやったことがある」

「どうぞ御自由に――」

戸倉氏はカードを手に取って、全部のカードを、一枚一枚並べて数を確かめた。和久さんは私達に顔をしかめてみせたが、松尾さんは平然としていた。

「確かに、五十二枚と一枚のジョーカー。余分なカードも足りないカードもない」

「それでは、そのカードをさっきのように表向きに拡げて下さい」

「私が、このまま拡げるのかね。そうこなくちゃいけない。この前も、私が折角調べたカードをAに手渡したとたん、妙なカードとすり替えたことがあったなあ」

戸倉氏は馴れない手つきで、カードを机の上に表向きに拡げた。そうしてハートの7に手を触れ、そのカードをひと組から引き出した。

「ハートの7ですか。気分が変ったら、別のカードと取り替えても、いいんですよ」

「そう、変ったね」

戸倉氏はハートの7を、ひと組の中に戻した。

「よく考えると、ハートの7などは、心理的に選びやすいカードだ」

そして松尾さんの顔を見ながら、隣にあったスペードの10に触れた。

「カードを選び出すときの心理は、人によって違いますね。10を選び出す人は、完全なものをいつも求めている。理想家に近い。——まだ取り替えても、いいですよ」

松尾さんはにこにこしながら言った。

「いや、その手には乗らない。奇術家は都合の悪いカードが選ばれると、そんな手を使いかねないからな」

「では、あなたが選んだのは、スペードの10、それに定《き》まったのですね」

「そうだ」

戸倉氏はむずかしい顔をして答えた。

「あとは、電報が来るのを待つだけです。どうです、それまでに、もう一局」

「強くなりそうもない者に、稽古をつけるのは御免だね。それよりも、私がラグビー選手のときのことだが……」

彼の武勇伝は、十分ばかりで打ち切られた。玄関で、チャイムの音がしたのだ。みいちゃんが、足早に部屋を出て行った。

「電報が、来ました」

和久さんが、浮き腰になった。

すぐみいちゃんが、小さな紙片を持って戻って来た。真剣な顔をしている。

「電報が参りました」

戸倉氏は紙片を受け取って、開いた。

「何と書いてあります?」

和久さんが覗き込もうとする。戸倉氏は電文を和久さんに向けた。和久さんが声を出した。

「――トクラシガ　トランプノナカカラエランダ　カードノナハ　スペードノジュウデス　マツオ――見事的中しています!」

戸倉氏は騒がなかった。窓の外を見ながら、

「この辺にも、ずいぶん高いマンションができましたな。あのマンションの窓のどこかに、君達の仲間がいて、望遠鏡でこの部屋を覗いているというのはどうかね。わたしがスペードの10

を選んだと見るや、すぐ電報を打つ」

「十分そこそこで、電報が届くかなあ。そうだ。発信時刻を調べればよい。もう一度電報を、こっちに向けて下さい。発信は、五日十四時――四時間も前ですよ」

和久さんは勝ち誇ったように言った。

「そんなもの、書き直すさ」

戸倉氏の言葉は、悪あがきのように聞えた。

「残念です。それも不可能です。ほら郵便局のスタンプが、日付と電文の間に、こんなにはっきりと押されている」

戸倉氏はルウペを取り出し、丹念に電報の隅から隅まで、調べあげた。

「電報には、手を加えたような跡は見えない。私には信じられないが、この電報は本物だ」

戸倉氏は、そう言うと立ち上り、松尾さんの前に、柔らかそうな手を差し出した。

「どうやら、君のお蔭で、奇術の面白さが、判りかけたような気がする」

戸倉氏は、松尾さんの手を握ると、「ぐう」と言った。

「あいつが、スペードの10を選んだのは、やはり、心理的なものだったんですか?」

戸倉氏の玄関を出ると、和久さんは、待ち兼ねたように言った。

「なに、気の毒なほど、物質的なトリックでした」

三月の夜風が、爽《さわや》かに私たちの間を通り過ぎる。松尾さんは気分がよさそうに話しだした。

「僕は実際に今日の二時頃、郵便局の窓口から、あの電報を送ったのです。電文を宛先に電話でなく、直接届けるように、よく頼んで、到着する時刻も教えて貰いました」

「電話じゃ、まずいんですか？」

「そう、電話なら戸倉氏のいわゆる望遠鏡の友達が、局員になりすまして、電話をしてもいいわけだから、完全な奇術にはならないでしょう。ただ、僕が戸倉さんの家で、まっ先にしたことは――」

そのとき、足音がして、みいちゃんが追い駈けて来た。片手に紙の束を持っている。

「お客様、これはどういたしましょうか？」

みいちゃんは、紙の束を、松尾さんに差し出した。

「有難う。お蔭で、大成功だったよ」

松尾さんはみいちゃんに片目をつぶってみせた。

松尾さんが受け取ったのは、残り五十二枚の電報の束であることは、すぐに判った。

第四話　九官鳥の透視術

「コンニチハ、ヨクイラッシャイマシタ」

私たちが牧桂子さんの玄関の戸を開けると、かん高い声が響いた。棕櫚《しゅろ》の鉢植の隣に大きな鳥籠が下がっていて、九官鳥がばたばた羽ばたいている。私は初め桂子さんが玄関にいるのではないかと思ってきょろきょろした。それほど九官鳥は、桂子さんそっくりな声をしていた。

桂子さんはすぐ背の高い姿を現した。

「いらっしゃい、鹿川さんと松尾さん。待っていたわ」

「よく馴れていますね」

私は鳥籠の間から指を入れてみた。九官鳥は見向きもしない。

「お喋り九ちゃんという名なの。あら駄目よ鹿川さん、鼻糞《はなくそ》などやっちゃ」

「何もやりゃしませんよ」

私はあわてて手を引っ込めた。外では選挙運動の大きな声が聞えている。

「あれにも全く困ったものだわ。九ちゃんは変な言葉をすぐ覚えるんですもの」

「自分の子供みたいに大切に育てているんだな」

松尾さんが笑った。
「イヤンナッチャウナア。マタフトッタカ」
九官鳥が桂子さんを見て言った。

桂子さんの部屋は狭いがきちんと整頓されていた。明るい窓際に鳥籠がいくつも並んで、鮮かな色をした小鳥が朗らかに動き廻っている。鳥籠の下には真赤なアマリリスの鉢植が、今を盛りと咲き誇った。

若い女性の部屋というのは、何となく秘密めいてむずがゆい。これも奇術の余得というのだろう。私たちは桂子さんの「凄《すご》うく不思議なもの」を見に来たのである。

桂子さんは金色の金具の飾りのある、小さな樽《たる》に手を触れた。樽は二つに開いて、中に洋酒の瓶が並んでいた。

「お茶よりも、ね」

桂子さんは一本の瓶を取り出した。

「うは、ウインチェスターⅦだ！」

と私は思わず叫んだ。

「何だか知らないけれど、親父の部屋から持ってきたの。いい匂いがするでしょう」

桂子さんは私たちの前に、ブランデー グラスを並べた。

「桂ちゃんの〈凄うく不思議なもの〉って、いったい、何ですか？」

松尾さんはブランデーを飲みながら訊いた。

「あら、もう見たでしょ」

「見た？」

「そう、九ちゃんなの。詳しく話すと、あの九ちゃんはひと組のカードを全部覚えているのよ。覚えているばかりでなく、ちゃんと一枚一枚のカードの名を喋れるの。そんな九官鳥がいると思って？」

桂子さんは私たちを見て、うふふと笑った。

「九官鳥は悧口だとは聞いているけれど、まさか――」

「あら、本当なのよ。九ちゃんはその上に、封筒に入れたカードまで当ててしまうのよ」

「九官鳥の透視術だ」

私も目を丸くした。

「そんなこと不可能だと思うでしょう。でも私が九ちゃんに透視術を教えたの。論より証拠だわ。今、九ちゃんを連れて来ますから、その間にこのカードを調べておいて頂戴《ちょうだい》」

桂子さんは私にひと組のカードを渡すと、部屋を出て行った。私と松尾さんはカードを調べてみた。普通のひと組のカードであった。

桂子さんが九官鳥の籠を抱えて部屋に戻って来た。ちょっとあたりを見廻して、鳥籠を十姉《じゅうし》妹《まつ》の隣に下げた。

「アア、ヨッパラッチャッタア」

九官鳥が桂子さんの声で言った。桂子さんは鳥籠の中を睨《にら》んだ。

「鳥って、ブランデーの匂いが判るのかしら」

松尾さんは変な顔をして、鳥籠を見上げた。鳥籠の底には日付が丁寧に書いてあった。九官鳥の誕生日なのだろう。

「さあ、透視術を始めましょう」

桂子さんは私たちの前に坐った。

「鹿川さん、いいですか。そのカードを調べましたか」

「調べました。別に異状はありませんね」

「それから、一枚の封筒を使います。松尾さん、封筒も調べて下さいね」

松尾さんは一枚の角封筒を手渡された。ありふれた白い封筒であった。

「ではこのカードの中から、一枚だけカードを選び出して、表を見ないでこの封筒に入れて、しっかり封をして下さい」

松尾さんは手渡されたカードの中から、慎重に一枚を抜き出し、裏向きのまま封筒の中に入れ、丁寧に封をした。桂子さんは封筒を手に取って、

「この中にどんなカードがはいっているか、誰にも判りません」

私たちは無言でうなずいた。

「無論、透けて見えるようなこともないわね。私にも判らないのだから、何らかの方法で、私が九ちゃんに中のカードを教えることもできない」

私たちはまたうなずいた。

「でも九ちゃんなら、この封筒の中のカードを当てることができます」

桂子さんは立ち上って、封筒を高く差し上げた。そうして踊るような恰好をして鳥籠に近付き、金網の隙間から封筒を差し込んだ。封筒は鳥籠の底に落ちた。

九官鳥は二、三度羽ばたきをして、止り木から飛び降り、籠の底の封筒を嘴《くちばし》で拾い上げた。すぐに止り木に飛び戻り、しきりに封筒を捻っていたが、無造作に金網から外に投げ出した。

「九ちゃん、封筒の中のカードが判りましたか？」

桂子さんは自信あり気に訊いた。

「ハートノ、ハチ。ハートノハチデスネ――」

九官鳥がはっきりと叫んだ。

「ハートの8だそうです。鹿川さん、その封筒を開けて、中のカードを確かめて下さい」

「そんな、馬鹿な――」

私には信じられなかった。私は封筒を拾い上げた。封筒の隅に小さなV字形の嘴の跡が付いていた。私は封筒を指で裂き、中のカードを取り出した。奇蹟が起っていた。封筒の中のカードはハートの8に違いなかった。

「当たった」

私は口を開けて、九官鳥を見上げた。九官鳥は知らん顔をして餌《えさ》を突いていた。

「どお？　偉いものでしょう」

と桂子さんが言った。

「全く、偉いもんだ」

さすがの松尾さんも、頭を下げずにはいられなくなった。

「昔、神社や縁日などで、ヤマガラの芸当があった」

私はぼそぼそ言った。

「凝った香具師《やし》になると、見物人の干支《えと》に当たる御籤《おみくじ》をヤマガラに当てさせていた。だが、本当はヤマガラには十二種類もの御籤を選り分けることなどできはしないんだ。御籤の文句は、みんな同じだった。見物人の干支を当てていたのは実は香具師で、ヤマガラはどの御籤を選んでもよかった。ただ香具師が口先でいかにもヤマガラが当てたような演技をしていただけでした」

「九ちゃんは、ちゃんとカードの名を喋ったわ」

「だから大変だ」

「どうして?」

「香具師が聞いたら、すぐ大金で買い取られてしまう」

「冗談じゃないわ」

桂ちゃんは急いで鳥籠を抱えると、部屋から出て行ってしまった。

松尾さんに本を貸す約束があった。連れ立って私の家に着くと、玄関のドアの状差に夕刊が入っていた。私は夕刊を鞄と一緒に持って家の中に入った。

「あら、お帰りなさい。松尾さんも一緒でしたの」

妻は掃除機を掛けていたので、ドアを開ける音が聞えなかったらしい。

松尾さんと本の話をしていると、玄関でごとんと音がした。妻はすぐ立ち上って、玄関に出て行った。

「夕刊よ」

妻は手に持った印刷物を私に差し出した。――新聞は一部しか取っていない。夕刊が二度来るわけはないなと、私はぼんやり考えていた。妻に渡された印刷物をよく見ると、やはり新聞ではなく、選挙広報であった。

それを見ると松尾さんが、はっとした顔になって、ぼつぼつ話し始めた。

「――桂ちゃんのトリックが、ぼんやり形を整え出しました。鹿川さんは鳥籠の底に書いてあった日付を見たでしょう。ということは、私たちには鳥籠の床の上は見えなかったのですよ。あの床の上にはハートの8が入っている、全く同じ封筒が用意されて置かれていたと思います。九ちゃんは桂ちゃんが後から差し込んだ封筒には見向きもしないで、最初にあった封筒を拾い上げるように訓練されていた。その封筒を籠の外に投げ出して、九ちゃんは無責任に言う――」

「――夕刊よ」

私は思わず言った。

「どうしたの？　私の口真似などして。それにその顔は何？　私の顔に何か付いているとでも言うの？」

何か付いているのではなかった。妻の顔が九官鳥に見えてきたのである。

第五話　赤い電話機

ときどき、人間はよそに引っ越してみたくなることがあるように、人の趣味や嗜好《しこう》も、理由もなく変ることがあるようだ。例えば、囲碁好きが急に将棋に夢中になったり、清元の愛好家がいきなり新内を唸り出すように、大谷南山さんは、それまで熱心だった奇術をいつの間にか止めて、クラブの例会には出席するものの、模型舞台という劇団を作り人形劇に没頭するようになっていた。

松尾さんと私が、久し振りで大谷さんの家を訪れたのは、初夏の暑い午後であった。

大谷さんのアトリエ――と自分では呼んでいるが、八畳ぐらいの板敷の部屋――には、棚といわず天井といわず、さまざまな人形が犇《ひし》めき合っていた。大小の操り人形、指人形、縫いぐるみ、ロボット、ゼンマイ人形、口を動かす人形、からくり人形――その真ん中に、大谷さんは、トランプの王様みたいに坐っている。

「君たちも、カードやコインを、こそこそ動かしているより、人形と友達になったほうが、賑やかで、陽気で、面白いよ」

古い友達に逢って、警戒心がゆるんだのだろう。大谷さんは自分の趣味を他人に押しつけるというタブウを、平然と犯した。

　こういう人間に対抗するには、奇術の面白さを、久し振りに堪能させてやるに限る。私たちは、代る代る新しい奇術の傑作を演じてみせた。

「なるほど、奇術って、案外いいもんだったなあ」

　大谷さんは懐かしそうな目になった。

　話題は奇術から、当時ちょっとした流行になっていたテレフォン トリックというカード奇術のことになった。

「僕の友達に、ラジオの部品を作っている会社の社長さんがいて、他の人に真似のできないカード奇術をするんですよ」

　松尾さんはゴリラの人形の頭を叩きながら話した。

「彼の奇術というのは、こうです。観客に一枚のカードを覚えさせる。そうしたら、彼は電話のダイヤルを廻して、ある家を呼び出す。そこで彼は〈カードの名を言って下さい〉と言うと、電話に出た人が、観客の選んだカードの名をずばりと当ててしまう」

「ははあ、奇術の読心術を、電話でやるんだな」

　大谷さんは、やや落着きを取り戻して、わざとつまらなそうに言った。

「例えばこちらで〈もしもし〉と言えばハートのA、〈もしもし、もしもし〉と言えばハートの2という奴さ。〈ハロー〉と言えばハートの3というように、二人の間で暗号が定めてあって、電話の向うではそれに従って、カードを当てる。古い手さ」

「ところが、彼はいつの場合でもただ〈カードの名を言って下さい〉としか言わなかったら、どうなります?」

「ははあ、するとフォーシングなんだ。僕が奇術をやっていた頃には、便利なカードが売り出されたね。僕もそのひと組を買ってどこかにしまってあるが……」

彼は引き出しの奥の方からひと組のカードを取り出した。カードを拡げるとがさがさといった。彼はカードに顔を寄せて、

「うは、すっかりかび臭くなってしまった」

大谷さんはそのカードの一枚一枚を表向きにした。いずれもクラブの8であった。

「ほら、五十二枚のカードがそっくりクラブの8でできているひと組さ。そのカードを使えば、誰が引いてもクラブの8だから、電話に出た人は、いつでも〈クラブの8〉と答えればいいわけさ」

「そんな便利なカードのあることを、彼はまだ知らないんじゃないかな」

松尾さんは笑いながら、

「その代り、彼はいつでも観客の持っているカードを借りて、演じることができるのです」

「術者が電話に出た人に、サインを送るのでもなければ、特定のカードをフォースするわけでもない? それで、カードを当てることができるのかね」

「種を明かせば簡単なんだ。その社長さんの会社には、ちょうど五十二人の社員が働いている。それで、奇術好きの彼は、五十二人の社員に、片端からカードの名前をつけてしまった。彼の

手帖には、五十二人の社員の電話番号と、カードの名前がきちんと揃えて書いてある。従って、奇術の観客がクラブの8を選び出したら、クラブの8さんに電話をするというわけなんだ」

「奇術家なんて、馬鹿馬鹿しいことにとんでもない労力を使うもんだ」

大谷さんは呆《あき》れた。

「でも、そのエネルギーで、たいへん高価な不思議を買うことになる」

「待てよ――」

大谷さんはちょっと真面目な顔になって、

「いや、そう言えば僕もテレフォン トリックを思いついたことがあった。その頃、僕は奇術から遠退《の》いていたので、奇術の仲間には見せたことがないんだが――そう今ここでもできるよ。やってみようか」

「僕たちがまだ見たことがないトリック？　そりゃ願ってもないことです」

松尾さんは嬉しそうに言った。

「僕の方法は、その社長さんみたいに、手間のかかるものじゃない。僕の手下が五十二人いて、その一人一人にカードの名など付いていない証拠に、最初にこれから掛ける電話番号をここに書き出しておこう」

大谷さんは、あり合わせの紙に大きな字で、いくつかの数字を書きつけた。

「この番号は、魔法使いの電話番号です」

大谷さんは、ちょっと改まった口調になった。

「それから、僕がこの魔法使いに、サインを送るのでないことを証明するため、あらかじめ台詞《せりふ》も定めておこう。〈私は大谷ですが、魔法使いさん、カードを当てて下さい。カードの名は、何ですか?〉これだけ言うことにするよ。それから、松尾さん、君のカードを貸して下さい。君のカードは、普通のひと組だね」

松尾さんはうなずいて、今まで使っていたカードを揃えて大谷さんに渡した。大谷さんはカードを受け取ると、そのまま、表向きに机の上に拡げた。

「妙なテクニックは使わない。もっとも使えと言ってもできないんだがね。さあ、この表向きの中から、一枚だけカードを選び、そのカードの名を言って下さい」

私は大谷さんをちょっと見、それから表向きのカードを見渡して、

「それじゃあクラブの8にしよう」

と言った。

大谷さんは私を見て、にやりと笑って、

「はい、判りました。それでは、この電話番号の魔法使いがクラブの8を当てることができるか、早速、試してみましょう」

大谷さんは人形の間から、これも玩具みたいな、赤い電話機を引っ張り出した。そうして、最初に書いた数字のとおりに、慎重にダイヤルを廻し始めた。やがて、るるるという小さな呼出音が受話器から聞えてきた。大谷さんは私たちを見て、人差指を口に当てがった。静かに、という意味だ。呼出音が跡切《とぎ》れた。

大谷さんは息を一つ吸ってから、

「──私は大谷ですが、魔法使いさん、カードを当てて下さい。カードの名は、何ですか？」

初めに打ち合わせておいたとおりの言葉であった。わずかな間があった。受話器の中から、小さな、ややかん高い声が、はっきりと聞えて来た。

「答えましょう。そのカードの名前は──」

私はその声を忘れることができない。

「──クラブの8です」

「有難うございました。魔法使いさん、あなたはいつも、素晴らしい」

大谷さんは、そう言って受話器を置き、私たちに向きなおった。

「魔法使いさんの声を、聞きとれたかね？」


「彼があの奇術を思いついたのは、奇術から遠ざかりかけた頃だと言っていた。人形劇に熱を入れ始めた頃、そこいら辺に手掛かりがありそうな気がする──」

大谷さんの家を出て、駅までの道を歩きながら、松尾さんはいろいろな推理をする。私は、黙ってポケットの中から、皺くちゃになった紙を取り出して、それを拡げた。さっき大谷さんが書いた、魔法使いの電話番号である。

松尾さんは目を丸くし、思わず私の手を握った。私たちは駅前の電話ボックスに駈け込んだ。電話ボックスの中はむし風呂のように暑かったが、そんなことは言っていられない。松尾さんが電話番号を読みあげ、私がダイヤルを廻した。

「私は大谷ですが――」

私はさっきの大谷さんの声の調子を真似て言った。

「え？　誰ですって？」

がらがら声の女の声が聞えた。

「私は大谷ですが」

「オオタニ？　そんな人知らないわよ」

「私は大谷ですが、魔法使いさんですか？」

「魔法使いですって？」

「私は大谷ですが、魔法使いさん、カードの名を当てて下さい。カードの名は、何ですか？」

「ふざけないでよ。私は忙しいんですから」

がちゃんと受話器を置く音が聞えた。

「魔法使いさんの声を、聞きとれましたか？」

私は呆然として松尾さんに言った。松尾さんの額から、汗が吹き出した。

「下品な魔法使いに変身したようです」


その年の秋、私たちは、大谷さんの模型舞台の招待券を受け取った。

人形劇の内容は、今ではあらかた忘れてしまっている。ただ、劇の中ほどで、大谷さんが子供の人形を抱えて舞台に出て来たときのことは、今でもはっきりと覚えている。

「ようこそ、いらっしゃいました」

大谷さんは、観客席を見渡して言った。

「ミナサン、コンニチハ」

大谷さんに抱かれている人形が、口をぱくりと開け、かん高い声で挨拶した。どこかで聞いたような声だった。隣の席にいた松尾さんも、思わず私の顔を見た。

「魔法使いさんの声だ……」

二人とも、大谷さんが、電話の呼出音まで真似ができるほど、腹話術がうまくなっていたとは思ってもみなかったのである。

第六話　砂と磁石

海は碧《あお》く、太陽は真上にあった。

私たちはホテルのベランダの椅子に腰を掛けて、ぼんやり遠くを見ている。雲一つない。真白な砂の上に、色とりどりの水着を着た人たちが見える。牧桂子さんがとんぼ返りしているのが判る。一番背が高いからだ。真赤な水着がよく似合っていた。ビキニの肥っているのが飯塚晴江さんだろう。緑の水着は志摩子さんに違いない。マリアさんと和久美智子さんがお揃いの真白な帽子をかぶっている。

女性たちは、実によく動く。じっとしていることがない。波の中にいたかと思うと、もう砂の上を駈け出している。

水しぶきを跳《は》ねあげながら、桂子さんが駈け寄って来た。一緒に駈け出した和久Aさんをすぐ引き離す。

「何さ、おじさんたち」

桂子さんは口を尖《とが》らせて、私たちの前に仁王立ちになった。

「何しに来たの？　和尚さんと鹿川さんは寝てばかりいるし、品川先生なんか、一度も海に入らないじゃないの」

「理由は簡単さ」

外科医の品川先生は、にこやかに答えた。

「泳げないからさ。身体はごらんのとおりだが見かけ倒しだ。山家《やまが》育ちでね。こうして海の匂いを嗅いでいるだけで、満足しているよ」

「ああ、疲れた」

和久Aさんが、やっと桂子さんに追いついた。

「ああ、お腹がぺこぺこや」

晴江さんも水から出て来て私たちの傍に寄って来た。

「あなたあ、バスケット持って来てくれへんか」

飯塚路朗さんは、はいと言って立ち上り、Aさんと連れ立ってホテルの中に入って行った。

松尾さんは細い指先で貝殻を弄《もてあそ》んでいる。

彼の手の中で、貝殻が大きくなったり、小さくなったりした。

「松尾さんの無趣味にも呆れるわ、全く。今どきスポーツに関心のない若者なんているかしら」

「桂子さんにあっちゃ、適《かな》わない」

松尾さんは、手に持っていた貝殻を砂の上に投げ出した。だがすぐに、彼の指先にもう一つの貝が現れた。桂子さんは目を丸くした。

「私こそ、松尾さんにあっちゃ、適わないわ」

飯塚路朗さんが大きなバスケットを下げて来た。あとからAさんがジュースの瓶を抱えて来る。バスケットを開けると、サンドイッチがぎっしり詰まっていた。

「さあ、食べましょうよ」

Aさんは背のびをして、まだ波の中にいる志摩子さんやマリアさんに手を振った。橙蓮和尚が、むっくり起きあがる。

「食べることは、忘れていないよ。この和尚は——」

大谷さんが橙蓮和尚の坊主頭をぴたぴた叩いた。

志摩子さんが駈けて来た。小麦色の肌がはち切れそうだ。マリアさんが帽子をぬぐと金色の髪がはね出した。シュゲットさんが足をひきずるようにして歩いている。

「貝殻で足を切ったらしい。何、大したことはありませんが」

「まあ、マイク、血が出ている」

マリアさんは足元にかがんだ。

「どれどれ、見せてごらん」

品川先生が黒い鞄を引き寄せて、口を開けた。手当はすぐに終わった。消毒して、包帯を巻いただけだ。品川先生は、残りの包帯をしまおうとして、鞄の中を覗き、

「おや？」

白い封筒を取り出した。封筒を開くと、五枚の花札が出て来た。

「先生の薬籠《やくろう》は面白そうだね」

橙蓮和尚さんが覗きこんで言った。

「心を和やかにするものが、たくさん入っている」

「そうだ。これは面白い奇術なんだ。松尾さんもまだ知らない筈だ。不可解な読心術――やってみようか」

桂子さんは持っていたサンドイッチを、口の中に放りこんで手を叩いた。

品川先生は立ち上って一礼した。今、薬籠から取り出した封筒と、五枚の花札を皆の前に示した。

「ここに五枚の花札があります。だいたい、トランプは、インドで発生したと言われております。それが中国に渡って麻雀《マージャン》の母体となり、ヨーロッパに渡ってタトル カードから、現在使われているプレイング カードとなりました。またタトル カードは日本に入って来て、ウンスンカルタとなり、それから現在の花札に作り替えられたのです。私は日本の花札を、プレイング カードの最も個性的なバリエーションの傑作だと考えております。さてここで五枚の花札を使いますが、使用するのは、一月の松、二月の梅、三月の桜、四月の藤、五月の菖蒲《しょうぶ》の五種類です。昔の花札を見ると、ちょうどカードのインデックスと同じように、数字が打ってあった。その数字がなくなり、花札が専門的な賭博用具になってしまったことは、奇術家としてもたいへん残念であります。数字が残されていたら、奇術家はもっと花札を利用していたでしょう。さてと、この五枚と、一枚の封筒、手に取って御覧下さい」

花札は松尾さんが受取り、封筒は桂ちゃんが手に取った。

「普通の花札のようですね」

松尾さんが言った。

「この封筒も、ただの封筒だわ」

「それでは桂子さん、私に見せないように、五枚のうち、一枚だけをその封筒の中に入れて、封をして下さい。私がその札を、封を切らずに当てるというのです」

私は、ベンジンやアルコールを入れた容器を持っていて、ひそかに封筒の上を薬品で濡らす。濡れた部分は、一時的に透明になるので、中のカードを盗視してしまうというトリックを思い出していた。

品川先生は、後ろ向きになり、両手を背に廻して、掌を上にしていた。桂子さんはためらわずに五枚を切り交ぜ、上の札を無造作に封筒の中に入れ封をして、品川先生の手に渡した。札は菖蒲であった。女の子だから、桜が好きだろうなどという当てずっぽうは、この場合通用しないなと思った。

品川先生は手を後ろに廻したまま、正面を向いた。

「桂子さん、この封筒の中のカードを、もう一度強く心に思って下さい。あなたの心を私は読むことができます」

「そんなの、あまり好かないわ」

それでも桂子さんは神妙な顔をした。

「判りました。桂ちゃんのカードは――」

品川先生は、両手を後ろに廻したままで言った。すると、封筒も見ずに当てようというのだ。ベンジンの方法とは、どうやら違うらしい。

「変な臭いはせえへんね」

晴江さんが鼻をうごめかせて、私にそっと言った。彼女も同じことを考えているとみえる。

品川先生はちょっと目を閉じてから、

「判りました。桂子さんの心が私に伝わりました。桂子さんの心の中には五月の菖蒲があるようですね」

私たちは、一瞬沈黙し、それから手を叩いた。

「当たったわ。気持が悪いくらいだわ」

品川先生は、封筒を桂子さんに渡した。

「封もちゃんとしてある」

桂子さんは、封を切って、菖蒲の札を取り出した。

「花札を使ったところが、眼目でしょう」

松尾さんは、どうやら私とは違うことを考えていたらしい。

「花札というのは、普通のカードより厚いことが特徴です。ですから、カードの中に何か特殊なものを仕掛けることができます。例えば鉄片ですがね。鉄片といっても、普通使われるのが安全かみそりの刃でしょう。五枚の花札のそれぞれ違う位置に、かみそりの刃を仕込んでおく。

この札を封筒の中に入れても、術者は手の中に磁石を持っていて、上から撫でると、その手応えの位置で、封筒の中のカードを知ることができるのです」

品川先生は、笑顔で松尾さんの話を聞いていたが、

「思ったとおり、松尾さん、私の仕掛けた罠《わな》に飛び込んで来ましたなあ。この札にはそんなトリックは隠されていません。私の家でしたらレントゲンで調べられますが、ちょうど磁石を持っていますから、それで鉄片が入っているかいないか、調べることができるでしょう」

品川先生は、ズボンの後ろのポケットから馬蹄《ばてい》形の磁石を取り出した。磁石の足にはかまぼこ型の鉄の棒が吸い付いている。品川先生は鉄の棒をはずして、磁石を松尾さんに手渡した。

松尾さんは、注意深く五枚の札の裏表を磁石で撫で廻した。

「はてな。札の中に鉄片が感じられない」

「そうでしょう」

品川先生は気持よさそうに言った。

「そうでないとすると、もっと古い手でサクラを使う以外は考えられない――」

「サクラが私に合図するんですか？」

品川先生は悲しそうな顔をした。

「サクラを使うような奇術をわざわざ松尾さんの前で、私が演じるというんですか。やはり、この札の中にトリックがあるんです」

「超小型の発信器がその札の中に隠されているというのは、どう？」

品川先生は、志摩子さんの突飛な発想も一笑に付した。

波の音がねむそうにひびいている。


「品川先生、ちょっとその磁石貸してね。砂鉄を採ってくるわ」

桂子さんは、磁石を拾いあげると、かまぼこ型の鉄の棒を外して薬籠の上に置き、あっという間に遠くに駈けていった。

品川先生は、ぴしゃんと頬を叩いた。よく見ると、一所懸命笑いをこらえているのだ。

松尾さんは不思議そうに品川先生を見ていたが、いきなりあっと言うと笑いだした。

「これは抜群だ。すばらしいトリックだ。だが、これを知ったら、きっと桂ちゃんが今に怒って帰って来ますよ」

松尾さんの言うとおりだった。少したつと桂子さんが遠くから、駈けて来た。口が尖っている。手を伸ばして、品川先生の前にさっきの磁石を突き出した。

「なあに？　先生、この磁石は。この砂浜には、砂鉄がないの？」

「いや、たくさんありますよ。桂ちゃん、これをごらん」

松尾さんは、桂子さんの残しておいたかまぼこ型の棒で、さっきから、足元の砂をかき廻していたが、砂の中から鉄の棒を引き出して、桂子さんの目の前に差し出した。その鉄の棒には、黒い砂鉄が、髭《ひげ》のように、ぶら下がっていた。

第七話　バラのタンゴ

司会者がカードの箱を持って舞台に現れ、次の出演者飯塚路朗氏が、突然の急用で、出演ができなくなったと告げた。私と松尾さんは、思わず顔を見合わせた。

「どうしたんだろう。もっとも、当人が嫌がるのを、晴江さんが勝手に出演を申し込んだというから、彼、逃げたのかな？」

「しかし、おかしいな。司会者はなぜカードの箱なんか持っているんだろう」

松尾さんは首を傾《かし》げた。舞台の机の上に、黒い四角い機械が運び出される。長いコードが、舞台の袖から引き出されて、機械に取り付けられた。

「鹿川さん、判りました」

松尾さんが小声で言った。

「飯塚さんはやはり、出演することはするんです。ただし、この奇術は出演者は舞台に顔は見せないようです」

「舞台に出なくって、奇術を？」

私はびっくりして聞き返した。

「そうです。あのテープ　レコーダーに録音されている演者の声が、奇術を演じます。飯塚さん、うまく体をかわしました」

夏が終わると、奇術大会のシーズンが始まる。毎年まず開催されるのが、この「セプテンバー　イン　マジック」である。主催は奇術用具を中心としている玩具メーカーで、いろいろなクラブの腕自慢が出演し、腕を競い合う。その年の新製品の紹介や、新人プロの奇術ショウもあり、「セプテンバー　イン　マジック」はいつも奇術界に新鮮な話題を提供していた。その会に、飯塚晴江さんが路朗さんに無断で、彼の出演応募を出してしまったのである。

「飯塚さんの欠演は、大変残念に思います。――ではありますが」

司会者はちょっと、気を持たせるような言い方をした。どうやら、松尾さんの予想が当たったらしい。

「――飯塚さんは出演を断念したわけではありません。先ほど自分の声を録音したテープが、楽屋に届けられました。飯塚さんは声だけで奇術をなさるそうであります。珍しい趣向ですね。では、飯塚さん、お願いいたします」

司会者は手に持っていたカードを机の上に置いてから、機械のスイッチを押した。戸惑ったような拍手が、ぱらぱらと起った。しばらくすると、機械が喋りだした。

「皆さん、こんにちは。今度は、私が奇術をお見せすることになりました――」

飯塚さんの言葉は、ゆっくりとして判りやすかった。

「今、机の上に、ひと組のトランプが置いてある筈です。置いてありますね。私はこのトランプを使って、カード当ての奇術をお見せしたいのですが、私には手が使えません。どなたか、お客様お一人、私の手伝いをしていただきたいのです……」

「ここで二つの方法が考えられます」

松尾さんが私に説明した。

「一つはサクラを舞台に上げる方法です。サクラが予め打ち合わせておいたカードを選び出して、機械がそれを当てるのです。もう一つは、本当に何も知らない観客を相手にするのですが、カードの選ばせ方が問題になりますね。おそらく数理的なメンタル　マジックになると思いますが、それには予めひと組のカードを、特殊な順序にセットしておく必要がありますね」

「司会の方――」

機械が呼んだ。司会者はびっくりして、機械に向きなおった。笑いが起った。

「先ほど、キャンデーの箱を、お預けしてありましたね。まさか、食べてしまわないでしょうね」

「大丈夫、ここに持っています」

司会者はポケットから、綺麗なキャンデーの小箱を取り出した。箱には赤いリボンが、長く結んであった。

「恐れ入りますが、そのキャンデーを、お客様の中に力いっぱい投げていただきたいのです。キャンデーを受け取った方は、御面倒でも舞台にお上りになって下さい」

司会者はキャンデーの箱を観客席の中に投げた。箱はリボンをなびかせながら、観客席の真ん中に飛んで行った。

「サクラの可能性はなくなりましたな」

私は松尾さんに言った。

「カードの当て方に、新しいアイデアがあると楽しいですね」

キャンデーを拾ったのは、若い女性である。司会者が皆の拍手を求めた。女性は少し赤くなって立ち上った。司会者が舞台のテープ レコーダーの傍に彼女を導いた。

「御協力をいただきまして、有難うございます。キャンデーは差上げますから、あとで召し上って下さい。ほら、メロンの匂いがするでしょう。さて机の上にトランプが乗っていますね。そのトランプをお取りになって、封を切ってカードを手に持って下さい」

カードがセットされているとすると、改めて封を貼りなおしたのだろうか。

「そのカードをよく調べて下さい。怪しいカードではありませんね」

女性は慎重に封を切ると、中のカードを出して、一枚一枚数えるようにして、カードを改めた。

「見ただけでは、判らないようなセットなんですかね」

私はささやいたが、松尾さんは急に難しい顔になって、黙ってしまった。

女性は不意に手を滑らせて、何枚かのカードを床に落した。舞台に上げられて、手が固くなったのだろうが、私は自分が粗相したように、どきりとした。女性はあわてて、落ちたカードを拾い集めた。カードにセットなどがしてあれば、順序が狂い、奇術はめちゃめちゃになってしまう。こんなときのためにも、やはりサクラを使うべきではなかったか。

「お調べになりましたら、カードを充分に切り交ぜて下さい」

機械が言った。とすると、カードはセットもされていない？

「そして、その中から裏向きのまま、一枚のカードを抜き出して下さい。そう、そうしましたら、何のカードかよく見えるように、お客様に向けて、カードを差し上げて下さい」

私たちの座席は前の方だったので、女性が機械の言うとおりに、手探りで一枚のカードを抜いたのがよく判った。そのカードは、ハートの3であった。

「私は今この舞台で、この声が再生されている、それよりも何時間も前に、この録音をしています。どんな方が、どのようにして、一枚のカードを選び出したか、私には全然判りません。しかし、私はそのカードを当てることができます。今、選び出され、皆さんが御覧になったカードの名は……」

観客がしんと静まり返った。機械はひと声大きく、

「ハートの3であります」

と言った。

ざわめきと拍手が、一度に起った。

「当たりましたよ。こりゃいったい？」

司会者は飯塚さんが急用だというのは実は嘘で、ちゃんと楽屋に来ているのだと白状した。

司会者は改めて飯塚さんを呼び出した。飯塚さんは顔を真赤にして拍手を受け、舞台の女性に

礼を言って退場した。

照明が暗くなりかかった。そのとき、舞台に残されたテープ レコーダーがまだごそごそ言っていたが、その声は飯塚さんと違うような気がした。私はぼんやり聞いていたが、その声が低いけれど「次はバラのタンゴ」と言うのが、機械からハッキリと聞きとれた。舞台は暗くなりテープ レコーダーは運び去られた。そして、次の奇術の伴奏音楽が流れてきた。その曲は正しく「バラのタンゴ」であった。するとあの機械は、次の伴奏音楽も予言していたことになる。私は思わず、ぞくりとした。


「九十九パーセント成功したと思ったんですがね」

飯塚さんは苦笑した。

「たいそうな自信で、出場しはったのですよ」

と晴江さんも言う。

「いや全く、あれまでは僕も、飯塚さんが本物の予言を行なったんじゃないかと思ったほどです」

松尾さんも笑いながら相槌《あいづち》を打つ。私だけが、まだ不思議だ。私が口を尖《とが》らせているのを見て、飯塚さんはもう一度あのテープを聞いて下さいと言って、機械を引き寄せた。

「電源はどこから取ります?」

私は間抜けな顔で訊いた。飯塚さんは頭を掻《か》きながら、機械の底の方を開けて見せた。そこには五つの電池が詰まっていた。スイッチを入れると、リールが廻りだした。

「皆さん、こんにちは。今度は、私が奇術をお見せすることになりました――」

機械はあのときの舞台をそのまま繰り返した。ぱらぱらと拍手が起る。――キャンデーを受け取った女性が舞台に上り、一枚のカードを選び出す……

「ね、予言は、完璧だったでしょう」

飯塚さんは私の顔を覗いた。

「全く、疑いを起す余地がない」

「けれど、このあとが、少し問題でしたね。よく聞いて下さい」

飯塚さんの芝居がかった言葉が続く。そして機械は客のカードを、

「ハートの3であります」

と当てた。私が何か言おうとすると、飯塚さんはしっと口に指を当てた。

機械はしばらく無言であったが、ふいに、かたりという音が聞えた。

「マイクを机の上のどこかに置いた音でしょう」

と松尾さんが言った。

「マイクを？　置いた音？」

何のことやら、さっぱり見当が付かない。

「そうなんです。飯塚さんの失敗は、カード当てがうまくいったので、安心したのでしょう。マイクのスイッチを切るのを忘れたことです。ですから、この後、余分な音までが録音されて

しまった」

　機械はあのときと同じく、ごそごそ言っていたが、「次はバラのタンゴ」と言う声が、また聞えた。

「レコード室で、次の伴奏レコードを選んでいた、スタッフの声です」

「レコード室だって？」

　私は呆気《あっけ》にとられて言った。

「飯塚さんはあのとき、初めからレコード室にいて、片手でマイクを持って、ガラス越しにあの舞台を見ながら、喋っていたのでした。そのマイクのコードは、舞台の機械につながっていました。僕たちはそのコードが電源のコードだと勝手に思っていたわけです。飯塚さんはただ機械の状態を、サウンド　モニター（録音状態が機械のスピーカーから聞ける）にしておけば、よかったのでした」

第八話　見えないサイン

「偉いカードを持っている」

私は思わず声に出して言った。松尾さんも興味深そうにひと組のカードを手にした。

カードはかなり古いものであったが保存が良く、今封を切ったばかりでインキの匂いも漂うかと思われる。

裏のデザインが私の関心をひいた。中央に一人の奇術師の半身が、楕円形の枠の中に収まっている。総髪で口髭を生やし、年は若そうだが、大きく吊り上った眼と、鷲《わし》のような鼻が印象的だ。奇術師は、扇形《ファン》に開いたカードを胸のあたりに持っている。楕円形の弧に添って、上部に「ワールド魔術団蓬丘 斎乾城《ほうきゅうさいけんじょう》」、下部に「驚異の西洋魔術 前人未到の世界に挑戦」と右から左に横書きされた文字が読める。

「志摩ちゃん、このカードどこで手に入れた？」

私は自分でも声が弾《はず》んでいるのが判った。

カードはふた組あった。ひと組はピンクの地色に肖像が黒く刷られたもの。もうひと組は緑色の地に同じ肖像のあるペアであった。

水田志摩子さんは私を焦《じ》らすように、青みがかった眼でいたずらっぽく笑って、

「鹿川さん、今持っているカードは、ハートの3でしょう」

と言った。

私はまたびっくりした。志摩子さんは私が無意識に取り上げた一枚を、表を見ずに当てたのである。

「志摩ちゃん、これは判る？」

松尾さんは机の上のカードから、指先で裏向きのまま一枚を引き出した。

「ダイヤのQね」

志摩子さんは事もなく言った。松尾さんはカードを表向きにした。ダイヤのQであった。

部屋は暖かかった。隅にある小さなストーブが赤く燃えている。私の正面にピアノが置いてある。ピアノの隣に飾り棚があり、人形や花立や本などが並んでいる。反対側には凝った金具で装飾された小さな洋箪笥《ようだんす》があり、志摩子さんはカードをその引出しから取り出したのである。

「私の宝物入れよ」見るとまだ他のカードや奇術用具が一杯詰まっていた。

私は窓に吊ってある鳥籠を見ながら考え込んだ。

「母の遺品を整理していたら、このカードが出て来たの。何かの記念品のような気がするわ」

志摩子さんは乾城のカードを弄《もてあそ》びながら言った。

「乾城——この人のことは殆《ほとん》ど知られていないが、お母さんはよくこうしたカードを持っていましたね」

「乾城って、どんな奇術師だったの？」

志摩子さんが反対に訊いた。私は熱っぽくなった。

「偶然というのは、ときどきこんなことをするんだ。僕が乾城の名を知ったのは、つい最近だった。偶然古い記録を手にしたんだ。乾城に関したものと続けざまに出会うとは思わなかったね。その記録によると、明治の初期の人で、初めは曲芸師として、パリの万国博覧会に出演した。そこで西欧の奇術に触れ、多くの奇術を覚えて帰国したんだ。帰国してからは有力なパトロンを得て一座を組織したが、いざ旗上げ前に、不幸にも死んでしまった。もし彼が生きていたら、奇術界もずいぶん違ったものになっていただろうと思うよ。このカードはその乾城が宣伝用に作ったものだろう。旗上げ公演にこうしたカードまでできていたとは思わなかったよ」

志摩子さんは熱心に、私の話を聞いていた。

「でも明治の初めだから、そんなに大した奇術じゃなかったかもしれないわ」

「ところが彼の場合は違うんだね。奇術にかけては、一種の天才だったと思われる。無論、僕が見たわけじゃないから、何とも言えない。だが記録から推《お》すと、自分で苦心して作りあげた、独創的な奇術が多くあったと思われるんだ。いい例が今志摩ちゃんが見せてくれたカードだが……」

私は二枚のカードを取り上げて、裏のデザインを見比べた。

「松尾さん、判るかい？」

「――そう、志摩ちゃんがカードを当てることができるためには、このカードは裏から見て、表の数値が判るようにデザインされた、特殊なカードでなけりゃならない」

裏の模様が一見同じように見えて、実は一枚一枚が違っている。術者は裏のサインを見て、カードの数値を知ることができる。だがこうして二枚を見比べれば、どこかに違う点が見える筈だ。

「——だめだ。サインなどない」

松尾さんはとうとう兜《かぶと》を脱いだ。

「そうなの。でもちゃんとサインはあるのよ。このカードを作った人はずいぶん頭のよい人だと思うわ。普通のサインは四隅の複雑な柄の中にあるのが多いでしょう。ところがこのカードはもっと大胆なところに隠してあるのよ。松尾さん一枚の手紙を隠すには、どこに隠したらいい？」

「——判った」

松尾さんはあわててカードを取り上げた。

「このサインは、カードの中に隠されていたんだ」

「カードの中？」

私は馬鹿みたいに言った。

「そうなの。ほら、中央に乾城という人がカードをファンに開いているでしょう。そのファンの一番手前のカードを御覧なさい。そのカードそのものがサインなのよ」

私はびっくりし、しばらくはカードの裏と表とを代る代る見続けていた。

「でも鹿川さん、私はもっと凄《すご》いカードを用意してあるのよ」

「そ、そりゃ本当？」

私は息の止まる思いであった。

志摩子さんは乾城のカードをまとめ、二つのケースに入れた。ピンクの組と緑色の組が混ざっていた。だが志摩子さんは分けようとはせず、適当に二つのケースに収めた。

机の上には新しいカードが置かれていた。これは古いカードでも、珍しいカードでもない。普通のカードに思われた。カードは松尾さんと私とで、充分調べられていた。

だが驚くべきことには、志摩子さんは乾城のカードで当てたように、裏向きのままどんどんカードを当ててしまうのだ。

「どこかにサインがある筈だ」

と私はやっきになった。

「サインを見付ける方法があったのを思い出しましたよ」

と松尾さんが言った。

「カードを揃えて、ぱらぱらと弾いてみるのです。ほら、玩具の動画があるでしょう。あれを見るのと、同じ要領です。どこかにサインされたカードなら、サインの部分がちかちか動いて見えるのですよ」

「そのカードを弾いてみても、よろしくってよ」

志摩子さんはわざと丁寧に言った。

松尾さんはカードを揃え、指の先で何度も弾いてみた。

「図柄が動きました？」

と志摩子さんが訊いた。

「いいえ、動きません」

松尾さんがぽかんとして答えた。

「一つだけ弾いてみても、図柄の動かないカードが、あることはあるんです」

と松尾さんが食い下った。

「図柄の動かないサインだって？」

私はびっくりして訊いた。

「そう、肉眼ではね。特殊なインキで印刷されているカードです。市販もされています。ですが、そのカードを見分けるには、特殊な青い眼鏡を掛けなければならない。志摩ちゃんは眼鏡など掛けてはいないし」

松尾さんは心残りででもあるようにカードを揃えて、ケースに入れかけていた。

「そうだ。僕も買ったことがあるよ」

私は忘れっぽくなった自分に嫌気がさした。

「でも色眼鏡を掛けて演じる奇術なんて、僕の柄じゃない。押し入れに突っ込んだままになっている。色眼鏡は掛けてみると、実に不便なものだね。色盲になったような気がする」

「色盲！」

松尾さんが飛び上った。

「そうだ。色盲だ。――さっき志摩ちゃんは、乾城のカードのペアが混じってしまっていたのに、分けようともせず、二つのケースに収めてしまった。僕は志摩ちゃんが珍しく無神経なことをするなと思って見ていたが、無神経だったのじゃない。志摩ちゃんは、一時的にピンク色のカードと緑色のカードを、分けることができなかったんですね。ほら、鹿川さん、志摩ちゃんの眼――」

「青い眼をしている」

私もびっくりした。

「阮籍《げんせき》という人は、気の合った人と会うと青い眼をしたという。志摩ちゃんは今日、機嫌がいいのじゃないかな」

「冗談じゃない」

松尾さんは私の呑気《のんき》さに笑い出した。

「松尾さんにあっちゃ、適わないわ」

志摩子さんは細い指を目に当てた。

「これ、嫌いなので、いつもはしていないの。きっと目付きが変だったのね」

掌の中で二つのガラスが光った。真ん中が青い色になっている、コンタクト　レンズであった。

第九話　パイン氏の奇術

「おや？　君も奇術をするのかね？」

松尾さんはオンザロックを飲んで、若いバーテンに訊いた。

「奇術——ですか」

背の高い男である。彼は空になった私のグラスを受け取り、新しい氷を入れていた。

「そこにシンブルが乗っているじゃないか」

「シングルですか？」

「いや、オンザロックはダブルにして貰おう」

と、私は言った。

松尾さんは長い指を突き出して、バーテンの後ろの棚を差した。

「これ？　ですか」

彼は後ろを向いて、棚の隅から赤い小さなプラスチック製のシンブルを摘《つま》んで、松尾さんの前に置いた。指先にはめて、手の中で消したり現したりする奇術の小道具である。

「お客さんも、奇術をなさいますか？」

私はこの男、若いに似ず、悧口《りこう》だなと思った。奇術をかじりかけている男なら、いきなり得意になって、指先を奇妙にねじり、シンブルの高等技法などを披露するところだ。

小さなバーであった。「タンギング」という店の名前が、私たちの興味を引いたのである。タンギングとは、シガレットの奇術に使われる有名な技法だ。

ドアを押すと、ストーブの石油と、レモンの混ざった強い臭いがしたが、松尾さんは平気な顔で止り木に坐った。

バーの奥に三つの影がかたまっていた。一人はくっきりと化粧をした中年の美人である。あとで、これがママであることが判った。二人目は上品な感じのバーテンで、私たちを見ると、すぐにそこを離れて、傍に寄って来た。三人目は止り木に坐っている色の黒い客である。黒い帽子をかぶり、私たちをちらりと見ただけで、背中を丸くした。フリュートの曲が流れている。

「お客様の奇術、ぜひ拝見したいものですね」

バーテンは奥の二人をちょっと見てから、丁寧な口調で言った。黒い帽子の男は、知らん顔をして、ダイスを転がしている。

「カード、あるかね？」

バーなどで奇術を見せびらかすことのない松尾さんには、珍しいことであった。

三匹の猫が印刷されている、銀の縁取りをしたカードが渡された。松尾さんはカードを手に取ると、ちょっと両手に拡げて、表を見渡した。私が覗くと、二枚ずつのペアが揃っている。

「切り交ぜてもいいかね？」

松尾さんは返事を聞いてから、シャッフルし、裏向きにカードを拡げた。

「一枚、抜いて下さい」

バーテンは真ん中から一枚のカードを引き出すと、すぐ表を見た。

その晩、松尾さんがウイスキーを飲みながら見せたカード奇術のうちには、顔をしかめたくなるような、かなりずうずうしい演技もあった。例えば「ポーカーズ デモンストレーション」(ポーカー ゲームの趣向で、四人の観客のいずれにも、かなり強い手札を与え、しかも術者の手にはロイヤル ストレート フラッシュを揃えてしまう有名な奇術)を見せるのに、堂々とバーテンやママの目の前で、特定の順にカードをセットしてから、フォールス シャッフルするという工合である。セットというのは、楽屋ですべきだ。それを見ている前で行なったのでは、いくらフォールス シャッフルをして見せたところで、効果は半減してしまう。いつもの松尾さんらしくない荒っぽさだ。

しかし、その頃には、離れたカウンターにいた二人も、松尾さんの傍に寄っていて、ママなどは、カードを表向きにするたびに、感嘆の声をあげていた。

「花札にでも、応用できますね」

バーテンは「ポーカーズ デモンストレーション」を見ながら、ぽつんと言った。

ただし、最後に松尾さんが見せた奇術は、不可解の一語に尽きた。

「最近の〈ニュー トリック〉誌に発表された、テイル パイン氏の〈パーフェイクション〉を読みましたか？」

　松尾さんは変に陽気になっていた。

「いや」

　私はぽかんとして答えた。

「君は、読んだかね？」

　バーテンはおとなしくうなずいた。

「〈パーフェイクション〉？　面白そうね。見せて頂戴」

　ママが言った。

「この奇術は、三人のお客さんに手伝って貰《もら》う奇術で、術者――私は完全に何もしていないように見えます」

　松尾さんはちょっと考えてから、カードをママに手渡し、充分にシャッフルさせてから、カウンターの上に、裏向きにリボン状に拡げた。

「第一のお客さんは、カードを充分に切り交ぜたわけです。そして第二のお客さん」

　松尾さんはバーテンの方を向いた。

「この中から、好きな一枚を抜いて、君だけ覚えて下さい。しっかり記憶したら、どこでも好きなところに戻し、きちんと揃えて下さい」

　バーテンはうなずいた。松尾さんはすぐ後ろ向きになった。バーテンは言われたとおりに、一枚のカードを抜き出し、表を見てから、元のリボンの中に戻して、両手でカードを揃えた。

松尾さんは向きなおり、カードをまた切り交ぜるようにママに頼んだ。カードはきちんと、カウンターの上に置かれた。

以上のうち、完全に松尾さんは一度もカードには手を触れなかった。バーテンの覚えたカードは、完全にひと組の中に交じり、このまま、彼のカードを見出す方法はないように思えた。私は思わず、身を乗りだした。

「第三のお客さん、一から五十三のうち、好きな数を言って下さい」

松尾さんはいきなり帽子の男に言った。帽子の男はゆっくりと煙草をもみ消してから、

「二十九」

と言った。

「信じられないことですが、君の覚えたカードは、上から二十九枚目にあるのです」

私は思わず声を出しそうになった。すり替えようというのだろうか。それにしてもこのままでは不可能に思われる。更に驚くことがあった。松尾さんは自分の手で二十九枚目のカードを取り出すのではないと宣言したのだ。

バーテンはカードを数えようとした。帽子の男はそれより早くカードを押えた。

「おれが数えてもいいかい?」

松尾さんは平気な顔で言った。

「どうぞ、一枚ずつ数えて、二十九枚目のカードを出して下さい」

帽子の男は口を一文字にして、一枚ずつカードを手に取っていった。

「一枚、二枚……」

ママが声に出して数えた。

「……二十九枚」

帽子の男は二十九枚目のカードを表向きにした。同時にバーテンが言った。

「ジョーカー。当たりました！」

男の手の中で、ジョーカーがにやにや笑っていた。

「テイル パイン氏の傑作だね、これは」

松尾さんは口を開けている私に言った。

テイル パイン氏？ そんな奇術家がいたかなあ。テイル パイン――待てよ、もしかすると――

冷たい風が吹き込んだので、気が付くと、帽子の男がママに送られて、バーから出て行くところであった。私が顎《あご》を引っ張っていると、緑色の酒が入った、シャンパン グラスが二つ、目の前に並んだ。

「お飲み下さい。私の奢《おご》りです」

バーテンがにっこりして言った。

私は怪訝《けげん》な顔で、グラスを取り上げた。

「〈パーフェイクション〉の載っているのは〈ニュー トリック〉の何月号だったね？」

私はバーテンに訊いた。

「この人に奇術のことを聞いても、無駄ですよ」

松尾さんが意外なことを言った。

「でも〈パーフェイクション〉は——」

「この人は奇術のキの字も知っていません」

私は呆気に取られ、口を尖らせた。

「よく、私が奇術なんか知らないことが判りましたね」

バーテンは不思議そうな顔をした。松尾さんはおかしそうに笑って、

「そりゃ、判るさ。君の貸してくれたこの三匹の猫のカード。だいたい、銀縁や金縁のカードは、カード奇術には不向きです。それにカードを拡げてみたら、二枚ずつのペアが揃っていた。あれは独り占いなどをやっていたカードでしょう」

「そのとおりだわ。この人、名探偵ね」

ママが目を丸くした。

「奇術家は絶対に、自分のカードを他の遊びに使うことがありません。初めに僕が見せたカード奇術を覚えていますか？　一枚のカードを引いて貰う奇術だったが、君はカードを引くなり、すぐ表を見た。術者が表を見て下さいと言うまでは、表を見ないことが奇術家同士のエチケットです。それで、君はカード奇術の心得があるどころか、カード奇術もあまり見たことがない人だなということが判った。第一、僕がシンプルと言ったら、きょろきょろしていたが、シン

ブルを知らない奇術家なんて、いないからね」

「これ、いつかお客さんが落していったものなの。何に使うの？」

「こうするのさ」

松尾さんはシンブルを指先にはめた。それを握り取って、ママの目の前に差し出す。息を吹きかけて手を開くと、シンブルは消えていた。消えたシンブルは、彼の肱《ひじ》から現れた。

「ただ、私が判らなかったのは、奇術を知りもしないのに、なぜ知っているような振りをしているかだった。ただ僕に調子を合わせているだけとも、格別負け惜しみの強い人だとも思えない。何かわけがなくてはならない。

「僕は二つ三つの奇術のあとで〈ポーカーズ デモンストレーション〉を見せました。目の前でセットしてから行なうという、ずうずうしい演り方で、鹿川さんなどはあからさまに不快な顔をしたが、君は初めて見る奇術だから、軽蔑もせず不思議そうに見物していた。そして、奇術が終わったとき〈花札にも応用できますね〉と変に玄人《くろうと》っぽいことを言ったじゃありませんか。そこである仮説が生れたのです。——さっきまでここにいた黒い帽子の男、あれがこのあたりのチンピラでね。花札賭博《とばく》のようなものに君をしつっこく誘うので困り切っていた。もし、君が奇術に精通していて、相手の手札を読むのが何でもないような人間だったら、帽子の男は怖《こわ》くって君を仲間に引っ張り込むことは、断念するだろう——と」

「驚きました。おっしゃるとおりです」

「テイル（尾）パイン（松）氏の推理というわけですな」

私は甚《はなは》だ面白くないといったふうに言った。

「おや？　鹿川さんもいい線まで行っていたじゃありませんか」

今度は松尾さんがびっくりした。

「僕はむらむらとその仮説を確かめたくなったのです。そして、完全に不可能なカード奇術を発明しました。幸いなことに、君はテイル　パイン氏の〈パーフェイクション〉を読んでいてくれた。私は記憶されたカードを、完全に当てることが不可能な状態にして、カードをカウンターの上に置いて貰ったのです」

「不可能な状態？」

「あのとおりの操作で、観客が指定した枚数目から、特定なカードを取り出すことなど、神様でもできっこありません」

「ですから、当たっていませんでしたよ」

バーテンは笑い出した。

「私の覚えたカードは、ジョーカーなどでなくって、クラブのK《キング》でした」

「なぜ当たりもしないのに、当たったなどと言ったのだ」

私はむきになった。

「私はあの人がここを出て行くまでは、奇術家でいたかったのです。もし違っていると言えば、違っている点を指摘しなければなりませんからね。私はそんな奇術など、全く知りやしません」

「〈パーフェイクション〉がよほど不思議だったんだわ。それからあの人、何も言わず、帰ってしまったもの」

「最後に一つ、これだけ判らないことがあります。この店の名前〈タンギング〉、あれはどういう意味があるの？」

私もそれがさっきから、気になっていた。

「わたしの友達が付けてくれたのよ。その人、フリュートの奏者で、よく知らないんだけれど、タンギングというのは、管楽器を演奏するときの、ある技法なんですって」

第十話　レコードの中の予言者

「トリはトリでも飛べないトリは、なんでしょうか？」

夏ちゃんが歯切れのよい言葉で、五十島さんに言った。

五十島さんの顔中の筋肉に、力がなくなってしまった。

「はい、それは、シャッキントリでしょう」

「いいえ違います」

夏ちゃんは大きな目を、くるりと動かした。

「正解はチリトリです。残念でしたね」

夏ちゃんは小さい掌《てのひら》で、五十島さんの額をぴしゃりと叩くと、ぱたぱた小さな足音をさせて、部屋から出て行った。

「シャッキントリはないでしょう」

松尾さんは思わず吹き出した。

「近頃、なぞなぞに凝っていましてね。また、この節のなぞなぞは難しいのが多くて、頭を痛めています。例えば、シワの多いほど、長生きするものはなあに？　判りますか？」

「シワの多いほど、長生きするもの？　人間ですか？」

私は阿呆のような解答をした。

「いいえ違います」

五十島さんは夏ちゃんと同じ口調で言った。

「――いや、私も最初は鹿川さんと同じ答えをしたもんです。正解を教えましょうか。答えは、レコードでした。残念でしたね」

「なるほど、レコードですか。うまいものですな」

私は陽当りのよい縁側に坐っているような、五十島さんにも感心していた。

「松尾さんも面白いなぞなぞがあったら、ぜひ教えて下さい」

その日も、五十島さんのように穏やかな、秋の昼下りであった。私たちが応接室に案内されたときには、夏ちゃんは五十島さんの膝の中にいた。

「どうもいい匂いがすると思ったら、生意気に化粧水なんかつけているらしい。女の子はおしゃまですな」

五十島さんの後ろには、さまざまなサウンドのセットが据《す》えられていた。その横にはチーク材のガラス棚があり、中に夥《おびただ》しいレコードがぎっしり詰まっている。

「孫を目の中に入れてしまう大奇術はこれでおしまい。そう、私の試作品を見せる約束でした。実は、こんな物を作ってみたんです。自信作ですがね」

五十島さんは立ち上って、レコード棚の前に行き、一枚のジャケットを抜いて、私たちの前

ESPカード

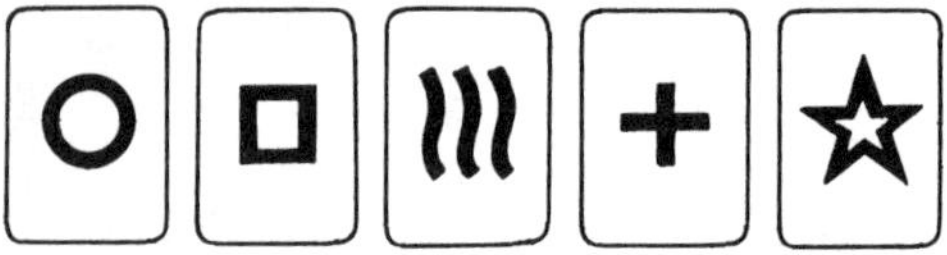

に差し出した。

ジャケットは緑色の無地で、何も印刷されていない。私は大切に中のドーナッツ盤を取り出した。片面はつるつるで溝がなく、ひっくり返すと、この面は普通のレコードのようで、中央に星形のラベルが貼ってあった。ラベルには五十島さんの手蹟《しゅせき》で「ＥＳＰカード」と記されている。

「レコードを使うメンタル　マジックは、別に目新しいものじゃありませんが、ＥＳＰカードを使うところが味噌《みそ》でしょう」

五十島さんはなかなか得意そうである。松尾さんもレコードを手に取って見ながら、

「そう言えば、今までレコードを使う奇術は、数理的なトリックを応用したものが殆どですね。レコードはテクニックを使えませんからね。従って、どうしてもトランプの数字に頼ることになる」

五十島さんは我が意を得たりというふうに、大きくうなずいて、

「ＥＳＰカードというのは――無論、鹿川さんと松尾さんは御承知でしょうが、演技の順序ですので聞いて下さい。――ＥＳＰカードは、デューク大学の超心理学研究所の設立者である、ＪＢライン博士がゼナー氏と協力して作り出したカードです。このカードは超心理学の研究に使用されて有名になりました。ＥＳＰカードは一名ゼナー　カードとも呼ば

れています。このカードは遊戯用のトランプと同じ大きさと紙質を持っていますが、表の図柄は次の五種類です。○（丸形）、□（四角形）、≋（波形）、＋（十字形）、そして☆（星形）の五つの図形が印刷されています。ＥＳＰカードはこの五種類のカードが五枚ずつ、計二十五枚でひと組になっています。このカードを用いて、人間の心的超常現象――透視能力、千里眼、念力、予言能力などを科学的に立証しようというものです。

「例えば、ＥＳＰカード二十五枚をよく切り交ぜ、裏向きに持って、一枚ずつカードの名を言ってから表向きにしてゆく実験があります。被験者がカードの名をでたらめ《ランダム》に言った場合、名と表向きにしたカードが一致する確率は、数学的には二十パーセントです。ところが被験者が、裏向きのカードを予知しようと言う意志を強く持ったとき、カードの当たる確率が二十パーセントよりも高くなるのです。これが数理的統計を上廻るものであれば、人間は何らかの予知能力を持っていることになります。

「今ここで実験するのは、その予知能力なのです。私はある特異な予言能力のある女性の声を、このレコードに収めることに成功しました。レコードには、その女性が五種類のＥＳＰカードのうち、一つの形名を予言している声が録音されています。そのカードは、これからあなたたちが選び出そうとしている一枚のカードの名前です」

「ほほう――」

私は身を乗り出した。

五十島さんは小引出しから、ひと組のＥＳＰカードを取り出して、私たちの前に置いた。

「よく調べて下さい。普通、実験に使用されるのと同じESPカードです」

私はカードをケースから出して、ひととおり見渡した。カードには異状はなかった。

「カードを調べましたら、よく切り交ぜて下さい」

私は言われるとおりに、カードをシャッフルしてから机の上に置いた。

五十島さんはカードを机の上に裏向きに拡げた。

「この中から、どれでも任意のカードを一枚引き出して、表向きにして下さい」

私は裏向きのカードを見渡した。どの一枚を選んでも、変りはないように思えた。私は一枚のカードに触れ、表向きにした。□（四角形）のカードであった。

「では早速、レコードの予言者の声を聞くことにしましょう」

五十島さんは丸い顔に眼鏡を掛けて、プレーヤーの傍に寄った。彼は回転盤の上にさっきのレコードを乗せ、レコードの針を盤の上に置いてからスイッチを入れた。レコードが滑らかに廻りだした。暗い調子のバイオリンのメロディが聞えてくる。

しばらくすると、突然、音楽がぷつんと切れ、どどんという太鼓のような音が響き、それにかぶって、凄味《すごみ》のある女性の声が聞えてきた。なかなか凝った演出である。

「――私は今、心の中にESPカードの一枚の図柄が泛《うか》んでいます。すでに、どなたかの手により、ESPカードの一枚が自由に選び出され、表向きにされている筈です。私はそのカードを、今ここで予言することができます。そのカードの模様は……」

私は思わず身を固くした。ちょっと間があったが、ずいぶん長い時間のように思えた。

「……カードは、四角い形をしています……」

再び、どろどろという音が響き、静かなバイオリンの曲が聞えてきた。

「——当たりましたよ」

私は驚いて言った。

松尾さんはまだじっと回転するレコードを見詰めている。やがて音楽が消え、ぷつんという音がして、プレーヤーの針が自動的に戻り、レコードの回転が止まった。

「見事です」

松尾さんが嬉しそうに言った。

「この種類のどの奇術よりも、現象が鮮明ですね。その上、まるで種が判らない」

「今までの操作のうちに、秘密のトリックがあるとは思えない」

私は顎を引っ張った。

「カードは手渡されて調べたが、異状はなかった。予言者の声はあのレコードからちゃんと聞えてきた。その上、レコードの一部が使用されたのでもない。レコードの針は、外側の端から内側の端まで、完全に一本の溝をたどっていた。また五十島さんがあのレコードを、他の物にすり替える機会は全くなかった——」

「となると、本物の予言者の声という結論しか、出て来ないんだがなあ」

松尾さんは深く腕を組んだ。

「なぜ私が四角を選んだか？　四角なカードが心理的に選び出されやすい位置にあり、その部分だけ余計に他のカードより開いていたとすれば、私の指は自然にそのカードに触れる――」

「鹿川さん、本当にそう思いますか?」

五十島さんが訊いた。

「思わない。その方法は百パーセント成功すると言えないからだ。五十島さんは自信たっぷりだったからなあ。現に私はわざと心理的に選びにくい所からカードを引き出した」

五十島さんは私たちの顔を等分に見ていたが、

「実は、このトリックは――」

「ちょっと待って下さい」

松尾さんは五十島さんのせっかちを押えるように手を振って、

「もう少し、考える楽しさを、奪わないでおいて下さい」


パタンと音がしてドアが開き、夏ちゃんが入って来た。元気よくあたりを駈け廻っていたが、ふとプレーヤーに乗ったままになっているレコードを覗き込んだ。

何か気持に引っ掛かっていたものがあった。それが判った。五十島さんは回転盤の上にレコードを乗せ、プレーヤーの針をレコードの上に置いてから、スイッチを入れたのだ。普通の人なら、スイッチを入れてから、回転するレコードに針を置くだろう。五十島さんはなぜあべこべの操作が必要だったのだろう?

夏ちゃんはすぐ私たちに顔を向けた。そして、はっきりした言葉で、

「ね、レコードの線は、何本あるでしょうか」

と言った。

あとで聞くと、そのとき松尾さんは、いきなり叩き起されたような感じがしたという。夏ちゃんの声を、予言者の声を払い退《の》ける、天使の声と聞いたのである。

「おじいちゃんは知っているから、黙っていてね。ねえ、おじさん、レコードの線は何本あるでしょうか?」

松尾さんは考え事をしていたので、夏ちゃんの冴《さ》えた声を聞いて我に返り、思わず、

「レコードの線は、——五本あります」

と答えてしまった。

第十一話　闇の中のカード

突然の出来事は、品川先生がロープを二つに切り離したとき、起った。「ニュー トリック」誌の最新号に発表されている、新しい型のロープの奇術を試演していた品川先生の姿が、いきなり消えてしまった。

「おや、珍しい。停電ですか」

五十島さんが大きな声で言った。

「どうも、こりゃ……」

暗闇の中で、品川先生のとまどった声がした。

「後篇は電気がついてから、ということになりますね。どうも、奇術の前篇後篇など、しまらないが仕方がない」

目が馴れるにつれて、人影だけは判るようになる。

「本当の停電だわ。商店も真暗になっている」

窓の傍にいた桂子さんが外を見下ろして言った。

小さなレストランの三階。マジキ クラブはクリスマス パーティを兼ね、和久A《はじめ》さんと美智子さんの結婚一周年を祝して、ささやかな晩餐《ばんさん》を共にしているところであった。二人は結婚一周年記念など嫌だと言ったが、何でも名目の多いほうが会は賑やかでよろしい。Aさんは化粧品会社の研究開発部の社員、美智子さんは同じ会社の販売部のマネキンの仕事をまだ続けていた。

「やあ、ちょうどいい。和久君たち、キスをしてもいいぜ。もっとも、もうしとるかもしれんがの」

これは橙蓮和尚の声だ。

「あら、嫌だわ」

ころころと美智子さんが笑った。彼女のいるあたりから、いい匂いがしている。化粧品などに無頓着な私にも、高級な香りだということは判る。美智子さんは文字どおり匂うように美しく、和尚がやけ気味で二人をからかう気持になったのも無理はない。

「今更ながら、奇術は見るものであることが、思い知らされますね」

松尾さんの声である。ぱっと誰かがマッチを擦った。和尚の顔が赤く浮びあがり、パイプの先が呼吸しはじめる。

「奇術によらずそうだ。煙が見えねえと、煙草を吸っても、旨《うま》くもなんともない」

「視覚によらない奇術――今みたいに真暗な中でも成立する奇術がなかったかなあ」

と私が言った。研究熱心な松尾さんは、すぐ私の問題に答えた。

「あるでしょう。数は多くありませんが、例えば、脈搏《みゃくはく》を自由に止める奇術。これは必ずしも目は必要ないでしょうし、読心術や予言のあるものは、暗闇の中でもできないことはないでしょう」

「カード奇術で、そんなものはありませんか？」

「カード奇術でね。そう――」

「えへん」

咳《せき》ばらいがした。和久Aさんである。何か思い付くことがあるのに違いない。

「少し前のことですが、僕は一つのカード奇術を思い付きました。目隠しをして、ひと組の中から観客のカードを手さぐりで抜き出すというものです」

「手さぐりで、ね」

松尾さんが興味深そうに訊いた。

「ところが今まで実演したことがなかったのは、一つだけ欠点があるんです。僕はそのカードを探すために、妙な形をしなければならない。それをカバーするには、お客さんにも目隠しをして貰わなければならない」

「そりゃ、偉い欠点だ」

と和尚が言った。

「そうです。お客さんは目隠しの隙間から、僕を覗こうとするでしょうし、僕も目隠しをしているのだから、それを咎《とが》めることはできない。――でも、この暗闇なら、皆が目隠しをされた状態ですね」

「ほほう、それで君はその欠陥奇術をしようというのかね」

「欠陥奇術とはひどいですよ。まあ、お祝いされたお礼として……」

美智子さんがまた、ころころと笑った。

ドアの向うに、ゆらゆらした光が見えた。支配人がローソクを持って、部屋に入って来た。

「困りましたね。すぐつくとは思いますが――」

「いいや、少しも困ってはいない。今、暗闇の奇術が始まろうとしているんだ」

「奇術の方は、いろいろの楽しみを御存知でいらっしゃいますね」

感心して、何が始まるのだろうと、ドアの傍に立って見物している。

「自分のカードを使うのでは、カードに仕掛けがあると思われて面白くありません。どなたか、カードを貸して下さい」

私はポケットからカードを取り出して、Aさんの前に置いた。

Aさんは隣にいる松尾さんにそのカードを切り交ぜるように頼んだ。松尾さんはカードを自由にシャッフルし、机の上にきちんと置いた。

「さて、松尾さん。この中から一枚だけ好きなカードを抜き出して、皆にも見せて下さい。ただし美智子さんには見せないで下さい。彼女がそっと僕に教えるといけません」

美智子さんはさっきから、会員の奇術がまだ珍しくてならないようだ。それを見て、「なあに、そのうちA君がカードを取り出しただけで、頭痛がするようになるさ」と和尚が毒舌を吐いていた。

Aさんは後ろ向きになった。松尾さんは注意深く、ひと組の中から一枚のカードを抜き出して、ローソクの光にかざして会員たちに表を見せた。松尾さんの持っているカードは、ダイヤの2であった。

「カードの名を覚えましたか?」

松尾さんがはいと言うと、Aさんは向きなおって、松尾さんのカードを取って、ひと組の中に戻した。そして再び、カードを切り交ぜるように言った。

松尾さんのカードは、完全にひと組の中に交じってしまった。これではあのカードは当てることはできまい。しかも、暗闇の中で当てようと宣言している。ダイヤの2を抜き出す手掛かりは、完全になくなったように思えた。

「ここで、松尾さんが選んだカードを見付け出すわけですが、視覚を使って探すようではあまり不思議ではない。ありふれたカード奇術になってしまいます。僕は完全に手探りで松尾さんのカードを探すつもりです。ちょっと失礼して——」

Aさんはローソクの火を、ふっと吹き消してしまった。部屋は元どおりの暗闇になった。と思うと、突然、電燈が輝きだした。部屋の中が、光で溢《あふ》れた。

「こりゃ、皮肉だ」

皆、目をしょぼつかせている。机の上のカードは、まだ揃えられたままになっている。ちょうど、Aさんがカードに左手を伸ばそうとしていたところだ。

「電気、消しましょうか?」

支配人が面白そうに言った。

「そうして下さい。奇術の前篇後篇は、やはり間が抜けます」

支配人はドアの外に出て、いくつかのスイッチを動かした。部屋はまた暗くなったが、外のネオンの光が部屋に差し込み、さっきよりよほど明るい。

「カーテンも引きましょう」

志摩子さんが立って、カーテンを引いた。部屋がまた真暗になった。

私は耳を立てていた。――かすかに、一枚ずつカードをひっくり返しているような音がする。

Aさんはダイヤの2を探しているに違いない。だが、どんな方法を用いているのか、まるで見当がつかない。

強《し》いて、探す手掛かりといえば、ダイヤの2をひと組の中に戻すとき、故意にカードに折り癖を付けてしまう方法がある。ピークなどと呼ばれている方法だ。極端な場合は、カードの隅を破いてしまう。だが私はAさんが松尾さんのカードをひと組の中に戻すのを見ていた。Aさんは松尾さんのカードを、静かにひと組の中に押し込んだだけだった。

「判りました。電気をつけて下さい」

Aさんが高らかに言った。部屋がまた眩《まぶ》しくなった。Aさんは一枚のカードを、裏向きに持っていた。

「松尾さん、さっきあなたが選んだカードの名を言って下さい」

「ダイヤの2」

松尾さんは目をぱちぱちさせて言った。

Aさんは手に持ったカードを、ゆっくり表向きにした。そのカードは、間違いなく、ダイヤの2であった。

美智子さんは目を丸くして手を叩いた。Aさんはカードをそっくり松尾さんに手渡した。松尾さんはカードを調べた。カードに異状はないようだった。

「どうやら、犯行は不可能のように思えます」

松尾さんは諦《あきら》めたようにカードをケースに入れて、私の手に返した。

「松尾さんは近くにいたから、トリックに気づいたと思いましたよ」

Aさんは松尾さんの顔を見た。松尾さんは首を傾げるばかりである。美智子さんに対し、Aさんの顔をたてているな、と私は思った。


「——私には推理が不可能のような奇術に思えます」

帰りがけ、松尾さんは私に告白した。

「初めに電気がついたとき、和久さんはカードを取ろうと、左手を伸ばしていましたよ。和久さんは左ききではない。それなのに、なぜ左手を伸ばしたのだろう。右手はどうしたのだろう。右手は別の用事をしていたのではないか？」

私の頭の中はいつものように、こんがらがっていた。

松尾さんに本を貸す約束があった。私たちが部屋に入ると、妻は編み物をしていた。私は上着を脱いで、ネクタイを緩めた。

妻が寄って来て、変な目付きをした。そして、松尾さんに聞えないように、

「何か面白そうなことが、あったらしいわね。いい年をして」

私は意味が判らずに、ぼんやりしていた。

煙草を買うのを忘れていた。私はシャツのまま外に出て、煙草を買って戻った。居間に入ったとき、ふと美智子さんの顔を思い出した。なぜだろうと考えたとき、妻の言った言葉の意味が判った。

私はあわてて上着を拾い上げ、ポケットからさっきのカードを取り出した。ジャスミンのいい匂いが漂いはじめた。私は一枚一枚カードを鼻にあてた。そして、特に香りの高いカードを表向きにして、松尾さんの前に差し出した。——それはダイヤの2に違いなかった。

III部　11番目のトリック

4　蚤の市――三階ロビー

牧桂子は朝九時に、ホテル　ニュー　メラルに着いた。

いつもなら車から跳び出すところだが、この日はそうはゆかない。桂子は着物の袖に気を配らなければならなかった。海老茶《えびちゃ》の小紋に、蝶をあしらった帯。背の高い桂子は和服はあまり好きでない。だが、この五日間、桂子は背の高いことが苦でなくなっていた。桂子より高い女性が、いくらでもいたからだ。生れた国に帰って来たようだった。桂子は大胆になり、成人式に着たままになっていた振袖をスーツ　ケースに入れて持って来た。世界国際奇術家会議の最終日、お別れパーティに着る気なのだ。

昨夜、家に戻ったのは午前二時。四時間ばかり寝て、母親を叩き起した。

「一生に一度よ。我儘《わがまま》ぐらい言ってもいいでしょう。どうせ来年の大会には出席できそうにもないわ」

「来年はどこで開催するの？」

母親は睡そうな眼で桂子の帯を締めながら訊いた。

「ミュンヘンよ。それともお金貸してくれる？」

「ああ、やっぱり空手でも習っていたほうがよかったのかしら」

常識に満ちた母親は、人をごまかして喜んでいる桂子の趣味が理解できないでいた。その上に同じクラブ員の一人が殺されたと聞くと、マジキ クラブが悪魔の結社のように思えるのだ。もっともこれは母親ばかりではない。志摩子殺害事件は大袈裟に報道されていた。

女性魔術師殺害される。現場に残された魔術の道具は悪魔の儀式か。現代に再現された魔女狩り。タロット カードの呪《のろ》い（いつの間にか花札がタロット カードになった）。被害者は元歌手、超能力女性。犯人の痕跡未だなし。トランプ奇術殺人事件の謎は？——

速足三郎殺しの犯人が逮捕されたことも、魔術殺人にからんで報道された。犯人は予想されたとおり、暴力団の組員であった。だから志摩子事件との関連は何一つ認められなかった。捜査陣は志摩子事件との関係はないと発表したが、報道はそれに不満であり、いろいろな憶測をめぐらしていた。

鹿川舜平がいつも言っていたことが、現実に起っていた。「——まだ奇術が魔法の一種だと思っている人が多いのには、全く弱ったものだ」キリシタン バテレンの妖術《ようじゅつ》は迫害され、魔女は片端から焼き殺されたのは昔だが、実際の報道を見ると、その時代とは大して変っていないように思われた。

「世界国際奇術家会議が東京で開催されるのは大変よい機会だと思う。マスコミはここで白《ホワイト》い奇術《マジック》の知的な遊びの世界を、改めて見なおすだろう」

鹿川の期待はある程度満たされたが、まだ充分とは言えなかった。一部の報道では奇術家会議は従来どおりの悪魔の祭典の如く説明され、また奇術が魔法でも何でもなく、ただの手品に過ぎないと、奇妙な不満を現したレポートも書かれた。

　もっとも奇術家の方にも誤解を招く原因が皆無だとは言えない。入場券を買って観賞するショウ以外は、奇術クラブに所属していない一般の人たちは、会議に出席ができなかった。特に奇術の種が精細に解説される講義《レクチュア》では、報道陣たりとも出入禁止だ。種明しの解説は厳しく差し止められて、一部の反感さえ買ったほどである。

「むずかしい問題ですな。片っ端から種明しをされたのでは、無論奇術は亡びてしまう。そうかといって、奇術の最もおいしい部分が固くしまわれたままでは、奇術人口も増えず、天才たちの出現も期待できない。旧態依然とした奇術のみで、目ざましい発展は望めない。まあ、これから考えるべき問題でしょうね——」

　とにかく、奇術家会議はある成果を収めながら、順調に最終日を迎えた。

　車から出ると、強い陽差しが五十二階のビルに反射していた。いい天気だと桂子は思っておかしくなった。いつもの自分なら、「また暑くなりそうだ」と空を睨《にら》んでいたに違いない。自分はもう浮き浮きした気持になっているのだ。

　ホテルの横には何台ものテレビ中継車が止まっていた。朝の十時からアマチュア コンテストが行なわれる。大会最後に開幕されるビッグ ショウの前には国際会議の授賞式が行なわれる予定であった。

「お早うございます。和服がよくお似合いですよ」

フロントで鍵を受け取った。五日間すっかり顔見知りになったフロントの係がそう言った。フロント係ばかりではない。ロビーにいた何人もの外人が桂子を見付け、手を振った。喫茶室やロビーではもうあちこちに陣を作ってカードやコインを捻《ひね》り廻している奇術家の姿が見える。中には夜中から続けざまに演《や》っているグループもあるに違いない。

珈琲《コーヒー》を飲んでいるタイ　バーノンの姿が見えた。彼は世界の奇術家からプロフェッサーとして尊敬されている。バーノンは今にも落ちそうな長い灰の付いた葉巻をくわえていた。彼の前に坐っているのはフレッド　カップスではないか。マーク　ウイルソンの顔も見える。

桂子の前を丸い顔の男が軽く会釈して通り過ぎた。オランダの天才、マーコニックであった。ミルボーン　クリストファが階段を降りて来る。桂子はこうしていつも催眠状態になってしまうのだ。

遠くから桂子の顔を見て、ブロンドの青年が駈けて来た。

「桂子、お早う。──今朝の君は、全く素晴らしい……」

彼は桂子の和服姿を見て、息を飲んだ。

「フランソワ、よく寝られた?」

青年は肩を竦《すく》めた。よく見ると目が赤い。

「昨日は凄い男に捕まってしまった。下手な英語で喋りながら、ぶっ続けにカード奇術を演るんだ。名をパインとか言った」

「松尾さんだわ。テイル　パイン氏ね?」

になった。

「桂子、知っているのか」

「私たちのクラブ員よ。フランソワの著書なら、全部読んでいる筈よ」

「そうなんだ。フランスにもあれだけ僕の本を読んでいる人間はいないよ」

桂子は胸にカトレアの造花を付けた。英語のできる桂子は、大会期間中の接待係《ホステス》を引き受けていた。お蔭で多くの人と友達になった。中でもフランソワ ランスロットは何かと相談相手になった。

パブリック ショウに出演したフランソワの演技は満場を唸らせた。新発表のゾンビ ボウルで、クライマックスには数個のボウルが自由に浮揚するのだった。ただ鹿川に輪を掛けて、時間的にひどいずぼらで、その日も桂子が注意しなかったら、出演が取り消されていたところだ。

「頭がぼんやりしている。二時にプールで待っている。泳がないか?」

すぐこれだから、油断がならない。

「駄目よ。二時にはクロースアップ マジックショウがあるわ。フランソワも出演するんでしょう」

「三時じゃなかったか」

桂子はプログラムを開いてみせた。

「忘れては駄目よ。しっかりしなさい」

「ところが変なのだ」

フランソワはふっと溜息をついた。

「今度の会はどうかしている。君の国の研究家は全く素晴らしい。斬新なオリジナルを山ほど見せて貰ったが、僕は全然燃えてこないんだ」

「フランソワ、疲れているのよ」

「いつもはこんなじゃない。ロンドン、ボストン、僕の頭はいつでも冴《さ》えていた。それが東京では雲に乗ったように、頭がふやけてしまった。来年はミュンヘンだ。桂子、待っているよ」

桂子は淋《さび》しく笑っただけだった。祭の後の虚無感が、もう静かに忍び寄っているのを感じた。

大会の参加費でさえ桂子にとっては何か月分かの給料であった。それに四日分の宿泊料、食事、奇術材料費。ミュンヘンとなるとその上に莫大《ばくだい》な旅費が加わるではないか。

参加費と引き替えに大きな袋が手渡された。桂子は前夜祭の始まる前に、自分の部屋《ルーム》に入って、その袋を逆さにしたのである。参加証——自分の名が印されてあり、会議中自分の胸に付けるようになっている。五日間のプログラム——A4判二百ページからなる色刷りのアート紙。プログラムのダイジェスト版、ポケット版——それだってマジキ クラブのペラの印刷とは雲泥の差だ。入場券の束——大会前夜祭、一日目開場式、オープニング ショウ、二日目パブリック ショウ、三日目プロのショウ、五日目ビッグ ショウ、お別れパーティの各入場券。ディーラー ショウ、コンテスト、講義《レクチュア》、クロースアップ マジックショウの各整理券。東京—新宿《しんじゅく》、東京—浅草《あさくさ》のバス券。東京タワー、博物館、美術館、動物園の入場券。東京地図。日米会話小辞典、大会記念カードふた組。国芳《くによし》の絵葉書。桐《きり》の箱に入った記念コイン。ショッピング一割引券。——その他観光案内の宣伝パンフレット。カメラ、ラジオ、カーのカタログがひと山。

わけのわからない奇術用具数点。箱根細工、栄養剤、カフェイン！

　桂子は二百ページのプログラムを見ただけで酔っ払ってしまったのだ。

「フランソワ、聞きたいことがある。よろしいか」

　八の字髭《ひげ》を生やした、肥った男が傍に寄って来た。

「ウイ」

　彼はフランス語で答えた。会場はいつでも十数か国語が飛び交っていた。だが奇術を中心にすると、けっこう意思が通じてしまうから不思議だ。

「君の三冊目の著作にある技法だが――」

　肥った男はポケットからぐいとカードを引き出した。

　奇術家が二人集まれば、すぐこうなる。技法の質疑から次から次へと奇術が披露され、廻りには人の山が出来、いつの間にか主導権が他の手に渡ってしまうこともしばしばだ。

「お早う、いよいよ今日で終わりだね」

　桂子は肩を叩かれた。振り向くと飯塚路朗が目をしょぼしょぼさせて立っている。

「お早う、晴江さんは？」

「まだ部屋で寝ている。ゆうべ、いや、朝寝たのは四時を過ぎていたよ。昨日付き合ったのは恐ろしく丈夫な男でね。ウイスキーを水のように飲みながら、下手な英語で機関銃のようにカード奇術を演るんだ。松尾君もいざとなると凄いね。僕はもうくらくらだ。奇術のない国へ行きたくなった」

「フランソワだわ。——鹿川さんや大谷さんは？」

「最後まで付き合っていた。橙蓮さんはタルバート ギータンという人と約束があると言って、早くからいなかったよ」

「タルバート ギータン？」

「橙蓮さんが若い頃ロンドンに留学していたときの友達だそうだ」

「品川先生は？」

「二時でダウンしちゃった。〈浮舟の間〉で寝ているよ」

東京から遠い真敷市に夜中に帰るのは大変だ。マジキ クラブは共同でひと部屋を借りてあった。クラブ員はそこで自由に仮眠ができる。それが「浮舟の間」である。

「十時にコンテストが始まるのでしょう」

晴江はコンテストの女性部門の出演が定まっていた。

「そう、だがその前に〈蚤《のみ》の市〉を見とかなくちゃならない。晴江の寝ている間に、僕がそうっと出て来たのは、そのためだよ。九時開店だから、九時十五分まで、あと五分か。三階のロビーだ。桂ちゃん一緒に行かないか」

初日、会議は予定の時刻に、一秒の狂いもなく進行されたが、すぐ抗議が出た。

「時間が正確すぎる。時間の正確は遊びの精神に反する」

そのため、全てのプログラムは、正確に十五分遅れて開始するように指示されていた。

ホテル　ニュー　メラル奇術家に占領さる——この新聞の見出しは、桂子に言わせるとむしろ謙虚な表現であった。

世界国際奇術家会議東京大会は八月二日から七日まで、前夜祭を含む六日間、ホテル　ニュー　メラルに於《お》いて開催されたが、ホテルは文字どおり奇術家一色に塗り潰されたのである。

開催に当たり、日本で古い歴史を持つNAMCが中心となり、全国の二百のクラブによって、全日本奇術連合会が組織された。会員数約二万。北海道から沖縄までの、あらゆる奇術団体が初めて統合されたのだ。

海外からは会員数五万を誇るアメリカのIBMを初め、SAM、PCAM、FISMなどの世界の奇術団体が八月一日にホテル　ニュー　メラルに集結された。東京大会の出席者は三千を越えた。何台もの飛行機がチャーターされ、奇術家を満載した豪華船が港に着いた。

開催の前日には交通が止められた大通りを、大パレードが行進し、花火が打ち上げられた。この様子は宇宙中継によって、世界中に報道された。

桂子は前夜祭のカクテル　パーティに〈ロード〉で新調した、るり色のイブニング　ドレスで出席した。背の高い桂子はパーティではいつも猫背になりがちであったが、この日から胸を張るようになった。ホテル　ニュー　メラル鳳輦《ほうれん》の間、大シャンデリヤの下、カトレアの花を胸にした桂子を見て、いろいろな奇術家が話しかけて来た。リチャード　ロスやバン　ドンメルンに言葉を掛けられたときは、もう夢うつつであった。桂子はカクテル　グラスを何杯もあけて酔っ払った。

タキシードを着た奇術家が桂子の傍にいた。彼は空中から赤いバラの花を取り出して、桂子に渡した。彼女はそのバラを飲み込んで、目の中から出してみせた。その奇術家がフランソワ ランスロットであった。

「奇術よりも、君と踊るほうが素晴らしく思える」

フランソワは桂子の手を取った。

大会の一日目、オープニング ショウはユーディット劇場で開演された。ホテル ニュー メラルからユーディット劇場に直通のバスが何台も運転される。バスで十分のところだ。

ユーディット劇場では毎日違ったショウが上演された。ホスト ショウでは若手の奇術家が、全盛当時の松旭斎天勝《てんかつ》一座を写した、昔どおりのショウを演じたのが話題となった。また楊小《ヨウショウ》亭《ティ》を中心とする中国曲技団。二代目ソーカを中心とするインド魔術団も好評を博した。これらの一座は東京大会を振り出しに、全国を興行する予定だ。

ホテル ニュー メラルの中にあるニュー メラル劇場では、毎日朝十時からコンテストが行なわれている。夜はパブリック ショウで有名な奇術家の演技を見ることができる。

だいたいゆっくりしている閑がないのだ。昼を過ぎると十の小部屋で研究家たちの講義が始まる。今まで本でしか知らない奇術の実技が見られるわけで、研究家にとっては涙のこぼれるような話だ。

小ホールでは一日中8ミリ、16ミリ、スタンダードの映画から、テレビのビデオ テープがかけられている。史上に残るフーディニーの主演した劇映画から、トニイ カーチスの「魔術の恋」、チャニング ポロックで有名になった「ヨーロッパの夜」は若い人は見ていない人も多いので、見逃すわけにはゆかないだろう。ポロック ファンには特に「怪盗ロカンボール」も用意されてあるサービスぶりだ。この劇映画は六四年ベルナール ボルドリー監督の、奇術場面は少ないが、ポロックの魅力がたっぷり味わえる。その他、全盛時代の、石田《いしだ》天海《てんかい》のフィルムは天海ファンにはこたえられないだろうし、鹿川などは、

「ディクソン カーが奇術を演じている8ミリがあるそうだ。うはうは」

と言って気が狂ったようになった。

別の部屋ではクロースアップ マジックが行なわれる。これは五十人単位の部屋を、次々に奇術家が巡回して演技を見せる形式で、観客はいながらにして全ての奇術家の芸が見られるわけだ。ただし出演する側の奇術家にとっては、相当にきついスケジュールになる。だいたい、五十人が定員の部屋に、百五十人もの観客が押し掛けて、冷房などはまるで効かないありさまであった。

二十分ずつ、六つの部屋を廻った松尾は、さすがに目を窪《くぼ》ませたが、桂子に会うと、

「これで奇術のマラソンをやれる自信が付いた」

などと負け惜しみを言った。

その他、常時、タネン、アボット、アイアランド、テンヨーを初め世界の奇術店が絶えず店を並べ、選り抜きの販売員《ディーラー》たちが、自慢の新製品を演じている。販売員たちはプロを引退した人たちもあり、舞台とは違う面白さがある。また、観客の財布の紐《ひも》を緩める手管《てくだ》も見事なもの

だ。

「一流になると、プロも及ばぬ給料を取っている人もいますよ」

と奇術材料店通のシュゲットが教えた。

だがうっかりすると、とんだ物を掴《つか》まされることもある。

「桂ちゃん、新ネタだ。見てごらん！」

品川橋夫が、桂子と鹿川を見付けて、得々として披露した奇術がそれだ。彼は十センチ角の碁盤をかたどった板を取り出した。裏表改めて、その中央に百円貨を置いた。そしてちょっと手を掛けると、百円貨は消えてしまった。

「あといくらもないらしい。桂ちゃん、買うなら今のうちだ」

「品川先生――」

鹿川は口をあんぐり開けて、桂子を見た。

「いったい、いくらで買ったの？」

値段を聞いて桂子は驚いた。

「パッケージは持っていますか？」

品川はけげんな顔をして、ポケットから碁盤の入っていた小箱を取り出した。鹿川は無言で隅に印刷された文字を指した。

「メード イン ジャパンだ！」

「私、おじいさんに見せて貰ったことがある。今でも縁日でよく売っているわ。値段は十分の一よ」

「知らなかった……」

「往復の旅費が加わっていますからな」

と鹿川は説明した。

「子供に見せるつもりだった。うちの子供は皆、知っているだろうか？」

「日本の子供ならね」

品川は奇術に限ってはまるで世間知らずなのだ。

「どうしよう」

「取り替えて貰ったら？」

「でも、封を開けてしまった」

「私が掛け合うわ。そう、先生はインド人かなにかになっているのよ」

赤毛の販売員は初めのうちはにこやかに首を振るだけであった。

「間違えて買ったと言っています。取り替えてやって下さい。私が受け合ったのです」

「でもお嬢さん、封を開けてしまっては……」

「テケレッツノ、パア！」

品川がわめいた。鹿川が笑いを殺すために顎に力を入れた。

「接待係《ホステス》のお嬢さんを侮辱している。訴えると言っているわ」

すぐ人だかりができる。販売員はあわてた。

「では、何にお取り替えしましょうか」

品川は「インドの壺《つぼ》」を指差した。

「でも、この道具ならお国にお帰りになれば、十分の一の値段で売っていますよ。それを承知ですか。もうお取り替えはしませんよ」

桂子はふとおじいさんの演った方法を思い出し、碁盤の上の十円貨を、五円貨に変えてみせた。販売員は顔色を変えた。たちまち店の前に人が集まった。碁盤が飛ぶように売れ出した。碁盤はまだいくらでもあったのだ。

「桂ちゃん、あの碁盤、買い戻してくれないか」

最後には品川がそう桂子にささやいた。

販売員は桂子に感謝し、ひと組のカードを手渡した。

「お嬢さん、有難う。ほんのお礼です」

「このカード、どうするの？」

販売員はコップにカードを入れた。一枚のカードがひとりでに、せり上って来た。桂子の覚えたカードだった。

「嬉しいわ。前から私が欲しかった奇術だわ。でもこの中にコップが入っていないわ」

「コップ？」

彼はちょっと考え、すぐに笑顔になった。

「お嬢さんの言っているのは、旧式の奇術ですね。今そんなのは流行《はや》りませんよ。仕掛けのないコップを使う、そこが素晴らしいのです」

一日のショウが終わるのは十時から十一時。そのあとが大変なのだ。思い思いに招待し招待され、テーブルを囲んでの奇術交歓が、深夜に及ぶのだ。

以前、桂子は奇術雑誌で「エレベーターの中でも奇術を演っている」という大会の紹介記事を読んで、まさかと思ったことがあった。だが一度この世界に入ると、言葉より奇術のほうが通じるのだ。友達はどこにでもい、誰とも親友になれた。エレベーターの中は無論のこと、トイレの中でも演っているのではないかと思われる。

初めのうちは、地方の小さなクラブであるマジキ クラブの会員は遠慮がちであったが、シュゲットや桂子の活躍を見て、たちまち積極的になった。晴江などは、

「桂ちゃん、凄いやろ。もう二十人の婦人服の注文を取ってしもうた」

と半分商売気を出した。

自分の部屋に戻るのは、早くても二時から三時。桂子はその日見た奇術を、できる限り思い出してメモを取ることにしていたが、メモの途中で寝込んでしまったことも、一度や二度ではなかった。

鹿川は大会の前日、クラブ員に注意した。

「ディズニーランドの中に一人で放り込まれた状態になるだろう。とても一人では見尽くされない。また、見尽くしたところで、雲烟過眼《うんえんかがん》、会が終われば綺麗に忘れてしまうだろう。だから、だいたいの分担を定めておいたほうが、これからの会のためにもよいと思うんだ。酒月亭

さんとマリアさん、それに桂ちゃんは外交的に、個人的に優秀な奇術家と友達になって、奇術を覚える。松尾さんはできるだけクロースアップを中心に覚えて下さい。五十島さんと飯塚さんは材料店でめぼしい材料を見付ける。和久さんは講義を中心に。大谷さんはコンテストを中心に、次代の奇術家を見付けて下さい。私は珍しい文献に心掛ける。皆さんメモは忘れずに――」

だが、そんなことは開会のファンファーレと一緒に、どこかに消し飛んでしまった。現に桂子は、古書の展示を見ている筈の鹿川自身が、マジック ショップにどっぷり漬かり込んで、涎《よだれ》を流しているのを見付けた。桂子が注意すると、彼は麻薬常習者のような顔をして、

「いったい、そんな馬鹿なこと、誰が定めたんだ」

と食ってかかった。

接待係の桂子は、休む暇がなかった。最終日近くなると、

「京都を見物したいのですが――」

「水俣《みなまた》を見て来たい――」

旅行社まがいの世話まで焼く。

中にはあまりしつっこく、日本奇術史を訊かれたときには閉口した。それがまたよく日本史を知っていて、ごまかせないのだ。かえって桂子の方から、

「奈良へ行ってごらんなさい。大仏様が立派ですよ」

と旅情をかき立たせようとした。だがその男は一笑に付して、

「私はニューヨーク、ローマ、ロンドン、全ての大会に参加していますが、未だにエンパイヤステートビルも、ビッグベンも、ピサの斜塔も、凱旋門《がいせんもん》も、何も見ている閑がありませんでした」

というわけで、食事をする暇もない。大谷にこぼすと、

「ショウを見ながら、弁当を食べるさ」

当然のことのように言った。

「いいかね、相撲《すもう》でも芝居でも、江戸時代から物を飲んだり食べたりしながらショウを見る伝統がある。それも今の弁当などというチャチなもんじゃない。何重にも重なった豪華なものだ。劇場ではそれに応じる設備が整っていたし、観客も食事をするときの作法《マナー》をちゃんと心得ていたもんだ。劇場では火鉢を持ち込んで鍋《なべ》を突ついた時代もあった。これは誇るべき習慣だ。知らない人に会ったら教えてやりなさい」

そこで桂子は、食事にあぶれた人を見ると、大谷の言葉を受け売りした。

「ショウを観賞するときは、視覚と聴覚だけでなく、味覚と嗅覚《きゆうかく》も動員させなさい。ショウの印象はもっと深くなりますよ」

ただし最後に小声で付け加える。

「けれど劇場の案内人には見られないように。彼らにはまだその教育が行き届いていないの」

たいていの外人はそこで桂子にウインクし、大喜びするのであった。

桂子はへとへとになると、自分の部屋に戻って、三十分も寝るのである。そして熱いシャワ

ーを浴びるとしゃっきりしてしまう。

「さすがだなあ、若さだなあ」

品川はプログラムと一緒に付いていた栄養剤を飲みながら讃嘆した。

「ナポレオンには及ばないが、せめてなりたやお桂ちゃん――」

5　コンテスト――ニュー　メラル劇場

三階のロビーで蚤の市の会場が開かれた。

飯塚は猟犬のようにがらくたの山の中に飛び込んだ。鹿川、松尾、和久も前後して入場する。

全国から蒐《あつ》められた古い奇術材料、はんぱ物、使途不明な道具、古書、著名奇術家の遺品、テレビなどで使用済みの用具……要するに普通の人が見たら、ただのがらくたの山だ。

珍品もある。絶対に実演不可能な道具で、これはある奇術店の蔵から放出された、売り物にならなかった品だ。それを承知で買う人もいるから奇妙だ。

無用に過ぎないと思われる品もある。タネを使わないように改良された四つ玉。カードを切り交ぜる機械。火のつかないマッチ。

怪しげな物もある。フーディニーが脱出用に使った、ハトロン紙の大きな袋などがそれだ。

飯塚が古書の山から、踊りながら出て来た。鬼の首でも取ったように興奮している。

「桂ちゃん、喜んでくれ、掘り出し物だ」

見ると汚ないぼろぼろの和書だ。

「早起きした甲斐があった。多賀谷環中仙《たがやかんちゆうせん》の〈座敷芸比翼品玉《ざしきげいひよくのしなだま》〉だ。環中仙の著書に広告が出ていて、実物は今まで発見されなかった伝授本だ。奇蹟だ。鹿川さんが聞いたら、ひっくり返るだろう」

「どうしてそんな本が出品されたのかしら」

「奇術家会議が大きく宣伝されたからさ。志摩ちゃんの事件と重なって、奇術に関心が寄せられたせいだろう。地方の愛書家が見付けたものらしい」

「高かったでしょう、そんな本なら？」

「なあにひどく安かったよ。掘り出し物だ」

それでも東京大会の会費の何倍もの値だ。

「何を喜んでいるのだね」

鹿川の長い顔が現れた。飯塚は無言で鹿川の前に古書を差し出した。

「う――」

鹿川はぱったりと床に倒れた。

「ほら桂ちゃん、言ったとおりになっただろ」

松尾がいろいろな物を抱えて来た。

「収穫があった？」

「カーディニーのカード。カーディニーが初めて舞台でカード フラリッシュを演じたときに使われた記念すべきカード。ル ポールの初版本。サイン入りです。天勝のブロマイド。保存がすばらしい――」

松尾は自分の焦げ茶色の鞄に、一つずつ詰め込んだ。

「――最後は、最古の奇術書レジナルド スコットの〈妖術の開示〉」

「くそっ！」

鹿川はまた倒れかかった。

「安心して下さい。復刻版です」

「そうだろう。あまり年寄を驚かしてはいけない」

フラッシュが光った。気が付くとシュゲット夫妻が立っている。シュゲットが桂子にカメラを向けていた。

「お早う、桂ちゃん。今日はまた一段とあでやかです」

「飯塚さん、晴江さんがあなたを探していましたよ」

マリアが飯塚に教えた。

「大変だ」

飯塚は古書を抱え込んで、

「今日のは準備が凄いんだ。僕が大変なものを作ったんだ。皆ぜひ見て下さいよ。それから桂ちゃん、この本のこと、家内には極内《ごくない》にね」

「いいわ。あとでおごるのよ」

飯塚はあたふたとエレベーターに飛び乗った。

桂子は鹿川と松尾とシュゲット夫婦と珈琲を飲んでいると、喫茶室の入口にジャグ大石を見つけた。

ジャグ大石は時計を見ながら、誰かを探しているふうだった。桂子はこの男の演技をホストショウで見たが、あまり感心はしなかった。きざっぽいところだけがただ印象に残っている。

ジャグ大石は桂子たちに気が付くと、傍に寄って来た。

「先日はどうも」

独特の笑い方をし、隣の席に腰を下ろして、珈琲など注文する。

「志摩子さん殺し――大変だったでしょう」

しきりに話し掛ける。事件の経過がひどく気になる様子だ。鹿川は適当に受け答えをする。

桂子はさっきから、ジャグ大石の指輪のついた指先に弄ばれているキイ　ホルダーが気になっていた。志摩子の持っていたものと、よく似ているからだ。

「珍しいキイ　ホルダーですな」

鹿川もそれに気が付いたのである。何気なく言うと、ジャグ大石は待っていたように、

「志摩子さんと買ったのですよ。お揃いにね」

「ほう、君と志摩ちゃんが、そんなに親しいとは思いませんでしたな」

志摩子の交遊関係は徹底的に洗われていた。だがジャグ大石との間は、誰も知らないのだ。

「凶行のあった日も、実は僕と会う約束がありましてね」

ジャグ大石は抜け抜けした調子で言った。

「約束――デートのですか？」

その答をぼかすように、

「何か僕に見せたい物があったのだそうです」

「見せたい物——それは何です？」

「さあ、会ってから話す、素晴らしいものだと言っていました」

「それを警察にはお話しになりましたか？」

「別に——大したことじゃないでしょう」

「そうでしょうな。立ち入ったことを伺《うかが》うようですが、君と志摩ちゃんはいつ頃からの付き合いですか？」

「そう長いものじゃなかった。彼女が死ぬ二、三か月前のことでした。NAMCの大会の帰り、お茶に誘われましてね」

「彼女の方から？」

「もちろん」

桂子にはジャグ大石が恋仇《こいがたき》のように見えた。

「その後は僕の方からも電話を掛けたりなどしましたがね」

「今度の事件に関係あるような話は？」

ジャグ大石は鹿川の突っ込み方に、好意的でないものを感じたらしい。急にむっとしたように、

「僕が疑いを掛けられる筈《はず》がありませんよ。あの日、最後までNAMCの玉置さんと一緒だっ

た。そうでしょう」

「そうです」

鹿川はそれ以上追及を止めた。

「ジャグ！」

女の声がした。喫茶室の入口でけばけばしい化粧をした若い女性が、ジャグの方を見て手を振っている。

ジャグは急いで立ち上り、女の肩に手を廻して喫茶室を出て行った。

「気になる話だわ」

桂子が二人を見送って言った。

「そうだね。志摩ちゃんが、今の女の子と同じようだったとは思えない」

「そうですとも。志摩ちゃんはもっといい女の子でした」

マリアが同意した。

「志摩ちゃんの写真がありますよ」

シュゲットは淋しそうな顔をして言った。

「あの日の舞台写真が。あんなことになってしまったので、まだ誰にも見せていませんでした。可哀相《かわいそう》でね。鹿川さん、松尾さん、御覧になりますか？」

「そうだった。今まで酒月亭さんが舞台のスナップを撮っていたのを忘れていましたよ。ぜひ見せて下さい」

シュゲットは鞄から写真の束を取り出した。そのいずれもが、舞台写真としては珍品であったが、誰も笑う気にはなれなかった。

桂子は初めて自分の舞台写真を見た。怖いような大きな目をしている。三枚のシルクを大きなシルクに変化させていたところだ。当然、笑顔になっていなければならないと桂子は思った。

志摩子が花籠を花で一杯にしている、動きの瞬間が見事にとらえられていた。この直後、死ぬとはとても思えない魅力的な表情だ。

「綺麗でしょう」

マリアが言った。

「マイクは志摩ちゃんが気に入っていたのよ。志摩ちゃんの写真が一番多いでしょう」

そのいずれもが絵になっていた。志摩子の動きが全て定《き》まっていたからだ。写真はまだある。

和久Aがシルクの中から鳩を現しているところ。その鳩の首はぐったりしていた。鳩が五十島の顔にぶつかっているところ。その次の一枚はちゃんと「闘牛士のタンゴ」が撮られている。もう一枚は五十島が花束で夏子にひっぱたかれていた。

子供の中に埋まったシュゲット。シュゲットの眼鏡に手を掛けた子供の顔まではっきりと写っている。

「マリアさんの作品だわ」

「そう、これだけはマイクに誉《ほ》められました」

二つに切ったロープを見比べて、品川が考え込んでいる。この写真だけを見たら、誰でも新趣向の奇術だと思うだろう。次は晴江の勝ち誇った顔。

松尾が三角形の顔をした老婦人に、カードを渡そうとしている。老婦人は自分のハンドバッグを心配そうに見ている。橙蓮のターバン姿。袋に入れられかけた美智子が嫌な顔をしている。次の一枚は飯塚が嫌な顔をしている。もう一枚は橙蓮が嫌な顔をしている。

鹿川の四つ玉。空っぽの人形の家を覗いている鹿川。フィナーレの一人一人の表情。あのことがなかったら、当然この写真を囲んで、全員が大騒ぎになるところなのだ。

ショウの最後には、全員が舞台に並んで、記念写真を撮ることになっていたが、それも中止した。ただシュゲットだけが、スナップを撮り続けていた。いつ撮ったのだろう、ちゃんと力見と菊岡の二人の刑事も写っていた。空っぽの舞台。手を組んで話し込んでいる太田館長と鹿川、傍に箒《ほうき》を持っている受付の館員。

最後の一枚を手にした鹿川は、急に難しい顔になった。

「松尾君、これを御覧。この館員が手に持っているもの」

「箒ですか」

「いや箒じゃない。他の方の手だ」

桂子も覗き込んだ。

「キイ　ホルダーみたいだわ」

彼女はカメラが向けられていることに気が付いていない。シュゲットも彼女を狙《ねら》ったわけではない。館員は袖からひょっこり現れたところを、偶然にシャッターが押されたのだ。そして彼女が持っているのは、今ジャグ大石が持っていたキイ ホルダーの形によく似ていた。

「シュゲットさん、この写真もっと大きく伸ばせますね？」

「伸ばせます。僕のはすごくいいレンズなんです。帰ったら、早速調べてみましょう」

「いや、その前に知りたいな。何だかひどく気になる。公民館に電話して、あのおばさんと話をしてみよう」

鹿川は立ち上った。足元が少しよろけた。ふだん、よく言えば沈着、悪く言えば少し鈍いところのある鹿川にしては、珍しく興奮しているようだった。

「もしそれが、志摩ちゃんのキイ ホルダーだとしたら、どういう意味になるのですか」

シュゲットが訊いた。松尾は一心に写真を見ていたが、

「志摩ちゃんを殺した犯人は、志摩ちゃんを殺してから、公民館に現れたことになります」

「恐ろしいわ」

マリアが桂子の顔を見た。

「でも、私たち全員には、アリバイがあるわ」

「ところが桂ちゃん、本当はアリバイなどなかったかもしれないんだ」

鹿川はしゃがれた声で言った。

「なぜ？　どうしてなの？」

「酒月亭さんのスナップを見て判ったんだ。犯人の用意したアリバイが」

「犯人は誰なの？」

「そんなこと、まだ言えない」

「けちんぼ！」

桂子はスナップを掻《か》き集めた。鹿川はふらりと喫茶室を出て行った。

「ね、松尾さん。本当なの？　この写真を見ていれば判るの？」

「――それは、判るだろう」

「じゃ、松尾さんも知っているの？」

「そう、だがまだ言えない」

松尾も立ち上って歩き出した。

「酒月亭さんは？」

「僕は知らない。だから言えない」

桂子はあわてて喫茶室を出て、鹿川の姿を探した。鹿川はロビーの隅で電話を掛けていた。

桂子はそっと近寄り、鹿川の隣で自分も受話器を取って、電話を掛けるふりをした。

顔をそらせて、ちょっと身を屈《かが》めると、隣の会話の様子は、だいたい判る。今、公民館の受付の職員が、電話口に出たところらしい。

「――そりゃ覚えているわよ。あの日のっぽの女が私にひどいことをした日ですもの。あののっぽの女はおたくのクラブ員でしょう」

「そう、あののっぽの子はうちのクラブ員です」

「のっぽの女は、馬鹿力があるでしょう」

「いや、のっぽの子のことは、さっきからお詫《わ》びしていますよ。あのことは水に流して下さい」

「いいわよ、のっぽのことは。それじゃ、もういいでしょう」

「いや、ですから、さっきから訊いているでしょう。あのキイ ホルダーはどこで手に入れたのか。それだけを教えて下さい」

「……盗《と》ったのじゃないわよ」

「判っています」

「……拾ったんだわ」

「どこでです？」

「公民館でよ」

「公民館のどこです？」

「……判らない」

「判らないことはないでしょう」

「いいわ、しつっこいね、あんたも。別に悪いことをしているわけじゃないから、全部喋るわ。実は奇術の舞台が終ると、私はいつも全部のごみをすっかり調べることにしているのよ」

「調べる？　調べてどうするんです」

「推理するのよ」

「推理？」

「奇術の種を推理するわけ。ごみを見て奇術の種を見破るの」

「シャーロック　ホームズも同じことを言っていた……」

「そうでしょう。私はいろいろな奇術の種を見破ったわ」

「種を見破って……どうするんです？」

「皆に教えてやるのよ。皆とても喜ぶわ。尊敬もされるわ」

「そ、そりゃ困る」

「困るんだったら、ごみをちゃんと始末して帰るようにすりゃいいでしょう」

「そ、そうしよう」

「あの日も、舞台や控室のごみを集めて並べたわけ。いろいろな物があったわ。花の切れ端、ロープ、鳩の糞、トランプの破いたの、コップ、ゾンビ　ボウル……あれだけは判らなかった。ねえ。どうしてあんなボウルが浮ぶのよ」

「そ、それは僕にも判りません」

「嘘おっしゃい。教えないと、私だって教えないよ」

「いや、教えないわけじゃありませんが、とてもひと口では喋れない複雑な種でして……」

「いいわ。そのごみの中にあのキイ　ホルダーがあったんだわ。小さいトランプがちゃんと揃っていて、皮のケースに入っていた。捨てるのがもったいないから拾ったの」

「どこにあったごみの中から出て来たのか判りますか？」

「判らないわ。全部のごみを集めた中から出て来たんだもの。ねえ、あの鳩はゴムだと思ったら、本物だったね。糞で判ったわ」

「そう、本物です」

「でも、花は偽物だった。鳥の毛で作ってあったよ。コップは本物だったがトランプもいんちきだし、ロープ……そうあのロープは継ぎ目がなかった。継ぎ目がないのにどうして一本になったの？　あんた、一つぐらい教えなよ。なに？　このけちんぼ……」

鹿川は受話器を置くと、手帖を見ながら、またダイヤルを廻した。鹿川の口から「力見刑事を――」という言葉が出た。桂子は思わず身体を固くした。こちらの方は相手の方の機械の感度が悪いのだろう。聞えるのは鹿川の声だけである。

「……そうです、もう一度志摩ちゃんの撮ったスナップを見ていただきたいのです。気になることがありまして。……鳩の奇術がありますね。そう、その鳩ははばたいていますか？　そう、はばたいていますね。それからゾンビ ボウルの写真を見て下さい。いや、布の上に金属性のボウルが浮いている奇術です。……ボウルが見えていますか？　そう、ははあ、ボウルが見えていればよろしいです。次にリング――輪っぱの奇術です。子供たちは？　写っていない。ではロープの奇術を見て下さい。ない？……ははあ、品川先生がコップに何かを注いでいる写真だけですか。ちょっと待って下さい……」

鹿川は袖で額の汗をぐいと拭いた。必死に何かを聞き出そうとしているようだ。

「……鳩もはばたいていますね？　ボウルも布の上に浮いている。酒月亭さんのリングには子供が写っていない。そうだ、もう一度、酒月亭さんのリングの写真を見て下さい。……外人の、目をしょぼつかせた、眉の太い人です。……え？　眼鏡を掛けている？　よく見て下さいよ。眉の太い人で眼鏡に見えるのかもしれません。……そうですか。やはり眼鏡を掛けているのですね……リングでハンド　バッグを作っているのですね……」

鹿川は受話器を握ったまま、しばらく後の言葉が出ないでいた。

舞台は燕尾服の奇術師が、シルク　ハットから何匹ものウサギを取り出していた。北欧の若い女性だったが、男装が際立って魅力的であった。観客は彼女が姿を現したときから、妖《あや》しい美しさに陶酔していた。

桂子は飯塚を見付けて、そっと隣の席にすべり込んだ。飯塚は桂子に気が付かない。目を細くして舞台に見入っている。

男装の奇術師は、拍手のうちに退場した。

「いよいよ晴江さんね」

飯塚はびっくりして桂子を見た。そしてがっかりしたように、

「とても駄目だ。太刀《たち》打《う》ちできない」

「どうして？」

「今の美人見たろ？　すっかり痺《しび》れちゃったよ。うちのにはとても真似ができない」

「奇術は美貌や服装だけではないわ」

「僕が審査委員なら、たとえ今の子が大失敗をしたとしても、最高点に入れる」

それが舞台の晴江にも聞えたのかもしれない。晴江は奮起し、冴《さ》え返っていた。例のとおり、晴江はダイナミックにビールを次から次へと取り出し、最後に身の丈もあるビール瓶を摑《つか》み出した。観客席から拍手が起った。これで退場、と思うと、そうではなかった。

なんと、身の丈もあるビール瓶が増え出したのである。

「これは？――」

奇術に馴れた観客もびっくりした。晴江の動きは更に活力を増し、えっさえっさと舞台中をビール瓶で埋め尽くした。

「あれは？」

桂子も目が眩《くら》みそうになった。そう言えば、飯塚が大変な物を作っているとは聞いていたが、まさか、こんなに大変な物だとは思ってもみなかった。

「僕が作ったんだ。お蔭で四キロは痩《や》せちゃったよ」

飯塚の声を聞いて、前の席の肥った首が後ろ向きになった。NAMCの玉置であった。太い手を差し出して、飯塚の手をがっしりと摑む。

「おお、飯塚さん、ワンダフル」

彼は変な調子で喋った。五日間も外人と一緒で、そんな言葉つきになったのだろう。環境にすぐ順応してしまう人種とみえる。

「うん、やはり私の目に狂いはなかった。松尾君もよくやってくれたし。おお、牧さんもいたか。ビューティフル。マジキ クラブは大活躍だ。大感激だ。ヘイ！」

次の演者は、スペインの民族衣装で現れた。フラメンコのリズムに乗って両手を挙げる。その両手にはもう虹のようなシルクが拡げられていた。

斜め前に五十島の後ろ姿が見える。身動きもしない。闘牛士のタンゴの参考になるのだろうか。

飯塚がもぞもぞと腰を動かした。

「道具を片付けに行かなけりゃならない。桂ちゃん、ごめんよ」

そう言うとそっと席を外した。

休憩になってロビーに出ると、鹿川と松尾が話し込んでいた。鹿川は桂子の姿を見ると手招きをした。

「桂ちゃん、やっぱりそうだったよ」

鹿川は低い声で言った。

「志摩ちゃんのキイ ホルダーに間違いなさそうだ。公民館の館員が、当日のごみの中から拾ったと言っている。志摩ちゃんの住いの鍵穴に合わせれば、おそらくぴったり合うと思う」

「まあ、警察に言うの?」

「さあ、どうなるか。今、松尾さんと相談しているところだ」

そこへ飯塚夫妻が、早足でやって来た。

「ああ、すっきりしたわ」

晴江は大きな胸をぽんと叩いた。

「見事でしたよ。ずいぶん気持がよさそうでしたな」

鹿川が二人をねぎらった。

「それにこのホールは演りやすかったわ。皆さんの前やけど、公民館の餓鬼相手じゃあ、気分でえへんものね」

「もしかすると、入賞ものですよ」

「もしかしないでも入賞や」

飯塚は手を振って、

「とんでもない。あの男装の美人とはとても勝ち目が……」

「ほう、あなたはあんな骨っぽいのんが、お好みでっか」

「それに次に演ったスペインの女性、凄いような美人だった」

「この人美女コンテストと間違《まちご》うとる」

「でも、審査委員は皆男ばかりだ」

観客席前列には、委員長のカール　ウインスロップを始め、奇術家、演劇の演出家、美術評論家たちが並んでいて、各演技者の舞台を採点しているのだ。採点は、演技は無論、音楽、服装、独創性、礼儀《マナー》、エンターテインメントなど細部にわたり、持ち時間の十分が超過すれば、もう減点されるという厳しさである。だがその審査基準に、美貌の項目が入っていたかどうかは、桂子にも覚えがなかった。

「皆さん、大ニュースだ」

五十島が駈け込んで来た。

「何？　やはり入賞？」

晴江が身を乗り出す。

「入賞？」

五十島は晴江を見て首を傾《かし》げた。

「違うたね。そうやろ。入賞の知らせにしては早過ぎると思うた」

「タルバート　ギータン氏をマジキ　クラブのディナーに招待することに成功したようです」

「タルバート　ギータン？　そ、そりゃ本当ですか。あの爺《じい》さんは人嫌いで通っているんだ。よく招待に応じたね」

鹿川は両手をばたばた叩いた。

「ギータンて、何者や？」

「イギリスの芸術評論家です。特に奇術に関心が深く、何冊もの著作がある。書物を書く以外、めったに会わない人だが、珍しくこの大会には出席した。来ているとは聞いていたんだが、ろくに会議には顔を出していない。古い奇術の研究と、ぜんまい人形の蒐集家《しゅうしゅうか》としても有名ですよ。大会の最後を飾る貴重な一夜になると思う。それにしても、よく招待に応じたね」

「橙蓮さんが強引に話をつけたんです」

「橙蓮さんが？」

「学生の頃、一緒に飲み明したこともあったらしい。橙蓮さんの英語は、半分しか判らないが、ひどいべらんめえでね。聞いていたら〈やあ、タルバート　ギータンてえから誰だと思ったらお前だったか。今晩ディナーに招待するから、有難く思え。会が終わったらぺえ一《いち》やろう〉と言った」

「ぺえ一ね」

「さすが橙蓮さんでしょう。とにかく、六時に〈浮舟の間〉に全員集合して下さい。忘れずにね」

そう言うと、五十島はあわただしく、どこかへ消えてしまった。

6 クローズアップ マジックショウ——Ⅱ会議室

「フランソワ ランスロットさんいませんか?」

桂子は顔見知りに会うと、ランスロットの居所を尋ねた。

二時のクローズアップ マジックショウが間近いというのに、彼の姿が現れないのであった。担当の玉置が蒼《あお》くなって桂子に助けを求めたのだ。桂子は昼食を済ませ、自分の部屋でひっくり返っているのをたたき起された。ランスロットは自分の部屋にもいないし、呼出しを掛けても出て来ないという。

まさかと思って浮舟の間を覗《のぞ》いたが、やはりいない。品川や鹿川がごろごろしているだけだ。かえって松尾に、

「桂ちゃん、カフス ボタンが毀《こわ》れて落としちゃったんだ。探してくれないか」

反対に頼まれる。

「私はもっと大きな物を探しているのよ」

「大きな物?」

「フランソワなの。どこにいるか知らない?」

「――さっき、頭を冷やすんだと言っていた。シャワーでしょう」

「プールだわ！」

桂子は直感した。

外に出ると、蒸し風呂のような暑さだった。入道雲が灰色を帯びている。夕立ちでもありそうな気配だ。手入れの行き届いた植込を抜けると、空色の四角いプールが見えた。

プールサイドに裸の人垣《ひとがき》ができている。ランスロットはその真ん中であぐらをかき、小石を手の中で消したり出したりしていた。

「フランソワ！」

桂子は大声で叫んだ。

「クロースアップ マジックが始まるわ。あれほど注意したのに、もう忘れたの」

ランスロットは桂子の顔を見るなり、ふらりと立ち上った。両手から小石がぱらぱらと落ちた。

「桂子！　忘れてやしないんだ。助けてくれ」

「どうしたというの？」

「うっかり子供たちに奇術を見せたら、放してくれないんだ。子供たちの捕虜になってしまった」

「子供なんぞ、蹴散《けち》らせばいいのに」

「誰かが僕の脱衣所のキイを隠してしまった。読心術で当てろと言う。あと十個奇術を見せれば、キイを返して貰えることになっている。桂子、カードを持って来てくれないか」

「間に合わないわ」

桂子はぐるっと子供の顔を見渡した。目の色は異《ちが》っても、怪しい子の顔はすぐに判る。子供の中にシュゲットの眼鏡を取った子供と同じ顔つきの子がいた。

「皆、拳《こぶし》を前に出しなさい」

小さい拳がいくつも突き出された。桂子は一つの拳をぐいと摑んだ。

「この手ね！」

拳の中から鍵がタイルの上の水溜りに落ちた。桂子が鍵を拾おうとする。だが、桂子には鍵の拳をぴたりと当てたことに満足し、少し油断ができていた。桂子の手よりも早く、もう一本の手が鍵を拾って、あっと言う間に消えた。

「いけないわ、待て！」

いつもなら逃しはしないのだ。だがこの日は着物の裾が足にからみ付いた。

「フランソワ、早く！」

プールサイドを男の子が凄い早さで逃げる。ランスロットが追う。捕まりそうになった子供はプールの中に飛び込んだ。

続いてランスロットも飛び込む。だが泳ぎにかけては子供の方が早かった。何事だろうと、プールサイドの客が立ち上がる。

桂子は先廻りして、子供が泳ぎ着こうとしているところに待ち受けた。手を伸ばして子供の腕を捕まえ、そっと捻《ね》じ上げた。鍵は桂子の手に渡った。子供は何やら、わけの判らないことを叫んだ。悪態をついているに相違ない。桂子が立ち上ろうとした隙だ。誰かがどんと桂子の腰を突いた。桂子は真っ逆さまに水の中に落ち込んだ。

桂子が水面から顔を上げると、あちらこちらに水しぶきが上った。子供たちが一斉にプールに飛び込んだらしい。

「桂子、大丈夫か。ここは深いぞ」

気が付くと、ランスロットの首が傍に出て水を吹き上げた。

「平気よ。泳げるわ」

桂子はランスロットに鍵を渡した。その鍵を目がけて、何本も手が伸びる。桂子はその一つ一つの顔を水の中に押し込んだ。

やっとプールサイドに這《は》い上ったランスロットは、桂子を見下ろして、

「済まないことをした。どうしよう」

「早く飯塚晴江という人を呼んで頂戴。判った？　イイヅカ　ハルエよ」

わいわい言いながら、プールサイドの全員が寄って来た。

「済みません。着物では泳がないで下さい」

紺の制服を着た警備員が駈け付けて、桂子に恐る恐る言った。

「泳がなければ、溺《おぼ》れてしまうわ」

桂子は英語で答えた。恥ずかしくって、とても普通の言葉では喋れない。

二人の警備員が、桂子を水から引き上げた。着物が水を吸い、一人では重くて上れなかったのである。

そこへ晴江が自分の着替えを持って駈け付けて来た。更衣室で着替えたが、身体に合う合わないは言っていられない。ミニスカートがよけいミニになった。

更衣室を出ると、大勢の客が待っていて、桂子に拍手を送った。

「桂ちゃん、どうする?」

晴江は桂子の姿を見て心配した。

「いっそ、振袖の方がましやね」

「もう着てしまうの?　あれはお別れパーティ用なのよ」

「でもお臍《へそ》が見えるよりいいでしょう」

「そうしようかしら、もう破れかぶれだわ」

振袖姿になった桂子は、嫌でも人目に立った。見知らぬ人までが素晴らしいと声を掛ける。着物でプールを泳ぎ廻った桂子のことは、あっという間に、全ての奇術家に知れ渡ってしまったのだ。桂子は辟易《へきえき》しΠ《パイ》会議室に行って、もう動くまいと思った。

Π会議室に入っただけで、皆振り返り、桂子に喝采《かっさい》を送った。桂子はあわてて鹿川の隣に腰を下ろして小さくなった。

「桂ちゃん、振袖で泳いだんだってね。それにしても今の着物は乾きが早い」

鹿川がそう感心した。いつの間にか、着物が振袖になってしまった。

タキシードに着替え、奇術の用意をしていたランスロットが目を丸くして近寄って来た。

「桂子、素晴らしい。僕はあの餓鬼共に感謝しなければならないだろう。桂子の振袖姿を早く見られたことに！」

「私だって感謝してるわ。着物で泳いだことなど、なかったもの」

「それにしても不思議だ。君は大勢の子供の拳の中から、キイを持っている拳をすぐに見付けた。本当の読心術ができるのかね」

「種があったのよ。ちゃんとね」

桂子は笑った。そう、ごく古い手だ。

「——僕には判らない。種があった？　種などなかったよ。ああ、この会の僕の頭は全くどうかしてしまっている。桂子、教えてくれないか」

「水よ」

「水？」

ランスロットは呆気《あっけ》に取られた。

「プールサイドのタイルの上には、水溜りができていたでしょう。一つの拳から、キイの端が出ているのが見えたのよ。ちゃんと下の水溜りに映ってね」

クロースアップ　マジックショウは、最後の日だけあって、見応えがあった。

Π会議室は、会議室というより、ナイト　クラブに近い柔らかさがあった。初めの日のように、超満員でないのも助かった。黒に近い焦げ茶の、ふっくらしたテーブル クロスの上で、さまざまな奇術が演じられた。最良の舞台と、最良の観客の前で、奇術家は最良の演技を期待されていた。

奇術の本当の醍醐味《だいごみ》はクロースアップ マジックにあると言う人がいるが、半ば本当だろう。全く、目の前で起る奇蹟は、舞台にはない、強烈な効果を現すのである。舞台の大きな空の箱の中から、美女が何人出て来ようと騒がない人でも、自分が今握った十円硬貨が、突然百円硬貨に変ったら、顔色が変るほどの衝撃を受けるに違いない。

例えば劉張白《リユウチヨウハク》の中国奇術は、一つの鉄の輪とハンカチを使う。鉄の輪を改めて、机の上に置いて、その上にハンカチを被《かぶ》せる。両手を改めてハンカチの上から呪《まじな》いをすると、ハンカチが突然持ち上る。棒でハンカチを叩くと、こつこつと固形の音がするではないか。ハンカチを取り除くと、鉄の輪の中央に、同じ大きさの丼《どんぶり》が現れ、中には金魚が泳いでいるのである。中国人が空っぽのテーブル掛けから、いくつも金魚鉢を取り出す奇術は、舞台では何度も見たことがあるが、つい眼前で、しかも仕掛けのないテーブルの上で演じられるとは思ってもみなかったことだ。

劉張白はこれも中国に古くから伝わる奇術だと説明した。いかにも中国らしい、不思議な現象におおらかな味を持っている奇術であった。

何人目かにランスロットがカード奇術を演じた。ランスロットの奇術は、現象が判りやすいのが特徴であった。

奇術を多少覚えると、どうしても裏の手が見えてくる。奇術家は表の現象を見、裏の手を読むことになる。複雑な奇術で、しかも裏がやたらにちらちら見えるような演者にかかると、現象そのものがこんがらがって、ただ頭だけが痛むようなことになる。

ランスロットの奇術は、裏の手が全然見えないのだった。技法が完璧であり、現象の切れ味が冴えていた。

ランスロットはひととおり演技を見せると、自分の著書を例に引きながら、講習ふうに二、三の奇術を演じた。

「ランスロットのパスを見せて下さい」

と奇術家の一人が手を挙げて言った。

パス——それはカードの奇術の基本的な技法の一つである。ひと組のカードを持ち、観客の気が付かぬうちに、上半分と、下半分を入れ替えてしまう方法だ。書いてしまえばただこれだけである。だが「観客の気の付かぬ」ことは、不可能と言ってよいほどの難事とされていた。秘密の操作は、少しでも指が動いたり、カードが音を立てたりしてはならない。そんなことができるのだろうか。多くの奇術家がパスに挑戦し、ひと握りの奇術家だけがその技法を行ない得た。

ひとたびパスを自分のものにすると、鬼が金棒を持つことになる。例えば観客の覚えたカードがひと組のどこに差し込まれようと、いつでも一番上《トップ》にでも一番下《ボトム》にでも移し替えることができ、しかもその操作は絶対に気づかれないのだ。

ランスロットは独得のパスを創案し、発表していた。ランスロットのパスと呼ばれている。だが、それをこなすのは、やはり至難の業《わざ》であった。今、手を挙げた奇術家は、本を読んだだけでは納得せず、この目で確かめようとしているのだ。

「パスは、演ってみせろと言われて、演るべきものじゃありません」

ランスロットは苦笑した。

「ですが、私の愛読者を失望させることはできません。よろしい、御覧なさい」

ランスロットはカードを取り上げて、一番上のカードを表向きにして、元に戻した。ハートの2であった。彼はカードを両手で揃えた。両手はカードを揃える以外、何もしないようだった。だが再び一番上のカードを表向きにすると、他のカードに変っていた。ハートの2はカードの中央から出て来た。

Ⅱ会議室が溜息で一杯になる見事さであった。

「奇術は単純《シンプル》であること、これが私の信念です。別に新しい考えではありません。私の師であるル　ポールにそう教えられ、感動し、信念を持って実行しているだけです」

ランスロットは何という幸せな男だろうと桂子は思った。彼のゆるぎのない演技は、信じることのできる師がいたからこそ完成されたのだろう。

「一つの奇術に、やたらに多くの技法を投入することを避けなければなりません。例えば折角パスによって観客のカードを特定の位置に移したにかかわらず、再びフォールス　シャッフルなどする奇術家をときどき見掛けますが、後の技法は全く不必要です。テクニックはどんなに完璧でも、奇術の場合、テクニックは観客に見せるべきものではありません」

現実に完全な技法を見せた後のランスロットの言葉は説得力に満ちていた。

「私は現象のごたごたした奇術を好みません。その代り一つの奇術の中にある不思議さを、私は大切にいたします、一人息子のようにね。例えば予め準備をしたカードを抜かせるのでない――フォースの必要がなく、一枚のカードを観客に引かせる場合には――」

彼は手に持ったカードを拡げて、観客の前に差し出す動作をしてみせた。

「こういう演り方はしません。観客の中にはどのカードを抜いても、結局、奇術家の思いどおりのカードを与えられるだけだと思っている人がかなりいるものです。そういう疑いを少しでも持たれたら、次に起る現象の不思議さが半減してしまう。そのため私はフォースの必要のないカード奇術を行なうときには、必ずカードをリボン スプレッドして、カードから自分の手を放してしまいます。テーブルのないときには」

彼は後ろ向きになり、後ろでカードを掌《てのひら》に乗せた。

「こうして一枚のカードを選ばせるようにしています。奇術家の動作に常に疑いを持っている観客も、自分の意思で、自由にカードを選ぶことができたと安心するでしょう。こうして私は大切に次に起る不思議さを育ててあげることに心がけているのです」

桂子はランスロットが思いのほか細心で、奇術を大切にしていることに感心した。隣の鹿川もうつむき加減でランスロットの話に聞き入っている。桂子は鹿川を見てはっとした。鹿川の目が変なのである。目が細くなり、妖しく光っているのだ。

ランスロットは演技を終ると、桂子に笑ってみせ、拍手の中を隣の会議室に去って行った。

「鹿川さん――」

桂子はそっと言った。

「――おう、桂ちゃん」

鹿川は夢から覚めたような顔をした。

「講義の時間は大丈夫ですか？」

鹿川の講義が四時からΣ《シグマ》会議室で行なわれることになっていた。

「そ、そうだった。そろそろ行こう。桂ちゃんは？」

「無論、鹿川さんの講義を聞くつもりだわ」

「こりゃ光栄だ」

二人はそっとΠ会議室を出た。入れ替りに四角な鞄を持った惚《とぼ》けた顔の奇術家が会議室に入って来た。

7　奇術講義室――Σ会議室

奇術会議の中でも、この奇術講義室は、最も地味な部屋であった。

正面に黒板が立てられ、観客は机に坐ってノートを拡げていた。小綺麗な教室といった感じだ。

この部屋では奇術は行なわれない。奇術の歴史、民族による奇術発展の比較、心理学から見た奇術などが研究され報告されている。従ってこの部屋を覗いてみようという人はごく限られた人たちだ。

ここで講義された内容は全て一冊になり、後日発表されることになっている。それを手に入れようとする人だってごく少ない筈である。奇術家はいつでも奇術のトリックそのものに貪欲《どんよく》であった。

Σ会議室の観客――いや聴講生と呼ぶべきか――はいずれもまじめで、熱心な顔になっていた。桂子は自分のこの姿がこの部屋にふさわしくないと思ったが仕方がない。

今、講師がシルク奇術の発展を述べていたところだが、桂子の顔を見るとびっくりし、壇上の水を何杯も飲んで落着かなくなった。彼はいい加減で講義の切りをつけ、ポケットからシルクを引っ張り出して、続けざまにいくつもの奇術を演じて、一礼して壇上から下りてしまった。

桂子は松尾を見つけ、そっと隣に坐った。

「――悪かったかしら？」

「いいのさ。彼はあれで満足しているんだよ」

松尾はそっとささやいた。

「少し前に彼は、奇術は人を喜ばせなければいけない。特に若い女性は、と言ったばかりだった」

「それならいいけど」

「桂ちゃん、酔っ払って振袖で泳いだんだって？」

桂子は言い訳する気にもなれなくなった。あと三十分もすれば、どんな噂に成長するだろうか。

次の講師はリンキング リングの発生を細かく述べ始めた。よく判らない地名が立て続けに彼の口から飛び出した。しまいには講師の口の動くのだけを見ていた。桂子は学生時代を思い出していた。この講師はあのときの数学の教師に似ていた。

次が鹿川の講義であった。鹿川の表情は、どうもいつもと変っている。落着きがなく、目が光っている。

鹿川は壇上に立つと、黒板に「蓬丘斎乾城」と大きく書いて、正面を向いた。

「——私が奇術を始めて間もない頃です。古い話です。三、四十年も前になりますか。あるところで一枚の古いポスターを見たことがあります。場所もどこだか忘れてしまいました。美術館だったか、展覧会だったたか、それともただの古本屋に飾ってあったものか、全く記憶にありません。ただそのポスターだけは、今でもはっきり覚えているのです。妙な話ですが……」

鹿川は別に改まった調子でなく話しだした。講義というより対話に近かった。何人かの外国人が、済まなそうに鹿川に会釈して会議室を出て行った。通訳がつく筈であったが、通訳に奇術家を頼んだのがよくなかった。彼はとっくに他の会場に逃げてしまっていた。

鹿川は会釈を返して、また淡々と話し始めた。

「……そのポスターは明治六年に作られた石版画《リトグラフ》であります。ローマ字なども配してあって、当時としては最新の舶来文化として人目を集めたことでしょう。実はその石版画は、奇術一座の旗上げ興行のポスターでありました。その文字もすっかり覚えています。驚異の西洋魔術、前人未到の世界に挑戦する。ワールド魔術団、蓬丘斎乾城先生、帰朝公演遂に実現——。私が蓬丘斎乾城という名を知ったのは、これが最初でした」

どこかで聞いたことのある名だと思っていた桂子は、はっとなった。鹿川の書いた「11枚のとらんぷ」にその名があった。鹿川が志摩子に見せられて、びっくりしたのが蓬丘斎乾城のカードだった。そしてあの日、真敷市公民館の控室で、大谷南山は志摩子の母方に女流奇術師がいて、ダイヤ錦城という芸名であることを教えた。

気が付くとマジキ　クラブの全員がΣ会議室に集まっていた。他にいくらでも面白い会場がある筈だし、打ち合わせがあったわけでもない。鹿川の人柄がそうさせたのだろう。

「それ以来、蓬丘斎乾城の名に、私は一度も出会ったことがありません。折あるごとに乾城の名を思い出しました。古い劇場年代記を探しても、乾城が公演したという記録はありません。あれだけのポスターを作った乾城です、そのかけらも残っていないというのはどうしたことでしょう。もしかすると、あのポスターを見たそのことが幻想であり、私は夢でも見ていたのではないか、と思い返すと全く取り止めがなく、本当に夢だったとも思えてくるのです。ところがごく最近、私は偶然にある人の日記を手にしました。そして驚くべきことには、その日記には、乾城の生涯が書き記されていたのです。

偶然というものは、とんでもない悪戯《いたずら》をすることがあります。その日記を手に入れると間もなく、今度は乾城が実在した証拠の品を見る機会を得たのです。何十年もの間、乾城の影も見なかったところへ、続けざまに二つの遺品にめぐり逢ったことは、奇蹟に思えて狂喜したのも当然でしょう。

それは乾城の製作したカードでした。表は普通のカードと同じですが、裏のデザインに、ちゃんと乾城の肖像が印刷されてあったのです。ワールド魔術団、蓬丘斎乾城の名も見えます。おそらく贔屓《ひいき》筋に配るための、宣伝用のカードに作らせたものでしょう。まだトランプが一般的でない時代、乾城は時代の最先端を歩いていたことが判ります。奇妙な異国情緒にあふれたトランプは、きっと多くの人に珍しがられたことでしょう。

ところが更に驚くことには、このカードは仕掛けのあるカードだったことです。たぶん一般に配る宣伝用のカードは、仕掛けのない普通のものであり、これは特に自分たち奇術師が演じるときに使用する特製品だと考えられます。そのトリックは、今では珍しくない、裏の図柄で表の数値の判る、マークド カードとかサイン カードと呼ばれているカードですが、そのサインが実に大胆であり、かつ判りやすいのには一驚いたしました。今までこのような種類のサインは見たことがありませんでした。ということは、おそらく、乾城自身が案出した作品に違いありません。私が特に強い関心を持つのは、乾城のこのすぐれた独創性と、これからお話ししようとする、悲劇性でした」

ここで鹿川は何度も額の汗を拭いた。桂子は鹿川が、何か苦しそうな表情になっているのが気になった。

「さきに、私が偶然手に入れた日記のことをお話ししました。日記には乾城の生涯が記されている。資料はこの文書ただ一つです。ですがこれによって、幻の奇術師、蓬丘斎乾城の姿がすっかり判ります。乾城の姿は乾城のカードによって知ることができます。まだ若く、目の鋭い、鉤鼻《かぎばな》をした男でした。

さてその日記を書いた人ですが、野辺米太郎《のべよねたろう》という名がその筆者です。この人のことはよく判りません。判っているのは、幕末の札差《ふださし》の若旦那であったこと。蓬丘斎乾城のパトロンであったこと。この二つです。札差といいますのは、江戸時代、武士階級の給料は切米《きりまい》と呼ぶ米でしたから、これを金に替えなければならない。その受取りや売捌《うりさば》きに当ったのが札差で、金融機関の機能を果していました。のちに札差は組合を作り独占的な力を発揮し、高利貸的な面が強くなり、相当な権勢を誇ったと言われます。この札差も、やがては幕府の衰退と共に姿を消すわけですが、野辺米太郎の育った頃は、落ち目といってもまだ贅沢《ぜいたく》な生活であり、遊蕩《ゆうとう》的な気分の中にあったでしょう。さてその野辺米太郎の日記を読むと、当時の札差の生活などが判って非常に面白い。初期の札差は明治の成金と同じで趣味も悪く、金の使い方なども無茶苦茶で悪く言われていたものですが、この時代になると好みも洗練されて、米太郎のようなディレッタントも現れてきます。その米太郎の日記の中に、頻繁に乾城の名が出て来るのです。

米太郎と乾城の出会いは後で述べることとしまして、初めに乾城はどういう人だったかと申しますと、本名乾吉《けんきち》、嘉永元年、江戸深川《ふかがわ》の曲芸師の子として生れました。曲芸師というと聞えがいいが、大道芸人の子ですな。子供の頃からいろいろな曲芸を仕込まれましたが足芸に才能があったようです。足芸というと、あおのけに寝て、足で傘を操ったり、樽《たる》などを廻して見せる芸です。さて、慶応三年、彼が二十の年です。パリで万国博覧会が開催されました。それが乾吉の運命を大きく変えることになる」

鹿川は水を飲み、また汗を拭いた。そしてノートを繰った。

「乾吉はパリ万国博覧会に、日本の芸能代表としてヨーロッパに渡ったのです。一行は曲独楽《きよくごま》の松井源水《まついげんすい》を初め、からくり人形の隅田川浪五郎《すみだがわなみごろう》、日本手品の柳川蝶十郎《やながわちようじゆうろう》など男女合わせて十四人の芸人たちでした。日本の芸能代表などというと大層聞えがよろしいが、実際はそんなものじゃない。国費が出るわけでもないし、当人たちも文化使節などという使命感すら持っていない。ただアメリカのベンコツという興行師に、二年契約、年千両で買われただけのことです。

だいたい、芸人というものは、好むと好まざるとにかかわらず、旅人としての宿命を負わされているものです。この性格は現在でも、少しも変っていない。芸人たちは絶えず、旅から旅を渡り続けなければならない。漂泊が生活ですから、大阪に出掛けようと九州に行こうと、異国に買われようと、当人たちにとっては、大した違いはなかったのではないかと思われます。幕末からすでに、大勢の芸人たちが、使節団や留学生に交じって、ごく気軽に海外に旅立っております。松井源水の一行と前後して、太神楽丸一《だいかぐらまるいち》、増鏡磯吉《ますかがみいそきち》、柳川小蝶斎《やながわこちょうさい》などがパリやロンドンを漂泊していたという記録があります。彼らは言葉や習慣の違いにもめげない。ただ待遇を求めて、自分の腕を頼りに、雑草のような生活力で、どこへでも出掛けてゆきました。

　慶応二年十月、松井源水の一行は、横浜から出帆いたしました。この年は幕府軍と長州軍の交戦が始まったり、大阪と江戸では富豪の打ち毀し、各地では百姓一揆が起っている。翌年には将軍慶喜《よしのぶ》が大政を奉還という、騒然とした時代です。パリ万博には徳川昭武《あきたけ》が参列しました。特にフランスとの緊密化を計る兄慶喜の施政でした。その昭武もパリで新政府からの召還の命を受けることになるわけですが、その一行の随員の一人に野辺米太郎がいたわけです。米太郎は文政十一年の生れですから、この時三十九歳。男盛りですな。米太郎はパリ万博の松井源水一行の芸を見ています。ただし乾吉の足芸については、大した印象を残してはいません。無論、言葉を交《かわ》したなどということも考えられません。

　万博での源水一行の評価はどうであったか、まず異国の衣装と髷《まげ》が人目を引いたことでしょう。芸の技も一流です。すでに現在は見られなくなった江戸時代の芸が、幕末には最も完成した形で残っていました。松井源水の曲独楽は有名ですが、クライマックスには三尺五寸の大独楽を軽々と廻したという。更にその独楽が二つに割れると見ると、中から源水の娘が飛び出すという、全く意表をつく芸です。隅田川浪五郎のからくり人形も今では見られなくなった一つで、その出し物は〈三番《さんば》叟揉消《そうもみけし》人形〉、〈替人形乙姫《おとひめ》〉など奇術趣味に溢れたからくり人形でした。からくり人形の歴史も古く享保年間に〈璣訓蒙鑑草《からくりきんもうかがみぐさ》〉が多賀谷環中仙という人によって出版されているほどです。その挿絵を見ると、すでに大道芸ではなく、舞台の上で演じられていたことが判ります。不思議なからくりは絶えず話題をさらい、大変に人気を呼んだものです。人形が三味線を弾いたり、生きている犬に人形が乗ったりするからくりは、今読み返しても舌を捲《ま》くばかりの巧妙さです。後年には何幕もの芝居をからくり人形だけが演じる大仕掛けな興行も行なわれ、本物の芝居にさっぱり客が集まらなくなったという記録さえあります。精巧を極めたからくり人形は、パリっ子を驚かすに充分だったでしょう。乾吉の足芸もずいぶん珍しがられたようです。足の長い西洋人には足芸は向かないと聞かされたことがありますが、本当かもしれません。もっとも今では外国人の足芸の名人に出会うこともありますが、当時はあまり見られなかった芸だったのでしょう。柳川蝶十郎の〈蝶の曲〉は紙で作った蝶を、扇で生きもののように操る奇術です。この芸は初代柳川一蝶斎《いっちょうさい》が文政年間に大阪の奇術師から学んだと伝えられています。この蝶十郎は帰朝後、二代目柳川一蝶斎を襲《つ》いでおります。

　というわけで、パリでは大変な人気を呼んだのですが、残念なことには演技の態度が卑しく、せせこましくて愛嬌《あいきょう》に乏しいなどと評されました。だがこれは封建性社会の中で育った彼らには無理な注文でしょう。片や王侯の前に立っても胸を張って演ずる芸術家であり、こちらは河原乞食の、そのまた下に位する芸人たちですから。

諸国を渡って旅する芸人には二つの型があるようです。一つは自分の芸に絶大な自信を持ち、その腕で押し通す人たちで、ロンドンで稼ぎまくった曲芸師レット オーライ氏——彼の本名は源次郎《げんじろう》とだけしか判っていません。世界一の綱渡り師と言われたもので、舞台から観客席の上部に張り渡された綱を急勾配《きゅうこうばい》で登り詰め、観客がほっと息をつく間もなく、今度は綱を一気に舞台の上まで滑り降りるという放れ業で、滑り降りる瞬間の掛け声がレット オーライ。それがそのまま呼び名になった。そのレット オーライ氏や、後年の川上音二郎《かわかみおとじろう》がその仲間です。第二の型は、外国の珍しい芸を身に付けて、帰国してからひと旗揚げようとする芸人。代表的なのは明治三十六年に歌舞伎座で帰朝興行した松旭斎天一、天勝です。天一は金銀のモールをつけた大官礼服に勲章という堂々とした演出まで身に付けていました。しかしそれ以前にはこうした例はあまり多くありません。芸人たちには、海外の文化を吸収しようとする熱意があまり感じられません。その中で柳川蝶十郎だけは、帰朝後〈ロンドン手品〉と称して、明治六年の九月に浅草蔵前《くらまえ》神社で興行を行なったのが珍しい。これは有名な〈トーマス トービンの首切術〉で机の上に置かれた生首が動いたり喋ったりします。鏡のトリックの傑作です。

さて興行を打ち終えた松井源水の一行はどうなったでしょうか。柳川蝶十郎は明治二年に帰国しています。殆どの芸人は時を同じくして帰国したのですが、乾吉の姿だけは見えませんでした。彼はパリに止《とど》まってしまったのです。もともと持っていた奇術好きの性格が、この旅によって触発されたのです。蝶十郎や浪五郎のからくりに接し、初めて見る外国の絢爛《けんらん》たる奇術にすっかり夢中になってしまった。そして大きな夢を持つようになる。よし、俺はこの奇術を覚えて、帰国してから大魔術団の旗揚げをするのだ、と」

鹿川はノートから目を放して、窓の外を見た。いつの間にか雲が低くなっていた。

「米太郎はどんな奇術師について習っていたかと乾吉に訊いています。乾吉はロベール ウーダンだと答えていますが、正式な弟子になったかどうかは疑わしい。ロベール ウーダンは近代奇術の父と言われた天才です。彼がその奇術で北アフリカの回教道士以上の超能力を示し、アルジェリアの叛乱《はんらん》を鎮めた話はあまりにも有名です。米太郎は乾吉が外国で見聞した奇術やショウを細かく書き止めています。米太郎自身には専門的な奇術の知識はない。そのまま書いてあるので、乾吉の話したことをわれわれが読むと、おかしな点もずいぶんあります。乾吉が嘘をついているなと思われるところもある。それによって、乾吉はかなり頭の切れる、政治的な才能を持っている男だということが判ります。ですからロベール ウーダンを師にしたという話も、米太郎を信用させるための手管だったとも考えられるのです。乾吉はこの後、他の芸は見て覚えたと言っていますが、この見て覚えたが本当でしょう。

私はマジキ クラブの松尾章一郎さんと、ウーダンの演じていた奇術と、乾城のポスターに示されている演目を比べて見ましたが、どうもウーダンの弟子にしては辻褄《つじつま》の合わぬ点が多過ぎるのです。私たちの推理では、乾吉はあくまで一匹狼であり、当時行なわれていた奇術の種を、片っ端から盗んでいたのに違いない。正式な弟子などにはならなかっただろう。今でこそ、奇術クラブに入会し、専門書を手に入れれば、私たち素人でも高度な奇術の知識を得ることができますが、当時はそんなわけにはゆかなかった。プロ奇術師の種は門外不出、楽屋の出入りは禁じられ、舞台や照明のキャストでさえ、奇術師に付いている助手でなければ勤めることはできません。袖《そで》には助手が立ち塞《ふさ》がり、素人が下手に道具に触ろうものならノックアウトされても文句が言えなかった。人の道具を覗いたり、触ったりしない。これは今では奇術家同士では、エチケットとして守られていますが、当時はもっと厳しいものだった。天勝一座に入座するときには、親兄弟たりとも種を明すべからずという一札を取られたそうです。

面白い話が書かれています。米太郎は見ただけでは奇術の種は判らないだろうと乾吉に訊いています。乾吉は、何度も同じ奇術を見ているうちには判るものですと答えます。米太郎は、それでも判らないときは？　と追及します。その答えが変っている。そのときは天井から覗いて見るのだと言うのです。乾吉は曲芸で鍛えた身の軽さから、舞台の天井の簀《すのこ》にでもぶら下がって、真上から奇術師の芸を見たのでしょう。奇術の死角、よく人は両側から見れば種が見えるなどと言いますが、実際大道具の奇術などは、真上から見られるのが、一番困りますね。

乾吉は正式に奇術を習わなかった。このことがある価値を生じたようです。彼は不可能な現象をいろいろ研究してその秘密を探った。しかし、正式に習ったわけではないので、どうしても不明な個所が出てくる。普通の人なら、そこでその奇術を諦めて、放り出すところでしょうが、彼は不明な個所を独創力で埋めていったのです。従って本来とは違う奇術が出来上るわけですね。それが本来より、価値のない、改悪されたものでしたら意味がないのですが、乾城の独創だと思われるサイン カードを見ても判るように、本来の種よりもすぐれたものになっているのです。ここが彼の非凡な点である。またすぐに種の判った奇術でも、そのまま使用することはなかった。何らかの工夫が加えられています。そうして多くの奇術が、乾吉の頭脳を通り抜けると、全く新しい奇術として甦《よみがえ》ったのです。私は現実には乾城の奇術を見ていない。しかし米太郎の文章を読むとそれがよく判る。彼は乾吉の道具の製作に、始終立ち会っていたのです。

乾吉は奇術の種を研究するとともに、外国人の舞台の態度や演出にも気を配りました。ロベール ウーダン以前の奇術師は、魔法使いのようなだぶだぶの装束をまとい、まがまがしい道具と香具師《やし》のような口上で奇術を演じていたものです。ウーダンは魔法めいた奇術を明るく、上品な世界に創り替えました。彼はきちんとした夜会服を着用し、優美で単純な形の美しい道具を使い、照明を明るく華やかなものにしました。紳士としての態度と合理的なトリック。ここに近代奇術が誕生したのです。以後、殆どの奇術師はウーダンの影響を強く受けました。乾吉はこうした生れ変った近代奇術を本場のパリで目の前に見ていたのです。

乾吉が帰国したのは明治五年でした。帰って来たといっても、一直線に帰って来たわけではない。いろいろな曲芸団やサーカスの間を拾いながら、漂泊して横浜に着いたのです。横浜に着いたときは、荷物船の底にひそんでいたという。つまり密航ですな。日本に帰って来た当座は、場末の寄席などに出ていたらしいが客の受けはよくなかったようです。まだ大きな道具を作る力がなかったし、態度が横柄だ。それが野辺米太郎の目に止まったのです。地味だが大層不思議な奇術を見た。彼の日記にはそう書いてあります。

どこかで見たような男だ。そうだ、パリの万博で、足芸をしていた芸人ではないか。話してみると、果してそうです。米太郎は乾吉の変り方に目を見張ります。芸人の卑屈さや貧乏臭さがまるでない。その上乾吉から、外国で得た奇術を基にした、大魔術の設計図を聞かされて、大変に興奮したのです。これはただの男ではない。国を動かすような力を持っている。米太郎は乾吉に経済的な援助を申し出ました。米太郎としては、新政府下の世の中にあって、自分の身がどうなるかも判らない。ここいら辺で、人生の転換を計る心もあったわけです。米太郎は乾吉に、蔵前に家を借りて、奇術道具製作の工場とします。また米太郎は乾吉に妻を世話します。錦《にしき》という、芸の達者な芸妓でした。将来は最良の共演者にするつもりでしょう」

ダイヤ錦城だと桂子は思った。鹿川はノートを繰った。

「米太郎は乾吉に蓬丘斎乾城という名前も付けています。この野辺米太郎という人の性格も面白い。さきに話したとおり、札差の若旦那として、生まれたときから遊びの世界が彼を取り巻いていました。江戸時代の遊びというと、すぐ遊里と芝居を連想しますが、実はもっと幅の広い、深い遊びが数多くあったのです。封建体制下、がんじがらめの規制の中で、人びとはかえって身体を張って遊びの世界に異常な情熱を注いでいました。奇術も、今、私たちが考えている以上に盛んでした。当時としては高価な品であった書物、その書物に奇術の伝授本が数多く刊行されているのを見ても判ります。それに奇術をひっくるめた、曲芸、危険術、体術、見世物、からくり人形などが絶えず興行されています。見世物のメッカは両国《りょうごく》と浅草奥山《おくやま》ですが、ここに珍しい興行が掛かると、江戸の人たちは千里も遠しとせず押し掛けたものです。これは町人ばかりではない。後に江戸町奉行になった旗本鍋島内匠頭《なべしまたくみのかみ》も見世物マニアで〈近世百物語〉という見世物を精細に記録した書物を残してくれております。どの一つを取ってみても、テレビ局が飛び付きそうな物ばかりだから驚きです。大名では松浦《まつら》静山《せいざん》侯が有名で、しばしばお忍びで見世物小舎《ごや》に出入りする。もっともごく下等な場所へは行くことができませんから、家来を使って見にやらせる。その一部始終を聞いては楽しんでおられたという。天保元年に出目男というのが評判になった。目の玉が蟹《かに》のように飛び出すのです。その飛び出した目の玉に重箱や徳利を糸でくくったものを釣下げて見せます。最後に下座の鳴物に合わせて、両の目玉を自由に出し入れしたという。これには大変驚いたようで、侍医の桂川《かつらがわ》氏、眼科医馬場《ばば》氏、蘭《らん》学者《がくしゃ》を集めて共同研究をさせたことが〈甲子夜話《かっしやわ》〉に書かれています。その他〈璣訓蒙鑑草〉の多賀谷環中仙は医師です。〈天狗《てんぐ》通〉で有名な平瀬《ひらせ》輔世《すけよ》は高度なスライハンド マジックを研究している。〈機巧《からくり》図彙《ずい》〉の細井《ほそい》半蔵《はんぞう》頼直《よりなお》は暦学天文学の学者です。それらの書物を読むと、いかに江戸の人が奇術に熱心であり、かつ高度な奇術文化を有していたかが判るのです。

　歌舞伎も奇術趣味は花ざかり。舞台では、廻り舞台やせりなどの大仕掛けなものから、宙乗り、がんどう返し、早替り、つづら抜け、戸板返しなど多くの仕掛けが次々に発明されています。世界でこれほど多くの奇術を芝居に取り入れた演劇は類を見ないでしょう。また芝居の筋も一人二役、二人一役、実は誰それといったトリックがふんだんに使用されている。現在の演劇研究家も、脚本を一度読んだぐらいではとても筋が判らないと呆れるような複雑な芝居も、江戸の人たちに持て囃《はや》され、観賞されていました。米太郎はこうした世界に遊び、パリの万博で海外の奇術とも接していた。乾吉の話を聞いて、これからの奇術はこれだと思ったのです。

それ以来、乾吉——いや乾城の姿は寄席には見えなくなる。大道具の製作に取り組んだわけです。十一か月何日、彼は奇術の製作に没頭しました。もともと器用である彼は、大工仕事を初め、錺《かざり》細工から塗装まで超人的にこなし、数十の道具を、一年足らずのうちに作り出しました。彼の妻は舞台用の衣装を、せっせと縫い上げていたのです。ポスターも出来上り、宣伝用のトランプも作った。米太郎は座員を集めて訓練する。妻の錦にも芸を教え、芸名をダイヤ錦城。一座の名も米太郎が付けた。ワールド魔術団。こうして一座は九分九厘まで完成し、あとは開場を待つばかりであったところ——」

鹿川は天井を見、また汗を拭いた。

「実に人間の運命というものは、どこでどう狂うか判らない。ある日、乾城の工場から火を発して、またたくうちに、全ての奇術道具が、灰となってしまったのでした。奇術用の火薬の不始末だったという。時に明治六年一月十三日の朝まだきでした。乾城と錦は一命を取り止めましたが、裸同然。加えて乾城は火の粉で両眼を傷めてしまいました。こういう天才肌の人は、一度挫折《ざせつ》すると再起のできぬ人が多いものですが、乾城もそうであった。彼はひと月後には無理をした疲れが出たのか患《わずら》いつき、同年四月六日、風邪がもとで肺炎を起して他界してしまいました。行年二十六歳でした。

この事故は、よほど口惜《くや》しかったに違いない。米太郎は乾城の最後の言葉として、こう記してあります。〈火、我が光を奪い　風、我が望みを散じ　水、我が身を腐らし　天、我が意を絶ち　地、我が委蛻《いぜい》を埋むべし〉これは同時に、米太郎自身の断腸の嗟嘆《さたん》でもあったでしょう。

これがワールド魔術団の最後です。まことに呆気ない、信じられぬような終焉《しゅうえん》でした。私も諦《あきら》め切れない気持で考えます。もしあのとき失火がなく、ワールド魔術団が順調に興行界にデビューしたらどうなっていただろうか。おそらくその後の芸人に大きな影響を与えたに違いない。松旭斎天一も違った形で登場しただろうし、現在の奇術史も大幅に書き替えられていたでしょう。乾城のもとに天才たちが集結し多くの奇術を創り上げたかもしれない。平凡な考えかもしれませんが、私は乾城の生涯を知って、実に運命の重さを痛いほど感じています。人間の運命――実に怖《おそ》ろしく、美しく、不可解であり、暖かくもあり、冷たくも……」

鹿川は経文でも唱えるようにぶつぶつ言い、ノートを閉じた。

「――蓬丘斎乾城という奇術師の、悲運な物語はこれで全部です」

桂子は鹿川のボウルの奇術を思い出した。鹿川は最後のボウルを軽く投げ上げた。ボウルは空中で、ふっと見えなくなった。――そんな感じであった。

一番前にいた若い男が手を挙げて鹿川に質問をした。

「乾城の、それほどすぐれていたと思われる奇術は、誰にも伝わらなかったのですか？」

「そうです」

鹿川はどきんとしたように窓から目を外《そ》らせて答えた。

「誰にも伝わりませんでした。さっきも申したとおり、乾城は一切自分の手で道具を作り上げています。他人に秘密を見られるのを恐れたためもあったのでしょうが、今としてはそれも残念な一つではありませんか」

「――乾城の妻、ダイヤ錦城は、その後どうなりましたか？」

「判りません」

鹿川は口を歪《ゆが》めて答えた。何かを堪《こら》えているふうでもあった。

「米太郎がもっと日記を続けていれば、ダイヤ錦城の生活も判ったでしょう。米太郎は乾城が死ぬと間もなく病を得ています。日記はそこで切れてしまいました」

「その他の記録が現れる可能性は？　例えば乾城の奇術の設計図などが見出されることは考えられますか？」

「考えられません」

鹿川は何かを深く考えているようだった。

「今年になってから奇術は多くの人の注目をひいています。一つは悲しいことですが水田志摩子殺害事件、報道で御承知でしょうが、ダイヤ錦城という名前も出ています。あれだけ騒がれた事件ですから、もしそういう物が残っていたとすれば、必ず持ち主が現れそうなものです。またこの世界国際奇術家会議も、それ以上の騒ぎです。そのために、未見の書物や資料も発掘されましたが、乾城に関する限り、彼の名を記した断片さえも現れません。従ってその設計図などは一切残っていないと断定せざるを得ないのです。――おや、降ってきましたな」

桂子は窓を見た。銀色の何本もの筋が、ガラスに光っていた。

8　ディナー――展望レストラン

都会の夕景は、変に曇っていた。

「地上はさぞ蒸し暑かろう」

大谷南山が窓から下を見下ろして言った。

ホテル　ニュー　メラルの五十階にある展望レストランに、六時になるとマジキ　クラブの殆どの会員が集まってきた。あとは橙蓮とタルバート　ギータンを待つばかりである。

離れたところでバンドがタンゴを演奏していた。

「ひと雨、きそうですね」

五十島は空を見上げた。雲が黒く、厚い。

和久はテーブルの上のバラの花と五十島の顔を見比べた。

美智子と晴江はイブニング　ドレスで小さな奇術の道具を捻《ひね》っている。

飯塚は書類鞄を抱きしめんばかりに持っている。「座敷芸比翼品玉」があの中に入っている筈だ。

シュゲット夫妻はさっきから桂子の遊泳を撮《と》りそこなったことを口惜しがっている。

品川と松尾と鹿川はまだカードから手を放さない。

そこへ橙蓮が紅い絨毯《じゆうたん》を踏んで現れた。

「タルの奴、来なかったかい？」

ギータンのことだろう。橙蓮は息を弾《はず》ませて、

「やっぱりそうか、タルの奴消えちゃったんだ」

「消えた？」

桂子には橙蓮の頭から湯気が出ているのが判った。

「飛騨《ひだ》へ行ってしまったらしい。わしの不注意だった」

「飛騨——飛騨高山《たかやま》。からくりの山車《だし》だ！」

鹿川が叫んだ。

「そうだ。うっかり飛騨のことを喋った。そのとたん、タルはいなくなってしまった」

「まあいいよ、和尚」

大谷は橙蓮を椅子に坐らせた。

「最後の晩餐だ。水入らずもいいじゃないか」

「済まん。今度会ったら、どうするか」

鹿川は冴えない顔をした。あの日の最後に志摩子が消えたのを思い出しているのだろうか。

給仕が銀色の大きな桶《おけ》の乗ったワゴンを押して来た。

「——桂子様、おいででしょうか」

「――私よ」

銀色の桶には、何本ものシャンパンの瓶が入っていた。

「お届けものでございます」

給仕はワゴンを桂子の傍に寄せた。瓶の間に綺麗なカードが挟んであった。桂子はカードを手に取って読んだ。

「――勇敢なる桂子へ。プールの水よりお口に合うと思います。フランソワ ランスロット」

「まあ、イキなこと！」

美智子が目を細めて言った。

シャンパンのお蔭で、食事は陽気なものになった。桂子もだいぶ飲んだ。

だが鹿川が変なのだ。食事もろくに手を付けない。

「どうしたの、鹿川さん。最後の日だというのに。シャンパンが気に入らないの？」

桂子は絡むような口調になった。

「そ、そうじゃないんだ」

「じゃあ、どうしたというの？　身体の工合でも悪いの」

「しごく、いい」

「気持が悪いわ。鹿川さんらしくもない。はっきり言ってよ」

「済まない。桂ちゃんの気に触って、しかし……」

鹿川は訴えるような目をした。他の話題にしてほしいのだ。だが桂子は少し酔っていた。

「志摩ちゃんのことね。鹿川さんは志摩ちゃんのことになると顔色を変えていたわ」

「そ、そうだろうか」

「そうだわ。鹿川さんは何かを知っているのよ。何を知ったの？」

鹿川は顔を上げた。悪人のような目になっていた。

「――つまり、志摩ちゃんを殺した犯人を、だ」

「犯人――」

皆はびくっとして鹿川を見た。

「誰なのそれは？　変質者？」

「だったら、まだよかった」

「この中に、犯人がいるのね？」

「そうだ」

窓の外が光った。続いて、雷鳴が響いた。

「誰なの？」

「今は言えない。こんな話聞きたくない人もいるだろう。どうしても聞きたい人は、食事が済んでから〈浮舟の間〉へ来て下さい。そこでお話しよう。そのほうが私も楽になる……」

そのとき、強烈な光が続けざまに差し、雷鳴の中で、レストランのライトが消えた。

ローソクの火が、あちこちで動いている。

「自家発電が働かないとすると、階段でひと汗掻《か》きそうですな」

大谷の声であった。

9　マジキ　クラブ控室——浮舟の間

浮舟の間には、全員が集まっていた。

エレベーターは動かなかった。桂子たちは一団となって、二十何階もの階段を降りた。殆ど無言であった。桂子は奈落にでも降り続けているように思えた。この感情は何だろう？　恐怖への期待だろうか。

部屋は暗かった。小さな補助燈が一つついているだけだ。鹿川は皆が部屋に入るのを見定めて、ドアにしっかり鍵を掛けた。十畳の和室に、全員は机を囲んで丸くなった。

「皆さん集まりましたね。いや、よろしい」

鹿川は咳《せき》ばらいをした。それは犯人に対して、無理に虚勢を張っているかのようであった。

「白状しますと、私は今日まで、志摩ちゃんを殺した犯人が、私たちのクラブ員の一人であるとは夢にも思っていませんでしたよ。それが、ロビーの喫茶室と、Π会議室のランスロット氏の奇術と、Σ会議室で、続けざまに犯人の暗示を受けてしまった。そして動かし難い一人の人が、犯人でなければならぬことを知ったのです……」

「ランスロット氏の奇術？」

松尾がいぶかしそうな顔をした。

「初めに……」

鹿川はそう言うと絶句した。少しすると、さえない顔になり、口を歪めて話し出した。

「——初めに心得ていて貰いたいことがあります。私は水田志摩子殺しの犯人を知っています。悲しいことに彼は、マジキ クラブの一員で、現にこの中に坐って、私の話を聞いている。名前も申し上げます。だが私は警察ではない。私に指名された人は、変に取り乱したりしないでほしい。間違いがあれば、その間違いを、徹底的に反論すればよろしい。反論がなければ、すなおに自分の行為を認めるべきでしょう。他の人も騒ぎ立ててはいけない。私たちは、最後まで紳士でいたいのです」

鹿川はそう言うと、全員の顔を見た。

「私の気持が、判って頂けたようですね。私も嬉しい。では——」

「待って下さい」

桂子が言った。

「私たちには、アリバイがある筈だわ!」

鹿川は嫌な目つきで桂子を見た。

「それが、駄目なのですよ。犯人だけは、ある方法で彼女を殺害することができたのです。その方法も、私は知っています」

鹿川は言葉を切った。今度は誰も何も言わなかった。

「今日、私は喫茶室で大変な物を見たのです。公民館で酒月亭さんが撮影した、何枚かのスナップです。そのうちの何枚かが、私に衝撃を与えました。――酒月亭さん、あの写真もう一度見せて下さい」

シュゲットは鞄をごそごそいわせて、写真の束を取り出した。写真は皆に廻された。笑う人はいなかった。皆固唾《かたず》を呑んで、写真に食い入った。

「ほら、和尚の持っている一枚。その写真をよく見て下さい。ショウ終了後の舞台のスナップです。あの二人の刑事の姿も見えますが、問題は偶然に袖から出て来た受付のおばさんが写っている、その手に持っている小さな物――」

五十島があわてて眼鏡を掛けなおした。

「キイ　ホルダーみたいだ」

「みたいではない、キイ　ホルダーなのです。それも、志摩ちゃんの持っていた、キイ　ホルダーなんです」

「でも――」

五十島が続けて何か言いそうになった。

「さっき私が公民館に電話をして確認した」

鹿川はぴしゃりと言った。悪い目付きだった。

「ということは、志摩ちゃんを殺した犯人は、凶行後、また公民館に姿を現したと考えなければならない。更に、被害者の状態から、犯人は志摩ちゃんと顔見知りであったことが判明しています。志摩ちゃんと顔見知りであり、公民館にいた人間、そして〈11枚のとらんぷ〉を読んでいる人――」

「われわれ、全員だ」

和久Aが調子の外れた声を出した。

「ジャグ大石も」

品川が言った。鹿川はじろりと品川を見て、

「ジャグ大石は容疑圏外です。彼はNAMCの玉置さんとずっと観客席を離れなかった」

「〈11枚のとらんぷ〉――」

大谷が不機嫌につぶやいた。

鹿川は自分の鞄から「11枚のとらんぷ」を取り出すと、乱暴に机の上に置いた。

「そう、私が最も不可解だったのはその点です。犯人は凶行後、なぜ私の〈11枚のとらんぷ〉に使われた品物を一つずつ毀して並べたのか。しかもその中に二人の人間が混じってさえいる。だがその品物をよく吟味《ぎんみ》すると、犯人の目的も自《おのずか》ら明らかである。あの儀式は――」

「宗教的な何かの迷信?」

飯塚がそっと訊いた。

「迷信なもんか。ただのこじつけだ」

鹿川は怒ったように言った。

「こじつけ?」

「完全なこじつけです。よろしいですか。あの毀された物は、必ずしも全部が〈11枚のとらんぷ〉に使われたとおりの品物ではない。犯人の手に入らなかった物は、他の品で代用されている。現場では本物の電話機が毀されていたが、〈11枚のとらんぷ〉では赤い玩具《がんぐ》の電話機が使用されていた筈です。そうでしたね」

鹿川は大谷を見た。

「そうだ」

「じゃあなぜ犯人は玩具の電話機を毀さなかったのか。あの部屋にそんな物は見当たらなかったからでしょう。同じことが磁石についても言えます。品川さんの使った磁石は、特殊に加工された磁石だったが、現場にあったのは、普通の本物の磁石でした。レコード盤にしてもそうだ。五十島さんのレコード盤は特製の盤だったが、犯人はどこにでもある歌謡曲の盤で代用して済ませている。だのに、なぜ志摩ちゃんと速足三郎だけは本物でなければならなかったのか。別な品物で代用しようと思えば、いくらでも代用が効いた筈だ。つまり犯人は〈11枚のとらんぷ〉に出て来るトリックを毀してゆくことが目的だったのではなく、あくまで、志摩ちゃんを殺すことがただ一つの目的だったのです。あの品は殺人と〈11枚のとらんぷ〉をこじつけるための道具に過ぎなかった」

「速足三郎は？」

大谷が言った。

「あの事件があったので、犯人は志摩ちゃん殺しと〈11枚のとらんぷ〉を結び付ける考えが泛《うか》んだのです。速足三郎殺しの方は、すでに犯人が捕えられ、解決しています。犯人は速足三郎殺しをただ自分の演出の中に組み込んだだけです」

「志摩子殺しと〈11枚のとらんぷ〉をこじつけて、どうしようと言うのだ?」

大谷が続けて訊いた。

「あの犯罪を異常なものに仕立て上げるためです」

「異常な犯罪に仕立て上げてどうしようというのだ?」

「大々的に報道されるではありませんか。週刊誌などが派手でしたな。〈女性魔術師殺害さる〉〈現場に残された魔術の道具は悪魔の儀式か〉〈現代に再現された魔女狩り〉……」

「報道されて、どうなる?」

「世間の目が奇術に向けられる」

「向けられると?」

「稀覯《きこう》本などが発見される率が高くなるでしょうな」

鹿川は変な目で飯塚を見た。飯塚は顔色を変えて、

「鹿川さん、まさか僕を——」

「誰もそんなことを言ってやしませんよ。ただ、そういうこともあろうか、と思っただけです。犯人はもっと大きな物を狙っていたと思います。例えば——」

「例えば?」

飯塚は身を乗り出す。

「人を一人殺害するに足る物――乾城の設計図」

「乾城の設計図――」

桂子は息を詰めた。乾城の設計図が残っていた？

「これは私の想像です。だが単なる当てずっぽうではない。さっき私は蓬丘斎乾城の生涯をお話ししたばかりです。その最後に若い人から重要な質問を受けました。――例えば乾城の設計図などが見出される可能性がありますか？　というのです。私は言下に考えられませんと答え、その理由を説明しました。――今年になってから奇術は多くの人の注目をひいています。一つは悲しいことですが水田志摩子殺害事件、報道で御承知でしょうが、ダイヤ錦城という名前も出ています。あれだけ騒がれた事件ですから、もしそういう物が残っていたとすれば、必ず持ち主が現れそうなものです。ところが乾城に関する限り、彼の名を記した断片さえも現れない。従ってその設計図などは一切残っていないと断定せざるを得ないのです。――だが、例外があったのです。もし志摩ちゃんがその設計図を持っていて、犯人がそれを奪うために志摩ちゃんを殺したのなら、当然設計図は再び世に出ることがない」

ガラス窓にものすごい雨が叩き付けられていた。鹿川はじっと外を見ていたが、顎を一つ引っ張ると話を続けた。

「実際に、乾城の設計図が残っている可能性はあったのです。現に私は志摩ちゃんから乾城のカードを見せて貰っています。設計図は乾城の命であった。絶えず彼の傍《かたわら》にあったと思われます。設計図は火を逃れ、ダイヤ錦城の手で、乾城の遺品として、乾城のカードと共に大切に保存されていたと考えるのも自然だ。それが志摩ちゃんの母の手に渡り、母の死後、遺品を整理した志摩ちゃんの目に触れることになりました。舞台経験のある志摩ちゃんは、それを見るとすぐ奇術の道具の設計図だということが判った。更にその多くが、今までに見たこともない奇術であることを知って、彼女は驚愕《きょうがく》する。そして自分の未来の人生に輝かしい光を見たのに違いない。乾城と錦城の果し得なかった夢を、自分が実現するのです。この設計図を基に奇術家になる。魔術の女王として、芸能界に君臨する。志摩ちゃんは橙蓮さんの奇術を見て、奇術に興味を覚えたと言っていましたが、実はもっと大きな下心を持っていたのではないか。奇術家になる順序として、まず奇術クラブに入り、奇術の基本を身に付けようとする考えからでした」

桂子は志摩子の最後の舞台姿のスナップを手に取った。照明を計算したドーラン化粧、観客への笑顔、訓練された動き――あのときから、彼女は魔術の女王への道を歩み出していたのか。

「魔術の女王へ――ただしそれは、独りの力ではどうにもならないことです。設計図の細かい点は専門家が見なければ判りません。中にはその道具がいったいどういう効果を現すのか不明なものもある。それで彼女は奇術の専門家が必要になりました。ただし有名なプロなどは困る。彼女の設計図をそのまま盗まれてしまう恐れもあります。――彼女はそこで一人の人間を選んで白羽の矢を立てたのですが、その人選にはもっと慎重であるべきだったと思う。結果的に、彼女はその人間に殺される道を選んでしまった……」

鹿川はちょっと目を伏せたが、またすぐ嫌な顔をした。

「彼——いや、彼女だったかもしれませんよ。とりあえず、彼ということにしておきますが、志摩ちゃんは、不用意にも、乾城の設計図を彼に見せてしまった。これが大きな間違いの因《もと》となります。彼は乾城の設計図を見せられて、驚嘆したのです。そして彼女の協力者になることを約束する。だが話を進めてゆくうちに、二人の話が食い違っているのに気が付き始めます。志摩ちゃんは、ただ彼を設計図を読み取る解読者と、もしくは道具の出し入れする助手として以外、欲していなかった。ところが彼の方は彼女と並んで同じ重さで舞台に立つ気でいました。二人の主張は互いに齟齬《そご》を生み、志摩ちゃんは彼を退けるようになりました。志摩ちゃんはあせっていた。次に白羽の矢を立てたのがジャグ大石だった」

今度はジャグ大石を手玉に取るつもりだった、と桂子は思った。そう、あの鼻の下の長い男なら——志摩子はそう思ったのに違いない。

「あの日、公民館にジャグ大石と玉置さんが現れたのにはびっくりしたものです。そしてどうして公民館のショウを知ったかと私が聞くと、玉置さんは、真敷市の広報を読んだ大石君が僕に知らせてくれた、と答えた。馬鹿にしている。あの男が何だって真敷市の広報など読む必要があったのですか。ジャグ大石は志摩ちゃんに呼び出されたのですよ。彼女の舞台を大石に見て貰うため、もう一つは、彼女との計画を押し進めるためです。ひょっとすると、あの日、彼女は乾城の設計図を見せる気だったかもしれない」

——七時までに帰らなきゃならないの。桂子の耳に、あの日の志摩子の言葉が甦った。——私の人生のうちでも、最も大切なドラマが起りかかっているのよ。——志摩子は大石に、乾城の設計図を見せる気でいたのだ。

「彼の方もぐずぐずしてはいられない。乾城の奇術はぜひ自分の手に入れなければならない。乾城の奇術は、それほどの魔力を持っていたのです。志摩ちゃんの心は、すでに自分から離れ、大石に向いてしまっている。ついに、彼は非常手段に訴えたのです。彼は志摩ちゃんを殺し、乾城の設計図を手に入れたのです。——いかがですか？　私の話に間違いありませんか？」

鹿川は犯人に向かってそう言った。誰も何も答えなかった。

「——間違いなさそうですね。それならよろしい」

「その彼、彼っていったい誰なんや！」

晴江が叫んだ。いつもと違う鹿川に、腹が立ったのだろう。

「まあ、お待ちなせえよ」

鹿川は手を挙げ、品の悪い声を出した。晴江は気勢を殺《そ》がれて黙ってしまった。

「犯人の名は、これから順序を立てて申しましょう。初めに約束したとおり、紳士的に論説してゆきたい。——大会授賞式は何時からでしたかな？」

鹿川はわざと話題を他に向けた。

「七時——十五分から、ユーディット劇場だわ」

桂子が言った。鹿川はちょっと時計を見てうなずいた。

「ゆっくりお話ししても、時間は充分ある。それに、犯人の名なら、とっくに志摩ちゃんが、教えていましたよ」

「志摩ちゃんが？　いつ、どこで？」

桂子が思わず叫んだ。そんな馬鹿なこと、あるわけがない。

「バーベナ荘で、彼女が死ぬ直前」

鹿川は淀《よど》みなく答えた。

「よろしいですか。凶行のあった現場を思い出していただきましょう。志摩ちゃんの屍体は、自分の四畳の寝室の隅に、小さなガス ストーブに覆いかぶさるような姿勢で発見されています。前頭部と後頭部に裂傷があり、前頭部の傷は浅かったが、後頭部の傷は深く、これが致命傷になったのです。そして奇怪なことに、志摩ちゃんは殺される直前、ガス栓《せん》を細く開いて、胸の下に隠すような姿で発見されています。

その現場を説明した品川先生は、こう想定しました。犯人は凶器となった銅製の花立を持って、被害者の後ろに近づく。犯人の殺意を感じた志摩ちゃんは、ふと振り返る。その顔を目がけて、犯人は第一撃を加えた。前頭部にある破裂傷がそのときのものです。だが傷は浅く、命を絶つまでには至りません。被害者はストーブの上に倒れる。犯人はその後頭部を更に強打して、志摩ちゃんの一命を絶った。一撃と二撃の間には、時間があった筈だと品川先生は説明しました。数秒かもしれぬし、数分かかったかもしれない。いずれにしろ長い時間ではありませんが、その間志摩ちゃんに意識が残っており、何かの意思でガス栓を細く開いた。ガス ストーブは自動点火の装置があり、偶然のはずみで栓が開かれたとは考えられない。——この推測に間違いないでしょう。

　ところが、凶行の後、犯人が起した行動は、更に異常を極めていました。いろいろの品物を毀して屍体の回りに並べ、まるで私の〈11枚のとらんぷ〉が殺人に深いつながりを示すかのように細工を施した。志摩ちゃんが開いたガス栓を、そのままにして、ですよ」

「ガスの出が細かったので、犯人はそれに気が付かなかったんじゃないか」

　大谷が言った。

「とんでもない。あの品物を探し、毀して並べるのに、どんなに手際よく作業しても、五分や十分はかかるでしょう。その上犯人は指紋まで綺麗に拭き取る周到さです」

「彼女が甦生《そせい》しないために、わざとそのままにして置いた、と解釈するのは？」

　大谷は続けて訊いた。

「犯人は、このあと公民館に帰らなければならなかったのですよ。ガスがそのままでは、志摩ちゃんの屍体発見が、ずっと早くなる恐れがある。犯人がそんな危険を平気で犯すとは考えられない」

「じゃあ、なぜ犯人はガスをそのままにしておいたのだ？」

「志摩ちゃんがガス栓を身体で隠していたからじゃありませんか。その上、志摩ちゃんは犯人にガスの漏れる音が聞えないように、細く開いたからじゃありませんか」

「音が聞えなくたって、ガスが出ていりゃ判る筈だ」

「それが、犯人には判らなかった」

「なぜだ？」

大谷は白髪の中に五本の指を突っ込んで目玉をむいた。

「ああ、こんな簡単なことに、どうして今まで気が付かなかったんだろう。それが判っていれば、除去液の謎も、もっと早く解けていたのに――」

「除去液の謎？」

美智子が変な顔をした。

「犯人が屍体の回りに並べた品物の中に、マニキュアを取る除去液があったのを覚えているでしょう。あれは本来なら、香水であるべきだった」

「それは、磁石や電話機と同じように、犯人が代用したつもりじゃなくって？」

と、美智子が言った。

「違いますな。代用された品は、同一の物のないときに限られていました。あの部屋には、香水はあったじゃありませんか。除去液の瓶は、鏡台に香水の瓶と並んでいるのが普通です。それを、なぜ除去液の瓶を取り上げたのか？」

「――間違えたのだわ。化粧品の瓶はどれも凝った形をしているから。それに犯人は興奮していたでしょうし、小さな外国の字を読んでいられなかった」

「でも、ごく簡単に、香水とそうでない瓶とを見分ける方法がちゃんとあるじゃありませんか。美智子さんなら、どうします？」

「むろん、匂いを嗅《か》ぐわ」

「そうでしょう。ところが犯人は瓶を嗅いだりはしなかった。いや匂いを嗅ぐことができなかったと言うべきでしょう。また犯人はガスが部屋の中に拡がってゆくのを感じ取ることができなかった——」

ほの暗い部屋に小さな光が点滅した。橙蓮がやけにパイプを吸っているのだ。

「もう判りますね。犯人はものの匂いを嗅ぐことができなかったのです」

「匂いを嗅ぐことができない？」

誰かがおうむ返しに言った。

「そうです。犯人は匂いを嗅ぐ能力がなかった。一種の障害者ですな。〈無嗅覚性〉というのをどこかの本で読んだ覚えがありますよ。色盲が色を見分けることができないように、無嗅覚性の人間は、物の匂いを嗅ぎ分けることができません。志摩ちゃんを殺害した犯人は、無嗅覚性の人間だったのです」

「志摩ちゃんは、犯人が無嗅覚性なのを、知っていたのね？」

美智子が怖ろしそうに言った。

「志摩ちゃんは、犯人が銅製の花立を持った姿を見たとき、自分は殺されると直感しました。そして第一撃を受けた。助からない、と思ったのです。犯人の殺意は知っています。自分の手から乾城の設計図を奪う気なのだ。だが、彼女は死の直前に、持ち前の負けん気を出したのです。何としてでも自分を殺す人間を逃したくはない。いくら声を出したところで、バーベナ荘では無駄であることも知っている。犯人を告発しなければならない。志摩ちゃんの倒れたのが、たまたまストーブの上であったか、わざわざ志摩ちゃんがストーブの傍に駈け込んだかは、私の知る限りではない。いずれにしろ、彼女は犯人に判らぬようにガスの栓を開いたのです。あわよくば、ガスで犯人も倒れてしまえばよいと思いながら。

「だがガスは細すぎ、犯人は倒れるまでには至らなかった。犯人は屍体の回りに異常な品を並べ、おそらく志摩ちゃんの〈宝物入れ〉であった小さな洋箪笥から乾城の設計図を奪い、指紋を拭き消し、ハンドバッグから鍵を探して、ドアに鍵を下ろして現場を離れました。だが、最後まで志摩ちゃんがガスの栓を開けたことには気が付かなかった……」

「——つまりこの中に、無嗅覚性の人間が、一人いるのですね」

桂子はそっと言った。皆は互いに顔を見合わせた。だが顔を見ただけでは、判りっこないのだ。

誰か香水を持っているだろう。その香水を隣の部屋に置き、一人一人が見つけにゆくというのはどうだ」

橙蓮が無神経な提案をした。

「冗談じゃない」

鹿川は橙蓮の案を一蹴した。

「そんな原始的な真似ができるものか。犯人は犯人でも、今まで私たちと仲良くしてきた同じ仲間です。私はここで犯人に一つお返しをしたい。犯人は私の〈11枚のとらんぷ〉で犯行現場を演出した代りに、私は〈11枚のとらんぷ〉の中から一人だけ無嗅覚性の人間を選ぶことにしようと思います。私はあの書物の序にこう書いた筈です」

鹿川は「11枚のとらんぷ」を開き、初めの方を読み出した。序文の一部であった。

「――私には人物の性格を創造するなどの、文学的な才能がないので、ここに登場する人物は松尾章一郎さん初め、全て私の所属するマジキ クラブの仲間で、この人たちが実際に演じて見せてくれたとおりをそのまま書いた――。そうでしたね。十一のトリックの一つ一つは、実際に私が体験した、そのまま。皆さんが演じた、そのままを筆にしたのです。私はその一つ一つを思い出すことができます。初めのトリックは〈新会員のために〉志摩ちゃんが初めてマジキ クラブの会員になった月でした。そのトリックを演じたのは、斎藤橙蓮和尚――」

橙蓮はぎろりと鹿川を見た。鹿川も負けずに橙蓮を睨《にら》み返した。

「あの奇術はまだカードの表と裏の名称が、よく判っていなかった志摩ちゃんの特徴を利用した。ただし実用的ではない、橙蓮和尚の珍作でした。トリックは部屋の外で選ばれたカードを当てるというもので、本堂に置かれたカードの中から一枚のカードを志摩ちゃんが覚えに行きました。襖《ふすま》が開かれて、外の空気が部屋に流れ込んで来たとき、和尚はとぼけた声でこう言った筈です。〈どこかでくさやを焼いているの〉。和尚はくさやを嗅ぎ分ける能力がある。従って、志摩ちゃんがガス栓を開けば、すぐに判った筈だ。犯人ではない」

「くさやで殺人容疑が晴れるとは、呆れた話だ」

橙蓮はくそ面白くもないといった顔をした。鹿川はそれにかまわず、本のページを繰った。

「二番目の〈青いダイヤ〉。このトリックは酒月亭さんが演じたものです」

シュゲット夫婦は顔を見合わせた。マリアが何か言おうとするのを、シュゲットが押し止めた。

「私は〈青いダイヤ〉でシュゲット夫婦を、こう紹介しています。――シュゲットさんの趣味は、奇術とカメラ、それに本職の地質学。好きなものはいくらでもある。まず、マリアさん、ニューヨーク、畳の匂い、障子、湯豆腐。さすがにマリアさんは最初のうち、ぬか味噌の臭いには閉口しましたと言った。――従って、シュゲット夫婦の嗅覚は大変に敏感です。志摩ちゃん殺しの犯人たり得ません」

シュゲットが何か言おうとした。今度はマリアがそれを止めた。

「くさやの次がぬか味噌か」

橙蓮が批評家じみたことを言った。鹿川は聞かないふうを装い、次に進める。

「第三〈予言する電報〉。私たちは戸倉邸を訪問しています。ここでも私の記述を引用させていただきます。――そこへ、みいちゃんが茶菓子を運んで来た。美智子さんはその紅茶の匂いを珍しがった。戸倉氏は自慢そうに、長い英語の名前を美智子さんに教えた。――和久美智子さんは白。ただ和久Aさんは〈予言する電報〉だけでは、嗅覚があるのかないのか判りません」

「もう止しましょうよ！」

美智子が叫んだ。

「こんな、馬鹿馬鹿しく、恐ろしいこと！」

「聞くのが嫌だったら、外にいてもいいんだよ」

鹿川が冷たく言い放った。

Aが美智子の手を握った。

「あなたは？」

「最後まで聞く気だ」

「じゃ私も……」

美智子は溜息をつくと大人しくなった。鹿川は二人をじろりと見ただけだ。

「第四〈九官鳥の透視術〉。これは桂ちゃんのトリックです。私にとって忘れ難い思い出があります。桂ちゃんはウインチェスターⅦをたっぷり御馳走してくれました。〈何だか知らないけれど、親父の部屋から持って来たの。いい匂いがするでしょう〉と言いながらね。人には御馳走をするべきですな」

鹿川は桂子を見た。嫌らしい目付きであった。桂子には鹿川が、精一杯、悪役になろうとしている気持がそのとき判った。

「五つ目〈赤い電話機〉。大谷南山のトリックです。南山は昔の奇術を思い出し、私たちにテレフォン トリックを演じて見せた。そのとき古いフォーシング デックを引っ張り出しましたが、もう何年も使っていなかったもので、拡げるとがさがさといいました。南山はカードに顔を寄せて、〈うは、すっかりかび臭くなってしまった〉とぼやいた」

「ふん」

大谷は鼻を鳴らしただけだ。

「ええと、何番までいったかな？　そう、次は六番の〈砂と磁石〉。皆で海に行ったのだったなあ。楽しかったなあ。そして品川先生が特製の磁石で奇術を見せてくれた。私は初め封筒の中に入った札を、ベンジンで濡らして当てる方法かと思ったので、すっかり裏をかかれてしまった。飯塚晴江さんもそう思ったらしく、嗅覚を集中させていました。ですがベンジンやアルコールの臭いはしませんでした。〈変な臭いはせえへんね〉。無嗅覚性の人でしたら、こんな言葉は出なかったに違いない。——そう、主役の品川先生は、海にも入らずごろごろしている中年紳士に向かって桂ちゃんが不平を言ったのにこう答えています。——泳げないからさ。身体はごらんのとおりだが見かけ倒しだ。山家育ちでね。こうして海の匂いを嗅いでいるだけで、満足しているよ」

品川はぼんやり天井を見ていた。

「七番〈バラのタンゴ〉。飯塚さんはテープ　レコーダーの中で舞台に上った観客にこう言っています。——御協力をいただきまして、有難うございます。キャンデーは差上げますから、あとで召し上って下さい。ほら、メロンの匂いがするでしょう」

飯塚晴江は路朗の顔を見た。

「まさかこの人、志摩子はんに持てるとも思うとりませんでしたがね……」

「八番〈見えないサイン〉。私が乾城のトランプに最初に出会った日でした。私はバーベナ荘の志摩ちゃんの居間で興奮していました。乾城のトランプは、今封を切ったばかりで、インキの匂いも漂うかと思われました……」

「舜平、ちょっと待てよ」

大谷が手を挙げて言った。

「そいつは公明じゃない。自分で書いたのだから、嗅覚の表現などは、どうともなる」

鹿川は頰を脹《ふく》らした。

「じゃあ、次へいこう。九番〈パイン氏の奇術〉。私は以前殺害された速足三郎と、一度だけ会っています。その日私は〈タンキング〉に入ったのです。タンギングという名前が私の興味を引きました。小さなバーでした。ドアを押すと、石油ストーブとレモンの混じった、強い臭いがしました……」

「そいつも駄目だ。どうとも書ける」

大谷は断固として言った。鹿川は言い訳でじたばたしている犯人のような顔になった。

「いいさ。これも飛ばそう。十番は〈レコードの中の予言者〉。五十島さんは孫の夏ちゃんを膝に抱いていました。五十島さんは目を細めてこう言いました。――どうもいい匂いがすると思ったら、生意気に化粧水なんかつけているらしい。女の子はおしゃまですな。――これならいいだろう」

「いいさ。筆者自身のことではないから」

「十一番目。最後だ。〈闇の中のカード〉これは、ずばり、嗅覚のトリックです」

桂子は息苦しくなった。冷房が切れて、部屋は蒸し暑くなっていた。それにもうもうと煙草の煙。

「あの日も奇妙なことに私たちは停電に会いましたね。停電でも演じることができる奇術があるだろうかということが話題になりました。それに応えて和久Aさんが暗闇でカードを当てる奇術を見せてくれました。そのトリックは特定のカードにジャスミンの匂いをつけ、それを手掛かりにカードを当てるというものです。従って、そのトリックを演じた和久Aさんも無嗅覚性から除外しなければなりません」

和久夫婦は手を取り合ったまま、身動きもしなかった。

「〈闇の中のカード〉で私は停電になったばかりの描写を次のようにしています。――美智子さんのいるあたりから、いい匂いがしている。化粧品などに無頓着な私にも、高級な香りだということは判った」

「駄目だ」

大谷が待っていたように言った。

「自分で書いた匂いの描写など、信憑性《しんぴょうせい》に乏しい」

鹿川はそれにもかまわず話し続ける。

「最後の一篇、〈闇の中のカード〉には一つだけ他の作品にはない変則があります。だいたいこれまではトリックを見破る探偵役が松尾さんで、私は狂言廻し的な存在でしたが、この一篇だけは例外でした。和久さんのトリックは次のような調子で解明されています。自分の家に戻ると妻が私にこう言いました。――〈何か面白そうなことが、あったらしいわね。いい年をして〉。私は意味が判らずにぼんやりしていた。煙草を買うのを忘れていた。私はシャツのまま外に出て、煙草を買って戻った。居間に入ったとき、ふと美智子さんの顔を思い出していた。なぜだろうと思ったとき、妻の言った意味が判った。私はあわてて、上着を拾いあげ、ポケットから、さっきのカードを取り出した。ジャスミンのいい匂いが漂いはじめた。私は一枚一枚カードを鼻に当てた。そして特に香りの高いカードを表向きにして、松尾さんの前に差し出した。それはダイヤの2に違いなかった」

鹿川は大谷の顔を見た。

「これでも駄目かい?」

「うむ」

大谷は唸《うな》った。

「それなら文句は付けられない。それならそうと、はなっから言やあよかった」

「物は順ぐりさ。——つまりあの一篇だけは、私が解決しているのです。——でね、松尾さん」

鹿川は嫌な顔をして松尾を見た。

「君は和久さんのトリックを見破ることができなかった。いつもの名探偵らしくなかった。初めのうち私は、松尾さんは美智子さんに対し、Aさんの顔を立てているな、と思っていたが、そうじゃなかった。帰りがけ松尾さんは私に〈私には推理が不可能のような奇術に思えます〉と告白した。そうでしたね?」

鹿川は「11枚のとらんぷ」をぱたんと閉じた。

松尾は無言であった。顔が紙のように白く闇に浮んでいた。

「つまり、自分が無嗅覚性であるので、和久さんのトリックが判らなかったと、告白していたのですね。私はさっき、品川先生から、無嗅覚性のざっとした知識を得ました。その主な原因は、鼻孔から入った臭いの分子が、腫脹や腫瘍などによって、障害され、嗅上皮まで到達できないときに起るのが一つ。もう一つは神経が犯されたときで、頭蓋腔《ずがいこう》の中で、大脳の嗅覚中枢やその経路が犯されたために起ります。この場合は脳腫瘍などが原因になりますが、交通事故の患者が無嗅覚性になった例も、数多く報告されているそうです。私が松尾さんと知り合いになったのは、松尾さんの自動車事故が縁でした」

「嘘よ。そんなこと！」

桂子が叫んだ。

ひとしきり、稲妻をともなった雷雨が続いた。窓に当たる雨は滝になっていた。

鹿川は怖い顔をして話を続けた。

「松尾さんは公民館で、焦げ茶の大きな鞄を持っていましたね。衣装の鞄とは別に。君に必要な奇術の道具は、一つのコップとあとはカードだけ。マジック テーブルは五十島さんのを借りている。にもかかわらずあの鞄が必要だったのは、志摩ちゃんから奪った乾城の設計図を入れるのに必要だった……」

「ちがう……」

松尾はかすれた声で言った。

「鹿川さんの馬鹿！」

桂子は鹿川に食ってかかった。

「どうせ、私はけちんぼで、馬鹿なのさ」

鹿川は顔を歪めて、せせら笑った。

「でも、志摩ちゃんは〈人形の家〉の始まる直前まで公民館にいた筈だわ。〈人形の家〉が終わって、二人の刑事が志摩ちゃんの死を知らせに来るまで、私たちは公民館を一歩も出なかった。松尾さんはおろか、私たちの誰一人も、バーベナ荘で志摩ちゃんを殺しにゆくことは、物理的に不可能なことよ」

「ほう、志摩ちゃんが〈人形の家〉の直前まで、公民館にいた？　どういう理由で？」

桂子はめまいを感じた。鹿川のしゃあしゃあした態度が口惜しくて、筋道を立てて話すことができなくなってしまった。

「例えば志摩ちゃんは、自分のポケット　カメラで僕や、晴江さんや、品川先生のスナップを撮っていたではありませんか」

と、シュゲットが口を出した。

「まさか、他の人がシャッターを押したというのではありませんね。カメラにははっきり志摩ちゃんの指紋が残っていたそうじゃありませんか」

「もちろん、志摩ちゃんは、自分の手で、晴江さんや品川先生を撮っていたのです」

「それが志摩ちゃんが公民館にいた証拠じゃありませんか」

「だが変なのですよ。よく考えるとあのスナップは志摩ちゃんらしくない作品ばかりだ。五十島さんが〈闘牛士のタンゴ〉を踊り出したら、いつもの志摩ちゃんなら、急いでシャッターを押すでしょう。和久Aさんがぐったりした鳩を取り出したら、見逃す筈はありません。酒月亭さんが子供たちに押し潰されそうになったら、大喜びでカメラを向けていたに違いない。ところが、志摩ちゃんは数々のチャンスを、全て見逃しています。――これも今朝、酒月亭さんのスナップを見たときに起きた疑問でした。私はその疑いを正すため、さっき力見刑事に、もう一度確かめてもらいました。そして、奇妙な事実を教えられたのです。酒月亭さんがリングでハンド バッグを作っている一枚がありましたが、ちゃんと酒月亭さんの顔に、眼鏡が掛かっていたそうです」

「眼鏡が？」

「お忘れではないでしょうな。酒月亭さんはあの舞台では、眼鏡なしでリングの形造りを演じましたね」

「すると、あの写真は？」

「志摩ちゃんが写した、公民館の舞台には違いないが、本番の舞台ではなかった。本番前の、リハーサルのスナップだったのです」

　桂子は別のめまいを感じた。志摩子の写真に眼鏡を掛けたシュゲットが写っていることは確かに重大な意味を認めぬわけにはゆかない。鹿川は〈袋の中の美女〉や〈とらんぷの神秘〉での志摩子の存在も否定しようというのだろうか。

「だが舜平、志摩ちゃんは自分の出演後、スナップだけ撮っていたわけじゃない。別の仕事もあったわけだ。〈とらんぷの神秘〉ではサイド スポットを担当していた筈じゃないか？」

大谷がうめくように言った。

「私だって、さっきまで志摩ちゃんがスポットを担当していたものだとばかり思っていましたよ」

鹿川はライトを見るような視線になった。

「だが、舞台の上からでは、誰もライトの傍に立っている人を見ることはできませんでした。ライトが目眩《めくら》ましになってね。先入観とでもいうのでしょうか。志摩ちゃんが松尾さんの助手をしている。私は志摩ちゃんがスポットの傍に立っているのをこの目で見たような気になっていた。だが今日ランスロット氏のカード奇術の講義を聞いているうちに、私は松尾さんが彼女のサインは受けていなかったのじゃないかという疑問を持ち始めました」

「フランソワの講義——」

桂子は彼の講義は最初から終わりまで聞いていた。あの講義の中の何が鹿川に疑いを起させたのだろうか。

「ランスロット氏は、現象をすっきりさせ、奇術の中にある不思議さを大切にするのだと強調していました。カード当ての奇術をする時の有益な助言を多く話してくれました。その中でフォースの必要がなく一枚のカードを観客に選ばせる注意として、術者がカードを両手に拡げて観客の前に差し出すような方法はしないのだと説明しました。松尾さんはランスロット氏の著書をよく読み、彼の心酔者でもあった。その松尾さんが、公民館の自分の舞台で、自分の手にカードを持ったまま、観客に一枚選ばせるという演出をするのはおかしい」

鹿川は松尾を見た。松尾は肯定も否定もしなかった。

「松尾さんの奇術は、あの場合、三角の顔のおばあさんにカードをすっかり渡してしまい、自由に一枚を選んでいる間、自分は後ろ向きになっているほうが、他の観客もおばあさんが完全に自分の意思でカードを選んでいることを納得し、不思議さは一層増していた筈です。スポットのサインが送られるのだから、カードを当てることが、最も不可能な状態でカードを選ばせるべきでした。ランスロット氏の〈私は大切に不思議さを育てあげることに心掛けています〉という趣旨にもかなうことです。しかし、松尾さんは無神経に、そうした演出をすっかり捨てていたので、不可能は一段下のものになっていました。あの方法でカードを選ばせるのなら、何もスポットのサインなどと、大袈裟な道具を使うことはない。裏から見ても判る仕掛けのカードを使っても同じ効果ではありませんか。松尾さんらしくもない、なぜだろうと私は考えました。その答えは一つ。松尾さんは観客席からのサインを受けることができなかったからです。あのカード当てはスポットによるサインでなく、もっと別の方法で行なわれたのです。また、たとえ志摩ちゃんが、スポットの傍にいたとしても、志摩ちゃんはおばあさんの引いたカードを、松尾さんにサインすることなど、不可能だったのですよ」

「サインができなかった？」

大谷は口を開けた。

「あの三角の顔をしたおばあさんのカードは、志摩ちゃんには見える筈がなかった。そうでしょう、桂ちゃん？」

「見えなかった？」

桂子は鹿川の言った意味が判らなかった。

「あんな小さなカードが、スポットの位置から、近視の志摩ちゃんが眼鏡なしで見えると思いますか？」

「眼鏡なしで？」

桂子はやっと思い出した。松尾が舞台に立っている間じゅう、レコード室の机の上に、進行表の下になって、志摩子の眼鏡が忘れられたままになっていたのだ。

「和久さんが次の出演者を確認しにレコード室に入って来たとき、私もレコード室にいましたよ。三角のおばあさんが松尾さんのカードを破り始めたので驚いて別のカードを用意しようとしていたわけです。そのとき志摩ちゃんの眼鏡が置き忘れられていたのに気がついた。だがそれが重大な意味を持っていることが判ったのは、ランスロット氏の奇術を見た後でした」

鹿川はシュゲットの撮ったスナップの中から、一枚の写真を探していた。

「——つまり、志摩ちゃんがいたとしても、彼女は眼鏡なしではおばあさんのカードは見ることができないので、サインを送ることは不可能でした。実際には志摩ちゃんはいなかったので、サインも送られませんでした」

「サインが送られなくては、カードを当てることはできないじゃないか」

大谷が言った。

「できますともさ。裏から見て表の判るカードを使えば……」

「だが、松尾さんは、普通のライダー バックを使っていた。しかも、まだ封の切ってない奴だ」

「あれはおばあさんがカードを破ってから代りに使ったので、初めのカードは仕掛けのマークが付いていたカードでしたよ。フィナーレで破かれて床に落ちていたカードを拾った子供が、それをすぐに見破ったではありませんか。〈いんちきトランプ〉だ、とね。またショウの終演後、奇術のごみを集めて、トリックを推理した公民館のおばさんもちゃんと見破っています。〈あのコップには仕掛けがなかったが、トランプはいんちきだった〉と」

「じゃあ、どうして仕掛けのないカードで、当てることができたんだ？」

「松尾さんの予定は、こうでした。志摩ちゃんがまだ生きていることを皆に納得させるために、志摩ちゃんが観客席から、スポットで客のカードのサインを送るという奇術を思い付いたのです。自分はいかにもサインでカードを当てたように装い、その実、裏から見て表の数値が判る、マークされたカードを用意していました。演技は予定どおり進行します。観客の中から一人の人に舞台に上って貰います。その姿を見たとき、松尾さんは予定を変更しました。マークされたカードなど使わない方法を思い付いたからです」

鹿川は一枚の写真を持っていた。松尾が三角の顔をした老婦人にカードを差し出しているところだ。

「そのため、松尾さんは、あのおばあさんにカードを渡した後、わざと〈トランプを切って下さい〉と言ったのです。松尾さんはおばあさんが、本当にカードを切るのを望んでいたわけで、いつもの用心深い松尾さんなら決してこんな言い方はしない。〈切り交ぜて下さい〉と指示する筈です。〈一枚ずつ切るのかね?〉と言うのに、〈何枚ずつでも、好きなように切っちゃって結構です〉と駄目押ししている。

「私は本当に予期しない事故かと思って、レコード室に駈け込みました。が、すぐ舞台を見て安心しました。松尾さんはポケットから新しいカードの箱を取り出していました」

——畜生、演出だよ。客を楽しませているんだ。笑っているじゃないか。

桂子は控室で鹿川がそう言ったのを覚えていた。

「松尾さんは新しいカードの封を切ってみせました。考えてみれば、このほうがずっと悧口《りこう》な方法でした。本当に仕掛けのないカードを使い、そのカードを当てる。そうすれば、誰もが種明しをしたとき、ライトによるサインであることを疑う人はいない筈だ」

「私にはまだ判らないわ」

桂子は頭が痛くなってきた。

「おばあさんは、下の方から一枚抜き出したわ。松尾さんはフォースを使うこともできなかったわ。そのカードが、どうして当てられたの?」

「この写真をよく御覧」

鹿川は手に持っていた一枚を皆に示した。

「朝、酒月亭さんにこの写真を見せられ、私の中に疑惑の芽が少しずつ吹き出したのです。写真のまん中を注意して下さい」

「カードを持った松尾さんの手があるわ。底の方から一枚引き出そうとしているおばあさんの手も……。けれど?」

「その、下に写っている物ですよ」

「マジック テーブルがあるわ」

鹿川は首を振った。

「テーブルの上に乗っている物」

「コップ?」

「もう一つ見えませんかね?」

桂子は息を飲んだ。

「おばあさんの、大きなハンド バッグ!」

「そうなんですよ。松尾さんはこの大きなバッグに付いている、ぴかぴかの口金に、カードの表を映して見ることができたのです」

桂子はあっと叫んだ。ごく古い手であった。ついさっき、自分もプールサイドで男の子の掌の中の鍵を当てた手ではないか。

「松尾さんはこうして、志摩ちゃんがいないにもかかわらず、志摩ちゃんの助手がいなければできないと思わせるような奇術を考案したのです。――そして次の〈袋の中の美女〉で志摩ちゃんを助手に使った腕も、見事なものでした……」

「ちがう……」

と、松尾は言った。

鹿川は横目で彼を見ながら、自分の鞄から一枚の紙を取り出して、机の上に拡げた。

見覚えのある真敷市公民館創立二十年記念ショウの進行表であった。桂子はショウの全てが、昨日のように思い出された。あの日は全てを暗記するほど、この進行表と首っ引きであった。

「〈袋の中の美女〉。この表には一時五十五分に始まるようになっているが、実際の上演は二時五分前後でしたな……」

〈袋の中の美女〉は袋に入れられ、袋の口を厳重に結ばれた筈の美女が、いつの間にか消えて、観客席の後ろから出現するという奇術であった。

マジキ クラブの全員があの奇術に取り組んでいた。橙蓮が主役、美女が美智子、和久Aと品川が美女を入れる大きな箱の両側に立っている。五十島は客席の後ろで、舞台に合図をする係。飯塚路朗はサクラ。大谷は司会。鹿川は袖で舞台の進行を見守っている。桂子はレコード係。シュゲット夫婦は観客席で写真を撮る。そして、松尾と晴江は中カーテンの後ろ、すでに袋の中に入っている志摩子と、すり替えの用意をしていた……

「そう、あの舞台を思い出して下さい。〈袋の中の美女〉は橙蓮和尚の主演でした」

鹿川がもう一度進行表を見た。

「和尚は金ぴかの杖を持って登場します。一礼すると、和久さんが美女を入れる袋を和尚に渡す。和尚は袋を拡げて、一応改める……」

「そうだった。袋はひどい臭いがしたんだ。品川先生が、たっぷり氷酢酸を振り掛けておいてくれたからだ」

橙蓮はまたあの臭いを思い出して嫌な顔をした。

「僕も舞台に上って袋を改めて、びっくりしたんです」

サクラになった飯塚が言った。

「それから美智子さんがサリーを着て登場、袋の中に入れられ、口をしっかり結ばれる」

「――死にそうだったわ」

美智子も眉をひそめた。

「すると品川先生と和久Aさんが、大きな箱を舞台の中央に押し出して来ます。箱は一回転させてから、中カーテンぎりぎりに据えられる。中カーテンの後ろには、松尾さんと、すでに袋に入っている志摩ちゃんが待機していることになっているが、誰も二人の姿を見てはいませんでした」

「晴江さんも中カーテンの後ろにいた筈だが……」

品川が変な顔をして訊いた。

「そうです。だが実際はそうじゃなかった。晴江さんはバレエの子供たちが舞台裏にうろうろし始めたので、楽屋の下手でカーテンの後ろを覗かれぬように見張りをしていたのです」

「そうや。志摩ちゃんの助手は僕一人で充分やと松尾さんが言うたので、私はずっと子たちを見張っていました」

「すると、予定のように志摩ちゃんが袋に入るところは見ていなかった？」

品川は首を傾げた。

「そうや」

「でも晴江さんは、あの控室で、刑事にこう言ったのを覚えている。志摩ちゃんは袋に入れられて、少しでも外から触られると、くすぐったくて大騒ぎすると――」

「あれは、リハーサルでのことを思い出して言うたのよ」

品川は黙り、鹿川は話を続けた。

「舞台は松尾さんのプログラムに従って、順調に進められます。和尚は美智子さんを箱の中の椅子に坐らせ、ちょっと箱の前に付けられたカーテンが閉められる。そのとたん、美智子さんは箱の裏のがんどう返しから舞台裏に抜ける。美智子さん、舞台裏に抜けたときのことを思い出して下さい」

「思い出しているわ」

美智子はAの手をそっとどけて言った。

「松尾さんががんどう返しの戸を押えていました。さあ、急いでと松尾さんが小声で言いました。わたしは自分の袋を松尾さんに押し付けると、後も見ずに駈けていきました」

「袋に入っていた志摩ちゃんの姿を見ましたか？」

「わたしには志摩ちゃんの姿は見ることができなかったわ」

「見ることができない？」

「稽古のときもそうでした。だって、わたしと志摩ちゃんは入れ違いになるんですもの。がんどう返しの戸で、背中合わせでなければならないでしょう」

　鹿川は満足そうにうなずいた。

「そう、美智子さんも志摩ちゃんの姿を見ることはできませんでしたね。実際にはあの舞台裏には、松尾さん一人しかいなかった」

「すると、二度目に箱のカーテンを開けたとき、椅子に坐っていたのは？」

　橙蓮がパイプを口から放した。

「美智子さんの姿が見えなくなった後、美智子さんの残した袋に入った、松尾さん自身でしたよ」

「松尾さん自身――」

　志摩子は助手を勤めてはいたが、姿を見られてはならない助手であった。従って袋の中に誰が入ろうとかまわないのである。助手は袋の中で、椅子に坐っている。多少の背の違いも気にならないだろう。

「松尾さんは志摩ちゃんの代りに袋の中に入り、足を二度踏み鳴らして、入れ替え完了の合図を送ったのです。和尚はこの合図で箱のカーテンを開き、まだ美智子さんが袋の中にいると説明した」

「実際は志摩ちゃんで、本当は松尾さんだったか――」

橙蓮は呆れたように言った。

「舞台裏に逃げた美智子さんは、上手の楽屋から、非常口を出て正面玄関に駆け付け、観客席の後ろに出ます。そこでちょっとしたいざこざなどありましたが、五十島さんは美智子さん無事到着の合図を舞台に送ります。箱のカーテンが再び閉められる。和尚が呪文を唱える。美智子さんはピストルを鳴らして客席の後ろに姿を現します」

「全てがうまくいったのだ」

橙蓮が言った。

「そのとおり、全てがね。この後、袋の中の松尾さんは、チャックを開いて袋から出ます。そうして志摩ちゃんが稽古でしたとおり、チャックを元どおりにして椅子に掛け、がんどう返しから舞台裏に抜け出せばよかった」

「そしてあの臭い袋をまた僕が改めなきゃならなかった」

飯塚が言った。

「臭い袋――ね」

鹿川は大きくうなずいた。

「飯塚さんはショウの終った控室でのことを、すっかり忘れているものとみえますな」

「控室でのこと?」

「そう、控室で美智子さんが袋が臭かったと言って抗議をしていました。飯塚さんがその袋をもう一度調べるために、二枚の袋を取り上げた。袋は二枚とも臭《にお》っていましたか？」

「一枚の方だけです」

「そうでしたね」

鹿川は顎に手を伸した。

「本来なら、臭っていない方の袋は志摩ちゃんが入っている筈だった。そうすれば、最後に飯塚さんが改めた袋は臭いのない方であるべきだった。それが、両方臭っていたとすると、美智子さんの袋が、再び使用されたことになる。つまり志摩ちゃんは舞台裏で別の袋に入って待機していたのではない。私はそのことに早く気が付くべきでした」

「僕などは言われても気が付かなかった」

飯塚がきょとんとした顔になった。

「松尾さんは志摩ちゃんと同じことをしたと言っても、最初から袋の中にいるわけにはゆかなかった。がんどう返しから抜けた美智子さんに、自分の姿を見せておかなければなりません。もう一枚の袋はどうしても邪魔です。舞台裏に置いておけば〈志摩ちゃんの入っていない袋〉が美智子さんに見咎《みとが》められないとも限りません。そこで美智子さんの出た袋をそのまま使うことにしたのですね。もう一枚の袋は楽屋の隅にでも置いたままにしてあったのでしょう。ですが、もし松尾さんが一枚の袋が氷酢酸の臭いがしていると気が付けば、無理をしてでも、もう一枚の袋を使っていたに違いない」

桂子のめまいは続いていた。氷酢酸の臭いがまだ鼻先にあるような錯覚に陥っていた。

「私が松尾さんが氷酢酸の袋に入ったなと知ったのは、実は今日の昼過ぎでしたよ」

鹿川はまた奇妙なことを言い出した。

「松尾さん、カフス　ボタンを見せて下さい」

松尾は変な顔をして両袖を引いた。

「昼過ぎ、私たちがこの部屋でごろごろしているとき、松尾さんのカフス　ボタンが毀れて、どこかへ行ってしまったと言っていた」

「真珠が台から外れて、落ちてしまったのです。でも見付けて、無理にはめ込んでおきましたが……」

「ちょっと暗いな」

鹿川はカフス　ボタンの真珠に目を近寄せた。

その時、鹿川の大好きな偶然の悪戯《いたずら》が、また起ったのだ。

桂子は突然世界が真白になったのを感じた。部屋の照明が一斉に輝いたのである。換気の軽い音も聞えてくる。

「これは――」

鹿川は感銘したように目をしばたたいた。

明るい電燈の下で、鹿川は松尾のカフス　ボタンを示した。真珠が、変な色に曇っていた。

「――強い酸に合って、真珠がもろくなってしまったのです……」

松尾はびくっとするように腕を引っ込めた。

「結局、松尾さんは志摩ちゃんが〈とらんぷの神秘〉と〈袋の中の美女〉の助手を勤め、進行表によると、二時五分まで公民館にいた嘘の証拠を作り出すことに成功したのです。このあとショウが終われば反省会、二次会と続けば、私たちは夜中まで完璧なアリバイを持ってしまうのです。もちろん、松尾さんもふくめてね。クラブ全員のアリバイの中に自分がいれば、そのほうがより安全なわけだ。それには全員の集まる奇術ショウの日が最もふさわしい。君は全員のアリバイのためにあのプログラムを組んだ。あれは殺人のためのプログラムでもあったのだ」

松尾は何かひと言言った。さっきから繰り返している「ちがう……」という言葉らしかった。

鹿川はやけに煙草を吹かせてから、進行表を手に取って、最初から読み始めた。殺人プログラムの解説にとりかかったのである。

「――奇術の部、開演一時。一時、公民館館長、太田長吉の挨拶。一時三分、全員でのプロローグ。裂いた紙を拡げると、祝公民館の文字が現れるやつでしたな……」

中カーテンの後ろでは、桂子が固くなってプロローグの終わるのを待っていた……

「一時五分〈シルク　アラ　カルト〉出演牧桂子。一時九分〈花のワルツ〉水田志摩子……」

ジャグ大石も志摩子の舞台を、一心に見ていたに違いない。

「女性を続けて出場させるのが、松尾さんらしくない、無神経さでしたな」

「ちがう、あれは志摩ちゃんの希望でもあったのです」

やっと松尾が反論した。

「ほう、そうでしたかな。まあ、そうとしておきましょう。志摩ちゃんの奇術は四分。退場は一時十三分。松尾さんはこの後、すぐに志摩ちゃんとバーベナ荘に行ったのです」

「ちがう……」

「そう、すぐにではなかったようです。品川先生が、志摩ちゃんの奇術が終わった頃、楽屋で氷酢酸の瓶を床に落として割ってしまうという事件があった。君は氷酢酸を洗い流すのを手伝ったりして、多少予定より遅くなった。だが万一何かの手違いが起るかもしれないときの用意に、進行表には多少の幅が持たせてあったでしょう」

氷酢酸の臭いで真先に桂子が舞台裏に行ったのだ。暗い上手の袖で、品川がおろおろしていた。志摩子も気が付いて寄って来た。松尾は床にこごんで転がっていたコップを拾い上げた。顔をそむけたくなるあの悪臭の床に松尾は顔を寄せたのだ。

——そのコップには氷酢酸が入っているのよ。

と志摩子が注意した。

志摩子は松尾の無嗅覚性を知っていて、注意をしたのだ。

「君はわざとその前から、ライジング カードに使うコップがなくなってしまったと騒いでいました。五十島さんと氷酢酸を始末してから、君はそっと志摩ちゃんに言いました。——あれがないと困るんだ。君は同じコップを持っていただろう？　貸してくれないか」

あのコップは品川がシカゴの古い奇術店で二個手に入れたものだった。品川はカード奇術が得意でなかったので、松尾と志摩子が譲り受けていた。桂子も欲しかったのだが、ジャンケンで負けてしまったのだ。

「あのライジング カードは奇術として必ずしもいいものではありませんでした。悪く言えば、品川先生が今度の会で碁盤の奇術を高いお金で買ったようなものです。この奇術はもっと改良されています。桂ちゃんが今日、マジック ショップで手に入れた品は、仕掛けのあるコップを使う必要がありません。でも君はあのコップがないと困ると言った。もちろん、志摩ちゃんとバーベナ荘にそのコップを取りに行くためです。君にはどうしてもあのコップが必要じゃなかった。本番では普通のコップを使ったじゃないか。公民館のおばさんがごみ箱の中から見付けたコップには、仕掛けがないと言っていたよ。君は改良された方のライジング カードを使っていた。

奇術が思うようにできた志摩ちゃんは機嫌がよかった。君の頼みの裏に、殺意が隠されていることに気がつかなかった。君たちはコートを着て、裏口から公民館を出てバーベナ荘に行く。公民館からバーベナ荘までは、七分ばかりです。バーベナ荘でのことは、私たちが知っているとおり。君は自分の進行表どおりに志摩ちゃんを殺した」

電燈が不安定に点滅した。鹿川はちょっと天井を見、それから話を続ける。

「志摩ちゃんを殺したあと、君は最初に洋簞笥から乾城の設計図を取り出して鞄に入れる。焦げ茶の鞄は、公民館を出るときに持って出たのでしょう。志摩ちゃんと逢《あ》う機会の多かった君は、どこに何があるかはよく知っていた。そして〈11枚のとらんぷ〉に関連する品を毀《こわ》して並べた。ただ除去液の瓶と香水の瓶を間違えたのは、君にとって仕方のないことだった。もう一つ、君は〈九官鳥の読心術〉で、カードを当てる九官鳥を、花札の梅に鶯が止まっている一枚で代用した。だが代用するにもっと適当なものがあの部屋にはあった筈だ。窓に下げられている鳥籠の中には、つがいのインコが飼われていた。本物の鳥の方があの現場の演出効果を考えると、一枚の花札より更に異様だ。それなのに生きた鳥には手を付けなかった。君は鳩の奇術に手を出さないほど、鳥嫌いで通っていましたね。

君は毀す品物に予め見当を付けておいた。殺人現場の装飾は、十分もあれば完了する。指紋を拭き消し、玄関にあったバッグから鍵を取り、注意深く外に出て鍵を掛ける。だが君は最後まで、志摩ちゃんがガス栓を開けていたことには気がつかなかった。鍵はショウが終わってからどこかに処分するつもりだった。バーベナ荘と公民館の間で鍵が発見されてはまずい。犯人は再び公民館に戻ったことが知れるからです。

ところが、意外にも、志摩ちゃんの屍体の発見が早過ぎました。君の考えでは翌朝、約束をすっぽかされたジャグ大石が彼女の不在を知って騒ぎ出すなどが予定されていた。だが何時間もしないうちに屍体は発見され、しかも、刑事が二人控室にやって来たのです。君のポケットにはまだ志摩ちゃんのドアの鍵がある。身体検査でもされれば自分の犯行は明白です。最後の手段として、君はわざとコップを床に落とし、鍵を毀れたコップと一緒にごみ箱の中に投げ込んだ。無論、後から取り戻すつもりでしたが、最後までその機会はなかったでしょう。刑事はしきりに志摩ちゃんの男関係を見出そうとしている。志摩ちゃんと親しそうな独身男性といえば、とりあえず松尾さんでしょう。どこに刑事の目が光っているか判らない。君は危険な鍵を取り戻すことを断念し、ごみは自然に処分されることを期待した。変に物好きのおばさんに、ごみを調べられるとは思ってもみなかった。また、自分の持ち物が調べられ、乾城の設計図が出て来ても危険なことは一つもなかった。乾城の設計図が残っていることは、誰も知らないのだから、これは何でもない、古い資料だと説明すればそれで済んでいたでしょう。――君はバーベナ荘から再び公民館の裏口へ戻る。早ければ一時四十分には、楽屋に着くことができたでしょう。松尾さんの出番の八分前です」

桂子は正確な時間を覚えていた。松尾が青い顔をしてレコード室に顔を見せたのは一時四十九分であった。

「そのため、和久Aさんが舞台で鳩を潰したこと、五十島さんが〈闘牛士のワルツ〉を演じたこと、シュゲットさんのリングを子供たちが奪い合って大騒ぎになったことを、君は知らなかった。ですから、控室で皆が奇術の道具を片付けていたとき、Aさんの鳩の包みを見て橙蓮和尚が〈それは俺が預かろう〉と出した手へ、君は手軽にその包みを拾って手渡していた。もしあの中の物を知っていたら、鳥嫌いの松尾さんは、絶対に手など出さなかったに違いない。

松尾さんのプログラムは慎重をきわめています。志摩ちゃんの出演の後、三、四十分は、志摩ちゃんと松尾さんの用事は一つも作ってありません。和久さん夫婦の鳩の奇術、五十島さんのゾンビ　ボウル、酒月亭さんのチャイナ　リング、飯塚晴江さんのビールの大生産、品川さんのよっぱらいの夢、いずれも特別な助手の必要がなく、道具の出し入れも道具係の和久さん一人で充分事が足りました。——これが殺人プログラムの全てでしょう」

「ちがう！」

松尾は同じ言葉を繰り返した。

「ほう、これは君のためのプログラムじゃなかったのですか」

鹿川は醜い顔で松尾を見すえた。

「ちがう、これは志摩ちゃんが用意したプログラムです」

「そう、さっきも言ったとおり、順序には志摩ちゃんの希望も入っていたかもしれない。だが……」

「それが重要なんです。あれは志摩ちゃんのプログラムでした」

「志摩ちゃんの？　なんのための？」

「無論、僕を殺すための、でした」

「君を殺す？」

鹿川の悪役の演技は、この瞬間に崩れ去った。鹿川はぽかんと口を開け、松尾を見詰めた。めまいが今度は鹿川をおそったようだった。

「志摩ちゃんのプログラムによると、本当はあの日、バーベナ荘の志摩ちゃんの部屋で、僕が屍体で発見されることになっていたのです」

志摩子が松尾を殺す？　桂子は思わずぞっとした。

「罠にはまったのは、僕のほうだった」

松尾の顔はまだ青かったが、言葉はしっかりしていた。

「去年の秋、僕と鹿川さんが、志摩ちゃんの家で乾城のトランプを見せて貰った、その次の週あたりでした。東京にあった奇術フェスティバルの帰り、僕は志摩ちゃんに誘われて食事をしました。話がある、そう彼女は言いました」

——少し、飲みましょうよ。

志摩子は珍しく打ち解けた調子で言った。

酔うと、いつものいたずらっぽい目になって、

——松尾さんに見せたいものがあるの。でも、他の人には秘密よ。

——乾城の、なにか遺品でも？

——当たったわ。さすが松尾さんね。でもその前に、一つだけ約束して頂戴《ちょうだい》。私の言うことを、何でもよく聞くこと。判った？

——判りました。火の中へでも飛び込みましょう。

松尾は半分遊びの気持でそう言った。乾城の遺品があるといっても、大した期待は持たなかった。その夜、バーベナ荘で乾城の設計図を見せられて、松尾は驚嘆した。

「乾城の奇術は、百何十年たった今でも、新しさを失っていませんでした。今までどの奇術師も試みたことのない現象と、方法の巧みさには、舌を捲《ま》くばかりです。鹿川さんの推理は多少違っています。志摩ちゃんは最初から乾城の奇術の価値が判っていたわけではなかったのです。

こんな古い物は、もうすでに使い古された奇術で実用にはならないと思っていたようです。僕は一つ一つの奇術を調べ、その価値を志摩ちゃんに教えました」

松尾の説明を聞き、志摩子も少なからず驚いたようであった。志摩子の頬は紅潮していた。

——そうなの。私、松尾さんと知り合って、本当によかったわ。他の人じゃ乾城の正しい評価など、できなかったに違いないわ。松尾さん、これからも私の助けになって下さらない？

志摩子は熱っぽく松尾にささやいた。

その夜、二人は結ばれた。

「二人は乾城の設計図に夢中になりました。志摩ちゃんは舞台の演技の勉強に熱中し、僕は設計図の解読に取り掛りました。その間にも二人は愛を確かめ合うことを忘れませんでした。自分の無嗅覚性を彼女に話したのは、そんなときだったでしょう。乾城の設計図のことは、まだ誰にも知らせないという点で、二人の意見は一致しました。世間をあっと言わせることが奇術師の命です。まだ手の内を晒《さら》す段階ではありません。従って僕たちの愛も秘密を保たねばなりませんでした。警察が男関係を発見できなかったのは、志摩ちゃんが賢く僕たちの仲を隠しおおしていたからです。計画は順調に進められているように思われました。だが……」

松尾は鹿川の顔をちょっと見た。

「あるとき僕は鹿川さんが見付けた、野辺米太郎の記録のことで志摩ちゃんに尋ねました。すると、あれは自分の手元にあったのだが、処分してしまったと答えたのです」

「米太郎の日記が？　志摩ちゃんのところに？」

鹿川はびっくりしたようだ。

「——偶然というものは、とんでもない悪戯をすることがある。確かに鹿川さんの言うとおりですが、あの場合に限って、偶然でも何でもありませんでした。乾城の設計図、乾城のトランプ、米太郎の日記の三つは、揃って志摩ちゃんのもとにあったものです。なぜ米太郎の文書を手放したのか、理由は明快でした。あれは嵩張《かさば》って汚ないものだからだそうです」

松尾はそれを聞くと何か不愉快な気がした。志摩子は松尾の様子を見て笑った。

——松尾さんはやはり、研究家だわ。わたし小さい時から芸能人の中で育ったから、よく判るの。研究家はステージには向かないものよ。あなたは古い楽譜を蒐《あつ》め、独りでピアノを叩いて、作曲などするタイプだわ。

志摩子の考えが、松尾にこのとき、やっと判ったのだ。

「僕はそれまで、設計図と志摩ちゃんに夢中で、彼女の考えの奥を思ってみる閑がありませんでした。当然僕は志摩ちゃんと一緒に舞台に立ち、演技に携わる気でいました。その言葉を聞いてはっとしました。志摩ちゃんは僕を設計図の解読者、あるいは道具の出し入れをする助手としか認めていなかった」

乾城や天一のいた頃の時代とは違う。現在では新奇な道具を作り、一挙に奇術の一座を旗揚げすることなどは考えられない。志摩子の考えでは、初め一つずつ話題になる奇術を発表しながら、順次大きな一座に育て上げてゆく気であった。初めにいくつかの道具を作り、松尾を助手として使う。志摩子はただ一人の、ヒロインでなければならなかった。

ある日二人は激論を戦わせた。松尾も後には引かなかった。志摩子は泣いた。言い合いはやがて激情に変り、二人は抱き合った。

——あなた、ステージに立つ気になってはだめよ。

志摩子は松尾の身体を抱きながら、そっと言い聞かせた。

「乾城の奇術は自分のために作られたものです。男が演じるようにです。中には男でなければ不自然であり、実演できないものもあります。新しい設計図が殆どできる頃、志摩ちゃんはそういった奇術を、女性でも演じられるように、書き替えを命じました」

松尾はその申し出を断乎として拒否した。志摩子は悲しそうに口を閉じ、そのときから松尾から離れるようになった。

その志摩子が、ジャグ大石と接近しているのを知った松尾は、心の乱れるのを感じた。松尾は彼女を喫茶室に呼び出した。

——ここじゃ、立ち入った話はできないわ。

志摩子の方からホテルに誘った。

——あなたは、もう奇術のことに口を出さなくてもいいわ。でも、わたしはときどき、こうしてあなたと会いたいの……

——馬鹿言うな。

全く、馬鹿なことであった。だが松尾は志摩子を放すことができなかった。

——いっそ、志摩子の助手でいてしまおうか……

松尾は何度も思った。だがもう一人の自分としては、何としても堪《た》え難かった。

——公民館のショウに、ジャグ大石を呼ぶわ。私の芸と、乾城の設計図を見せるつもりよ。

志摩子は朗らかに松尾に報告した。

「あのジャグ大石に、乾城の何が判りますか？」

松尾の頰が赤くなった。

「乾城の奇術は、きっと彼の手で汚なくなってしまうでしょう。汚されて改悪されて、ただの平凡な奇術になってしまうのが目に見えている。乾城の天才を理解できるのは、そうどこにでも転がっているわけがありません。乾城の奇術は、誰の手にも渡したくなかった。そして、志摩ちゃんも、です」

松尾がジャグ大石にだけは乾城の設計図を見せてはいけないと言っても、志摩子は取り合わなかった。

——松尾さん自信過剰だわ。ジャグ大石だって、そんな馬鹿じゃないわ。それとも——嫉《や》いているのね。

「僕は焦《あせ》りました。志摩ちゃんと乾城は、誰の手にも汚されてはならない。志摩ちゃんが僕から離れてゆく以上、二つの手段しか考えられませんでした。志摩ちゃんを殺し、乾城の設計図は自分の手で奪う。……僕はこの考えを必死で追い払いました。そしてもう一つの男らしくない手段を選びました。僕は志摩ちゃんに、それならそれでよい、僕は乾城の奇術の全てを知り尽くしている。自分で道具を作り、自分の方法で乾城の奇術を上演する。こう宣言したのです。

そしてこのことが、志摩ちゃんに大きな衝撃を与えたのです」

　このときから、二人の立場は逆転したのである。志摩子が松尾にその考えを思い止まるよう哀願する人間に変わった。松尾は無論自分の考えを変えようとはしなかった。

　志摩子は松尾の意思が固いと判ると、それ以上は何も言わなくなった。表面は何でもないように装った。その志摩子の心に、松尾への殺意が急激に育てられていたとは、うかつにも気がつかなかった。

　志摩子の魔術の女王への執着は激しかった。そのためにはたやすく男も替えられる女だった。志摩子の殺人計画はその直後に進められていた。

　彼女のプログラムによるとバーベナ荘で松尾を殺すには、バーベナ荘の住人が留守であることが条件であった。たまたまその日がショウと重なり、計画は実行に移された。その日バーベナ荘の住人たちが留守でなければ、当然別の日が選ばれた筈だと、松尾は言った。

「僕の出演の前、ライジング　カード用のコップを隠したのは志摩ちゃんでした。鹿川さんは僕がわざわざ古い種を使ったのは、志摩ちゃんをバーベナ荘に連れ出すためだと解釈しましたが、ちがっていました。僕にはあの奇術に価値があったのです。よい奇術には、別に難しい技術を必要とせずしかも道具に仕掛けのないという作品はありません。あの奇術には、仕掛けのないコップを使うとすれば、カードそのものに仕掛けを作らなければならない。仕掛けのないカードを使うところに意義があり、しかも現在は一般に販売されていない珍品でした。僕は万が一、あのコップを落としたりした場合を考えて、改良された方のライジング　カードも用意していました。だがNAMCの玉置さんが来ていると聞くと、このマニアにもぜひあの珍品を見せたかった。彼女はこうした僕の心理をよく知っていました。僕は志摩ちゃんもあのコップを持っていたことを思い出し、出演の済んだ彼女に頼みました。君のコップを貸してくれないか……」

――私、五十島さんや品川先生のスナップを撮る約束があるの。あのコップは洋簞笥に入っているわ。知っているでしょう。

彼女はそう言って松尾に自分の鍵を与えた。松尾は一人でバーベナ荘に行ったのである。

志摩子の部屋の玄関を開けると、ドアにタオルがからみついていた。居間に入ると、窓際に下げられている鳥籠の中の、つがいのインコが二羽とも落ちていた。

洋簞笥の中にはコップは見当たらなかった。そのうち松尾は急に息苦しくなり、意識を失いかけた。とたんに玄関のドアにからみついていたタオルの意味が判った。彼は力をふりしぼってベランダの戸を開け、外に転がり出た。

「僕はガスの充満している部屋に飛び込んだのです。ドアにからんでいたタオルは、ガス室の目張りの代りに使われていたのです。改めて見ると居間のガス ストーブの栓が音のしない程度に細めて開けてある。台所の冷蔵庫のコンセントは外されていた。居間の隅に僕の焦げ茶の鞄が置いてある。開けてみると、乾城の設計図が入っていたのです。あの鞄は彼女のところに預けてあった。僕の書き直した設計図を入れておいたものです。原図は入れた覚えがない。僕はここで初めて彼女の殺人計画が読めたのです」

松尾は志摩子の留守にバーベナ荘に侵入し、乾城の原図を盗むのである。そのとき不用意にガス管につまずくかして、ガスが漏れる。無嗅覚性の松尾はこれには気づかない。盗賊の事故死がこうして作り出されるのである。志摩子は公民館でひそかにリハーサルのスナップを撮り、アリバイの工作をしている。

「鹿川さんは彼女が殺される直前、自分の手でガス栓を開いたと解釈しましたが、これは無理な説明でした。いきなり死に直面した人が、そんな冷静な思考ができるわけはありません。ガス栓は、もともと細心な注意のもとで、何時間も前から彼女の手で開けられていたのです。彼女の計画が判ると、僕は怒りがこみ上げてきました。怒りはやがて押えがたい殺意に変っていました。こうなった以上、志摩ちゃんと乾城を自分のものにするには、志摩ちゃんを殺し、乾城の設計図を奪わなければならない。だが、それには一つだけ不安がありました。

「それは志摩ちゃんが乾城の設計図を、僕以外の誰かに見せたり、教えたりはしなかっただろうか、ということです。僕は固く秘密を守るように志摩ちゃんに言ってありましたが、僕から離れだした彼女を見ていると、その不安はつのるばかりです。更にダイヤ錦城や、志摩ちゃんの母親などが僕の知らないような人間に、乾城の設計図を見せたりはしなかっただろうか。志摩ちゃんに殺意を感じるとともに、その疑心は一層強いものになりました」

松尾の白い指が震えていた。

「僕は、乾城と志摩ちゃんの夢を実現する気だったからです。乾城の奇術を、自分の手で演じる決意をしていました。そのとき僕の演じている奇術を見て、あれは乾城のものだと、万が一にも告発する人が現れたらどうでしょう。これもまず考えられないことですが、もし設計図の写しなど現れたら——。僕と志摩ちゃんの結び付きは一目瞭然《りょうぜん》、僕の犯罪まで暴露されるに違いありません。僕は乾城の奇術を手掛ける前に、その有無を知りたかった。知りたいといっても、探して歩くわけにはゆきません。どうしたらそれを知ることができるだろうか。一つの方法に思い当たりました。

「つまり、この殺人を、異常な〈奇術小説殺人〉に演出する。僕は彼女の死が大々的に報道され、奇術やダイヤ錦城に世間の目が注目されることを望みました。たまたま真敷市に速足三郎殺害事件が発生していました。僕は〈11枚のとらんぷ〉と志摩ちゃんを結び付けるのが、最も最も効果的ではないかと考えました。鹿川さんの言うとおり、毀す品物もこじつけに過ぎません。ですが僕にとっては、こじつけでも何でも、彼女と〈11枚のとらんぷ〉を結び付けて、猟奇的に報道されることが重要でした。こんなことを考えていると、玄関を開ける音が聞えました……」

松尾は急いでベランダの戸を閉め、飾り棚にあった銅製の花立を身体の蔭に隠して、床に倒れているふりをした。

部屋に飛び込んで来た志摩子はハンカチで鼻をおおっていた。彼女はまっすぐにベランダの戸を開けて外に出た。少したってから、彼女は松尾に自分の顔を近寄せた。志摩子の顔に悪魔の笑いが漂っていた。

松尾はいきなり立ち上った。

志摩子は悲鳴を上げた。

もはや疑いはなかった。松尾は志摩子の顔に一撃を加えた。志摩子は寝室に逃げ、ストーブの上に倒れた。松尾はその後頭部に花立を打ち下ろした。

松尾は居間のストーブの栓をしめ、冷蔵庫のコンセントを元に戻し、現場に奇術に関連する品を毀して並べた。最後に指紋をすっかり消した。

だが志摩子の屍体の下にある寝室のストーブの栓も、居間のストーブと同時に、もとから細く開けられていたことには気づかなかった。

「公民館に戻ったのは、僕の出番の直前でした。だが進行が予定よりだいぶ超過していたので、気持を落着かせるのに助かりました。幸い僕はいつも何組かのカードを持っていました。目印の付けられたカードもありました。それを使ってアリバイを作るために、予定どおりの演技を行ないました。ただ、ライジング カードだけはあの珍品を使うことができませんでした。あとは、鹿川さんの説明したとおりです。ただ最後の〈人形の家〉だけはどうすることもできませんでした……」

「で、その乾城の設計図は？」

鹿川が重苦しく訊いた。

「事件は僕の思ったとおり、大きく報道されましたが、乾城の設計図やダイヤ錦城を知っている人は一人も現れませんでした。志摩ちゃんと乾城は、完全に僕のものになりました。僕はそれを完璧なものにするため、設計図の全てを焼却してしまいました」

「焼いた……」

鹿川は呆然と言った。

「――雨も上りましたな」

しばらくしてから、鹿川は窓を見てつぶやいた。

最後の水玉のひと滴《しずく》が、ガラス窓に押し曲げられたような形で、乾きかけていた。桂子には、その水玉が、松尾の姿のように思えた。

10　ビッグ　ショウ――ユーディット劇場

予期せぬ停電のため、授賞式の開幕は一時間も遅れた。ユーディット劇場は満員であった。

舞台では点滅する豆電球の渦の背景に、トロフィーを手にした受賞者が晴れやかに並んでいた。ミラー　ボールの光が飛び交う中を、更に次々と受賞者の名前が呼ばれ、そのたびに観客のどよめきが起っていた。

舞台には飯塚晴江の姿も見えた。彼女の迫力は、とうとう女性部門第一位のトロフィーを奪ったのだ。桂子の隣ではシュゲットが何台ものカメラを取っ替え引っ替え、舞台を撮りまくっていた。

グラン　プリ発表の直前、司会者はひと息入れ、期待を受けるように観客席を見渡した。

「さて、ここで、世界国際奇術家会議の初めての試みを発表したいと思います。大会委員は、この五日間、最も魅力的で美しかった女性奇術家を、ミス　マジシャンに選出しました」

外国人の観客は通訳用のイヤホーンに聞き耳を立てた。

「ミス　マジシャン――マジキ　クラブの、牧桂子さん！」

一瞬、桂子は目の前がかすんでしまった。誰やらに手を取られ、桂子はふらりと立ち上った。

激しい拍手と歓声。桂子は押し出されるように舞台に立った。

スポット ライトは、公民館のより何倍も明るかった。だがあの埃《ほこり》っぽい臭いは、どの舞台でも同じであった。

委員長カール ウインスロップから銀色のトロフィーが手渡された。トロフィーは冷たく、視界がまた狭くなった。だがあの孤独感はもう戻って来なかった。

晴江が飛び付いて来た。

「――大会グラン プリ発表……」

桂子はそれを夢うつつのように聞いた。

「驚くべきゾンビ ボウルを演じた、フランソワ ランスロット――」

フランソワは遠くから駈けて来て舞台に飛び上った。

ランスロットはトロフィーを片手でぶら下げて、桂子の傍に寄った。

「おめでとう、フランソワ」

「桂子、こんな賞など、どうだっていいんだ」

フランソワは、深い目で桂子を見詰めた。

桂子が席に戻ると、ファンファーレがひと際高く響いた。大会最後を飾る、期待のビッグショウの開幕であった。

11　お別れパーティ――鳳輦《ほうれん》の間

「来年まで待ったら、気が狂ってしまうだろう――」

ランスロットは「別れのワルツ」の中で桂子にささやいた。

「僕とすぐパリに行こう。来年は桂子　ランスロットの名で、大会に出席しないか？」

桂子は黙っていた。ひと隅で鹿川と松尾が話し込んでいる姿が気になっていた。二人はそっと鳳輦の間から出て行くところであった。

「フランソワ、ちょっと待って！」

ふと、桂子は、このまま、自分が酔い続けている気にはなれない気がした。ランスロットの腕をやさしく放して、二人の後を追った。

解説

相沢沙呼

現象

奇術ショウの演目で登場するはずだった女性が姿を消してしまう。彼女は自宅で何者かによって殺害されており、その周囲には同じ奇術クラブ会員が書いた『11枚のとらんぷ』に因《ちな》んだ道具が並んでいる。被害者はショウの最中に姿を消しているため、クラブ会員たちには奇術のショウをしていたというアリバイがある……。

手法

作家はまず、11個の創作奇術を用意し、それらを解説する短編小説を11作執筆する。すべての作品はメインプロットの殺人事件の要素と巧妙に関わっていなくてはならない。更に……。

＊

『11枚のとらんぷ』は、奇術を題材としたミステリであるのと同時に、奇術の魅力とその裏側を語る解説書としての側面も併せ持った、一つの魔法のような作品である。それは著者である泡坂妻夫《あわさかつまお》が、本名である厚川昌男《あつかわまさお》の名で多くの人々を幻惑してきた奇術家だったからこそだろう。この作品は、作家がその筆で技巧を巡らせた探偵小説でもあり、奇術家が観客の心理を巧みに操って演じた奇術でもある。

奇術でもあるならば、解説もまた奇術の解説に合わせても赦《ゆる》してもらえるかもしれない。もし奇妙な出だしで始まったことに混乱した読者がいたら、お詫び申し上げたい。奇術の解説書は、まず現象を客観的に説明し、その後に手法を解説するというフォーマットが一般的なのだ。中には、こんな手法、誰が真似できるんだよ！　という荒唐無稽《こうとうむけい》な解説も書いてあったりする。ちょうど、前ページのように。

奇術家でもあり作家でもある——。そんな興味深い肩書きを持った泡坂さんは、一九七五年に短編「ＤＬ2号機事件」で作家デビュー。翌一九七六年に上梓された本書が初長編作であり、一九七八年『乱れからくり』で日本推理作家協会賞を受賞した後、一九九〇年には『蔭桔梗』で直木賞を受賞されている。その直木賞記者会見の場で奇術を披露されたというのは、奇術家でもある泡坂さんらしいエピソードだ。では、奇術家としての泡坂さんはどんな方だったのだろう。

厚川昌男さんは数多くの創作奇術を、専門誌である『THE NEW MAGIC』や『奇術研究』などに発表されていた。一九六九年には、創作奇術に貢献した奇術家に贈られる石田天海《いしだてんかい》賞を受賞しており、一九八九年にはご自身の名を冠した厚川昌男賞が創設されている。奇術の世界では「泡坂妻夫」名義よりも「厚川先生」と親しみを込めて呼ぶ人も多く、余談ではあるが僕自身もどちらかといえば厚川先生という呼び方の方が馴染《なじ》みが深い。これは作家としての厚川先生を示す文脈でも同じで、「厚川先生の『11枚のとらんぷ』について調べているのですが～」といった具合だ。使い分けをしようとすると、どうにも頭がこんがらかってしまうせいだろう。そのため、以下は泡坂妻夫さんのことを、厚川先生という呼び方で統一してしまうが、ご了承いただきたい。

さて、創作奇術という言葉が出てきたが、奇術の世界に詳しくない人へ分かりやすく伝えるなら、これは文字通り、そのマジシャン独自の手法や仕掛けによって成立するオリジナルマジックのことだ。意外に思われる方も多いのだが、一口にマジシャンといっても、パフォーマンスを得意とする者や、クリエイターとして創作奇術の発表を得意とする者など、得意分野は分かれてくる。中でも、オリジナルのマジックを生み出す才能というのは貴重で、マジシャンではあるもののオリジナルのマジックは持っていない、という人も多い。実際に僕も（アマチュアなので引き合いに出すのはおこがましいが）、二十年以上マジックをしているものの、オリジナルを生み出す才能には恵まれなかった。創作奇術については、本作にもこんな言葉がある。

「――奇術の世界は、独創性ということを大切にします。これは奇術に限らず、どの芸能でもそうでしょうが、特に奇術では独創性を非常に尊重します。というのは、奇術は不思議さを中心とした芸能だからです。観客はいつも不思議を求めている。いくら演者が上手でも、観客がすでに種を知っていたのでは、どうしても感興が湧かない。自分のオリジナルを持っていれば、どんな人の前に出ても、胸を張って演じることができるでしょうし、反対にいつも他人の考えた奇術を、そのとおりに演じていては、とても一流の奇術家にはなれんのです」

これは本格ミステリの世界とも通じる部分がある。既にトリックは考え尽くされてしまっているとも言われるから、たとえミステリ作家であっても、いつも独創的なトリックを生み出すのは難しい。しかし、誰も思い付かなかったような強烈なトリックを用いてミステリを書くことができれば、その作品の成功は決まったようなものだ。奇術の分野でも、既にトリックは考え尽くされていると言われているから、それらを鑑《かんが》みれば創作奇術の難しさが少しは伝わるのではないだろうか。

そんな難しい創作奇術の発表を、厚川先生は行ってきた。特に『サイコ』と名付けられたカードの一致現象は、多くの奇術家たちに愛されているように思う。他にも、厚川先ご生自身の名を冠したMAパスという技法まで考案されており、これはさながら、掌《てのひら》という密室からコインが消失・移動したように見せることができる。もし厚川先生の奇術にご興味があるのなら、東京堂出版『泡坂妻夫 マジックの世界』というオリジナル作品集をご覧いただきたい。ただし、これは本格的な奇術の解説書で難易度も高いものばかりだから要注意だ。

さて、本作の最大の特徴は、その作中作であるⅡ部『11枚のとらんぷ』にあるだろう。奇術家向けには、シチュエーションは限定的ながら、実際に演じることも可能である創作奇術が、小説風に解説されている……といったふうに読むこともできる作品が、惜しげもなく11作も収められているのである。もちろん、ミステリとしては視点人物である鹿川《かがわ》が『マジキ クラブ』の会員たちに見せてもらった奇術のトリックを不思議がり、探偵役である松尾《まつお》がその謎を紐解いていくハウダニットものとして愉しむことができる。

奇術家が奇術の種を明かすというのは、もちろん御法度《ごはっと》だ。しかし、持ち合わせた知識では解釈できないような、非常に不思議な奇術を眼にしたとき、いったいどういう仕掛けになっているのだろうと頭を悩ませてしまうのも、また奇術家の性質といえるだろう。後述するが、Ⅱ部だけではなく、Ⅰ部やⅢ部で描かれている奇術家たちの描写は非常にリアルで、これが書かれたのが五十年も昔であることを考慮すると、奇術に魅了される人たちの生き方は何年経っても変わらないのだなぁ、と非常に面白い。

ところで、マジックとミステリ、ともに謎を演出するという性質を持ち合わせながら、リアルなマジックをテーマにしたミステリが書かれることは珍しい。その原因は、もちろん種明かしの問題があるからだろう。

ミステリでマジックを扱う際には、どうしても奇術の種に言及する必要が出てきてしまう。しかし奇術の種というのは、前述した通り創作奇術家たちが心血を注いで考え出した貴重なものだ。ミステリでいえば、トリックのオチを他人の書いた小説で勝手に解説されるようなものである。

そのため、厚川先生は収録されている11個の作品すべてを、自身が考えた創作奇術に限定している。これは創作奇術の発表を多く行ってきた厚川先生だからこそ為し得た、奇術的探偵小説への向き合い方だろう。作中にもあるように、発表はしたものの「実用的でないトリック」を小説に転用した、という話を伝え聞くのだが、そうであっても書かれているアイデアはどれも独創的で、11個も用意するのは至難の業《わざ》だったはずだ。僕も奇術を題材にしたミステリを書く人間の端くれではあるものの、こんなアプローチはまったくできる気がしない。

本作は、II部を除いて、『マジキ クラブ』の会員である牧桂子《まきけいこ》の視点で語られる。物語はアマチュア奇術師である彼女が、初めてステージに立ったところから幕が上がるのだが、その緊張感や舞台上の様子などは非常にリアルで、その後も実際に奇術を演じた人間でなければ書けないような描写が続く。失敗やアクシデントはコミカルに描かれるが、演じる側としてはヒヤリとしてしまう内容もある。会員たちは皆が社会人ではあるものの、ドタバタとした雰囲気で進行していく様子は、どこか高校の文化祭めいていて愛くるしい。そんなリアルな舞台裏を読んでいくと、さっきまで出演していた水田志摩子《みずたしまこ》が消えてしまう。どこへ行ったのかと思えば自宅で殺害されているというのだから、非常に不思議だ。そして殺害現場には、鹿川が執筆した『11枚のとらんぷ』に因んだ道具が散乱しているという……。読者の興味を引き込んだところで、問題の作中作に移り、それが明けるとⅢ部へ……。

いよいよⅢ部で事件解決へと向かって登場人物たちが動き出す——かと思えば、事件なんてどこへ行ったのか、描かれるのは世界国際奇術家会議の様子と、それにはしゃぐ奇術家たちの非常にリアルな生態なのである。今回、読み返していて、思わず笑ってしまった。こんなにも事件を放置して、趣味に走る登場人物たちを描いたミステリは、そうそうないと思う。意外と知られていないかもしれないが、こうした奇術家たちの集まりというのは実際に行われており、当然ながら非常にリアルに描かれている。「エレベーターの中でも奇術を」というくだりがあるが、これも本当である。やはり、何年経っても奇術家の生態は変わっていない。

奇術の世界は、読者にとっては興味深く縁遠いものに違いない。この作品を通じて、読者はそんな奇術家たちのリアルな生態（?）を観察することができるだろう。けれど、注意してほしい。泡坂妻夫は奇術師だ。奇術師は人間心理を巧みに操って欺《あざむ》く。そして彼らは、理由のない動作を見せることはない。読み進めていけば、さり気なく配置されていた伏線と、11の作品がもたらす非常に論理的な役割に興奮を覚えるはずだ。

最後に、少しだけ、僕自身のことを語らせてほしい。僕は十代の頃から奇術を趣味としてきた。初めて厚川先生の名前を知ったのは、奇術愛好家の友人からだったと思う。後で厚川先生が作家であるとも教えてもらい、泡坂妻夫の名前は少し遅れて知ったはずだ。奇術愛好家の先輩たちの中には、実際に厚川先生にお会いしたこともある人たちもいて、ニコニコと笑顔でコインを演じられるんだよ、というエピソードを聞いたものである。いつかお目に掛かりたいな、と考えていた。

僕がミステリ作家としてデビューをしたのは、二〇〇九年の終わりだった。厚川先生が亡くなられたのは、二〇〇九年の初めである。

ミステリとマジックについて、いろいろとお話をしてみたかった。訊ねてみたいこともたくさんある。たとえば、『11枚のとらんぷ』は、なぜ11枚なのだろう。キリの良い10枚や、トランプに因んだ13枚ではいけなかったのだろうか。作中の『パイン氏の奇術』だけ、ホワイダニットやホワットダニットの領域であり、創作奇術としてもミステリとしても、少し特殊なような気がする。本当は10個あって、後から付け足されたなんていうのは考え過ぎだろうか？　それには奇術のクラシックである『Eleven-Card Trick』が関係しているのでは……。

残念ながら、答えは出てこない。けれど厚川先生は奇術師で、そしてこの作品は一つの奇術でもある。それなら、不思議は不思議のまま楽しんだ方がいいのだろう。不可解な奇術の方が、ずっと観客の記憶に残るものなのだ。

たとえ会うことは叶わなくても、作品は永遠に残る。

ページを捲《めく》れば、いつだって、僕らはその魔法に出会うことができるのだ。